JAMES BOND
007典藏精选集
太空城

[英]伊恩·弗莱明 著
徐建萍 译

图书在版编目（CIP）数据

太空城／（英）弗莱明著；徐建萍译. — 北京：北京联合出版公司，2016.5（2019.3重印）
（007典藏精选集）
ISBN 978-7-5502-7206-4

Ⅰ．①太… Ⅱ.①弗… ②徐… Ⅲ.①长篇小说－英国－现代 Ⅳ.①I561.45

中国版本图书馆CIP数据核字(2016)第038903号

太空城

作　　者：伊恩·弗莱明
出版统筹：新华先锋
责任编辑：徐秀琴
特约编辑：许　玲
封面设计：吴黛君
版式设计：徐　倩

北京联合出版公司出版
（北京市西城区德外大街83号楼9层　100088）
三河市嘉科万达彩色印刷有限公司印刷　新华书店经销
字数137千字　620毫米×889毫米　1/16　14印张
2019年3月第2版　2019年3月第2次印刷
ISBN 978-7-5502-7206-4
定价：59.00元

未经许可，不得以任何方式复制或抄袭本书部分或全部内容
版权所有，侵权必究
本书若有质量问题，请与本社图书销售中心联系调换
电话：010-88876681　010-88876682

目录

007 太空城

001 第一章 红色电话的呼唤
011 第二章 非凡的事迹

020 第三章 牌桌花招
028 第四章 露出马脚

039 第五章 美味佳肴
047 第六章 牌桌风云

056 第七章 入我彀中
064 第八章 胜利后的思索

072 第九章 接受任务
079 第十章 明察暗访

088 第十一章 进入墓地
096 第十二章 "探月号"

104 第十三章 蛛丝马迹
112 第十四章 初步试探
119 第十五章 针锋相对
126 第十六章 祸从天降
138 第十七章 任意推测
148 第十八章 原形毕露
158 第十九章 夜色追踪
166 第二十章 暗箭伤人
174 第二十一章 身陷罗网
182 第二十二章 恶贯满盈
191 第二十三章 金蝉脱壳
202 第二十四章 导弹发射
211 第二十五章 成功之余

第一章
红色电话的呼唤

震耳欲聋的两声枪响几乎是同时从两支 38 毫米手枪中发出的。

猛烈的枪声撞击在地下室的墙壁上之后，又在屋子里回荡，直到最后才渐渐消失。詹姆斯·邦德冷静地观察着屋子内飘浮着的硝烟。屋子中央吊着的通风扇正在飞速旋转，驱除屋内弥漫的烟雾。他刚才掏枪和射击的动作极其迅速，几乎没有一丝迟滞与间隔。他现在仍然回想着这两个高度连贯的动作，为自己如此快速的反应感到自豪。他取下"科尔特"式侦探专用手枪的弹匣，将枪口对着地面，等候着穿过昏黑的靶场并从二十码[1]开外向他走来的射击教官。

射击教官脸上洋溢着笑容，离他越来越近。邦德对他说："别得意，你可是已经被我击中了。"

"我不过是住进了医院，然而你却送了命，先生。"射击教官开玩笑似的对他说。

一个半身人像靶和一张明信片大小的偏振胶片分别拿在他的左右手里。

他把胶片交给邦德，之后两人一起转身走到他们身后的一张桌子旁

---

[1] 码：一码约等于 0.91 米。

边。桌上放着一盏罩着绿色灯罩的台灯和一个大号放大镜。

邦德拿起放大镜,俯身认真观察着胶片。这是一张用闪光灯拍摄的照片。

有一层模糊的白光在他右手周围。他小心翼翼地把放大镜移向他黑色夹克的左边,发现有一线细微的光亮从正对他心脏部分的中央透出。

射击教官并未说话,而是又把白色人像靶挪动到灯光下。一个三英寸[1]见方的黑色靶心在人像靶的正中位置。邦德枪弹击穿的裂痕在靶心下方偏右约半寸的地方隐约可见。

"你击中了左胃壁,子弹从背部穿出,并不能算致命伤。"射击教官面无表情地说。他掏出一支铅笔,草草地在人像靶的边上演算起加法来。"赢了你二十环,你欠我七先令[2]六便士[3]。"

哈哈大笑的邦德一边清点着手里的几枚银币,一边说:"下个星期咱们的赌注翻倍如何啊?"

"我倒是怎么都行,"射击教官说,"总之你是不可能赢得了机器的,先生。但是,你可以在莱明顿枪上下些功夫。那是前段时间刚推出的可以装二十二发子弹的新产品,这就表明在规定的八千环中你至少可以赢得七千九百环。你一定要把大多数靶心击中。"

"无论使用什么枪,我都要赢你的钱。"弹匣中没有打完的子弹被邦德倒在掌心里,连同枪一起搁置在桌子上。

"下星期一再会。还是按以前的时间怎么样?"

"十点钟就可以,先生。"射击教官一边答复,一边把铁门上的两个把手拉了下来。他脸上带着笑容,看着邦德的背影从走廊中穿过,在

---

[1] 英寸:一英寸等于 0.0254 米。

[2] 先令:一先令约等于 0.7 元人民币。

[3] 便士:一便士约等于 0.1 元人民币。

楼梯口消失不见。他对邦德的射击技术很满意，但是又不能让邦德知道，在情报局里他已经是最出色的射手了。

只有局长和参谋长对这事才有知情权。邦德每次练习射击后，无论是白天还是晚上，瞄准慢射或拔枪快射，死射或伤射，在射击之后都需要做记录，送交局长和参谋长阅知，然后记录在邦德的机密档案中。

邦德沿着楼梯来到装饰有绿色粗呢的地下室大门，推开大门朝电梯间走去。在摄政公园边上一幢灰色的大厦里设有秘密情报局总部。电梯会把他载到这幢大厦的第九层。邦德对自己刚才的射击纪录感到很满意，但并没有因此得意忘形。他那扣扳机的手指插在衣袋里，反复地做射击动作，同时心中不断回想着刚才连发快射的情形，琢磨着如何能够抓住战胜机器的那一刹那。当他站在地上用粉笔画定的圆圈里射击时，装置精巧的机器能在三秒钟内弹出并把人像靶收回，同时用一支38毫米装着空弹匣的手枪向他还击，将一束光线射到他身上，并且把这种情景快速地拍摄下来。

电梯门可以说是无声无息就打开了，邦德走了进去。开电梯的工人朝邦德礼貌地报以微笑。他并不反感邦德身上的火药味儿，这使他时常回忆起当年在军营中度过的时光。

假如光线能够再强一点儿就好了，邦德默默地想着，然而局长的意见是，凡是射击训练都需要在最不利的情况下进行。局长的意图是想要让他手下的所有情报员个个成为全天候式的神枪手，而与射击者对射的机器装置和昏暗的光线是尽其所能地对现实情景最逼真的复制。依照他的话说，在一块硬纸板上打出出色的成绩并不能说明什么。

电梯缓慢地停下。邦德从电梯里走出来，走进一道装有隔音装置的走廊，加入到了这个被忽开忽闭的门、拿着文件不断往返的姑娘和轻微的电话铃声搅得忙忙碌碌的世界。他不再继续他的射击回忆，而是打算在总部里开始他的日常事务。

他直接走到右边最后的一扇门。和他经过的其他房门没什么不同，这扇门同样没有什么标志，甚至都没有门牌号码。这里都是隔离办公的房间，外人不允许参观，就算是隔壁的工作人员也不可以随便进入。

邦德敲了门之后就站在门口等着。他看了一下手表，已经是十一点。星期一是最让人烦恼的，要在一天之内把两天来的公文摘要和往来文件通通整理一遍，而周末又是最繁忙的日子，也最容易出乱子。每周按常规惯例，来自华盛顿、伊斯坦布尔和东京的文件袋大多已经按时送到，并且已经分拣出来，仅仅是这些东西就足够令他忙得不可开交了。

他的女秘书微笑着站在打开的房门边。只有每天的这个时候，邦德才能感到有一丝快慰，即便这快慰是那样的短暂。"早上好，丽尔。"

看着邦德的衣服，她那欢迎的笑容中原本就不多的热情瞬间降低了十度。

她对他说："把上衣给我，衣服上的火药味儿真够呛人的。请不要叫我丽尔，你知道我不喜欢别人这么称呼我。"

邦德把衣服脱下来，她接过衣服把它挂在窗前的衣架上。

她身材高挑，肤色稍黑，给人一种含蓄而完整的美感，情报局和大战中的五年生涯又给这美感增加了一层冷若冰霜的外壳。邦德对她非常了解，劝诫过她很多次：要么立即结婚，要么找个情人，否则她那公事公办的作风会把她的青春葬送掉，最终加入那支由众多嫁给职业的女人们组成的浩荡大军。

邦德非但言传而且身教。他和00处的另外两名成员曾经多次分别对她的贞操观进行过猛烈的攻击。她以毫无区别的凛然的傲气把他们三人打发走了。为了挽回自己的一点儿面子，私下里他们就把她这种做法归结为性冷淡，第二天她向他们表示了一点儿小小的关切和温情，向他们表明这一切都是她的过错，希望他们不要见怪。

　　他们并不知道她那冷漠的外表下藏着一颗爱心。每当他们身处危险境地时，她总是忧心忡忡。她对他们三人都比较有好感，只是她不希望随便和哪一个有可能在下星期就葬送性命的男人发生感情纠葛。她已经在情报局总部工作五年了，极其了解这份工作的恐怖与不择手段。她见过那么多抱着圆满完成任务的信心含笑而去的人，最终却是有去无回，甚至连尸首都见不着。那么多次，当她把手伸出去说"祝你成功"，但心里却在感叹"你最多只剩下七天的生命了！"正因为这样，她自己没有胆量去爱，也同样害怕接受别人的爱。她很矛盾，只能在惶恐不安中消磨自己的时间。但现在，她很明白，她需要做出最终的抉择了。

　　她的所有本能都在提醒自己应该从情报局中退出来。但是，一想到情报局培养自己多年，倘若辞职而去就和背叛没有什么区别了。她不会让自己去做那样的事情。

　　这时，她从窗边转身离开，一脸严肃的表情。她下身穿一条蓝底黑点的长裙，上身穿着一件桃红底夹白色条纹的衬衣。

　　邦德微笑地看着她的灰色眼睛："我叫你丽尔只是在星期一，在其他时间里我都叫你波恩松贝小姐，但是我一定不会叫你劳埃丽娅。这名字听起来有些刺耳，也没那么正派，对你来说尤其不适合。有信件吗？"

　　"没有。"她草草地答复了一声。然后，又用稍稍缓和一点儿的口气说："不过，有不少公文在你的办公桌上。虽然没有急件，但数量也不少。呃，'粉葡萄'那儿说008已经逃出来了，目前正在柏林休养。一定没猜到吧？"

　　邦德快速地扫了她一眼："你是何时听到这个消息的？"

　　"半小时以前吧。"

　　邦德转身进入侧门，里面是一间比较宽敞的办公室。摆放着三张办公桌，分别属于008、0011和邦德三个人。三人之中，要算邦德年龄最大、资格最老、经验最多。他随手把房门带上，走到窗前，聚精会神地望着窗外摄政公园内暮春的绿荫。这样说来，比尔最终还是成功了，并且逃了回来。在柏林休养听起来可不能算是好事，他一定伤得很严重。不过，现在也只能等着从大楼里仅有的泄密渠道——女秘书休息室传出来的消息。负责保密工作的官员们对女秘书休息室的泄密现象敢怒而不敢言，只好气愤地把这个地方叫作"粉葡萄"。

邦德在办公桌前坐下来叹了口气，手指轻轻敲击着桌面的玻璃板，心中反复揣摩思索着：0011到底怎么样了呢？他在两个月前单枪匹马闯入新加坡的"肮脏之地"，至今杳无音信。而他自己——007号特工邦德，情报局里仅有的三个获得00代号的特工之一，现在却坐在宽敞舒适的办公室里整理公文，挑逗女秘书。邦德心中禁不住生出一阵烦乱。

他耸了耸肩膀，冷静下来打开最上面的一个文件夹，一张波兰南部和德国东北部地区的详细地图装在里面，联结着华沙和柏林的是一条醒目的红曲线。一份打字机打出来的长备忘录被附在地图的上方边缘处，标题是"主线：从东方到西方的最佳逃亡通道"。

邦德把他的黑色枪式烟盒和黑色打火机掏出来，一起摆到桌上。这种烟盒是一种防身武器，外表与普通烟盒没有什么区别，内部构造除盛烟之外，与手枪无异，但只能够发射一发有效射程为两米的子弹。他拿出一支烟，用打火机点燃了，这是格罗士威勒街上的莫兰家特别为他制作的"马斯多尼安"牌香烟，所有香烟的末端都有三条金线环绕着。在铺了坐垫的转椅上他端正地坐稳了身子，开始低下头认认真真地研究文件。

对于邦德来说，一天的工作才真正开始，典型的平淡无味的日子的开端。在一年的日子里，那种需要他发挥自己的特殊能力才能完成的任务仅仅只有两三件。实际上，自从诸多艰难的海外任务顺利完成后，邦德大多数时间都在忙于内勤，工作特别轻松。自己的例行公事每天大约六小时左右，剩下的时间由他自己随便支配。有的时候他在机关食堂吃午饭，但最近一段时间大多是在饭馆中吃上等饭菜，晚饭后无事可做，就约上几个亲朋好友搭伙玩牌，或者找女士们随便聊聊天。周末则在距伦敦不远处的某家高级俱乐部玩大赌注的高尔夫球。

情报工作的特殊性决定他没有法定的节假日。但是去除必要的病假，常常在每次执行完任务后他还能请两个星期的假。他每年的固定收入大约是一千五百英镑左右，这是行政机构中官员的年薪。除了这个，他每年额外还有一千英镑的生活津贴。每当执行任务时，他都可以无所顾忌地花公家的钱。这样，即便他不出差，凭借每年两千五百英镑的收入，也可以过得很滋润了。

他有一套别致舒适的公寓，就在国王大街南端附近。常常都是由一位年纪较大的名叫梅的苏格兰管家看守着。他还有一辆车，是1930年出厂的宾利轿车。邦德对这辆车特别爱惜，精心保养。倘若他心血来潮，就能够让它一小时跑上一百公里。这就是邦德的家以及他的全部家当。

所有的钱都被他花在这些家当上面，因而，他打算一旦自己不幸因公殉职，就把房产全部留给管家，假如侥幸自己还活着，那么，就在自己的房里靠政府的退休金生活。

政府规定，退休要到四十五岁。但是，一旦情绪低落，他就会想，或者等不到四十五岁的规定年限他就会把自己的性命搭进去的。

这也难怪，他被编到"00"组的名单中到现在为止已经八年了，他已经不知道经历过多少次九死一生了。也正因为这样，总部为了表示对他的慰劳之意，经常安排他做现在这种轻闲的半休式的工作。

当邦德把那份有关"主线"的备忘录上的细节记完时，已经有五个烟头被熄灭在硕大的玻璃烟缸里了。他合上眼睛，思考了一阵，之后把地图放回文件夹。他握着一支红色铅笔，看了一下文件封面上的呈阅名单。名单都是用一些字母和数字表示的，开始是局长，接下来是参谋长。他在封面上写上"007"，最后就把文件放进标有"送出"字样的公文格。

中午十二点，邦德从文件堆里取出第二份文件。打开看了一下，送来的地址是北大西洋公约组织监听局，上面标着"仅供参考"几个字，标题是"发报的特征"。

邦德抓起剩下的文件，迅速地浏览了一下每份文件的首页。它们的标题是这样的：X光探测器——查处违禁品的器械；菲乐朋——日本杀人毒药；列车上潜在的隐匿场所——第三号，德国；暴力行动方法——第六号，绑架；通向北京的五号通道；美国"雷神"飞机的照相侦察——海参崴。邦德早已对这些类似的文件内容见惯不惊。00处，也就是他所在的地方，关心的不过是背景情况。诸如这样的情况，包括最新发明的毒药以及武器的情况，整个情报局里可能只对他们三个人会具有某些益处。因为整个情报局里职责包括暗杀的只有他们三个人，换句话说，也就是他们任何时候都有可能接到去杀人的命令。

邦德再一次阅读那份来自北大西洋公约组织的文件：

"每个报务员的不经意的动作都会使其发报风格受到影响，并且这种风格一定会通过他那独具特点的'发报手'表现出来。这只'发报手'，确切地说是发报信息的个人风格，极其容易被众多接受过收报训练的人所察觉，同时也能够被极其敏感的机械装置所辨别。比如，1943年，美国监听局根据这一理论追查到一个敌方情报站，这个情报站就设在智利。负责此站的是一个代号叫彼德罗的德国青年。智利警方把这个情报站包围了，然而叫彼德罗的青年却逃脱了。一年以后，监听专家们准确无误地探查到了一座非法电台的位置,并且能够识别出发报者就是彼德罗。为了掩饰他的'发报手',他改换成用左手发报。但是即便如此,这个方法依然没有奏效,他仍旧被捕获了。最近北约组织监听研究机构正在研制一种扰频器。这种扰频器能够装置在发报者的手腕上,巧妙地干扰控制手部肌肉的神经中枢。但是……"

就在此时,电话响了。有三部电话安置在邦德的办公桌上。外线电话是黑色的,通往总部各部门的公务电话是绿色的,通往局长和参谋长办公室的专线是红色的。此时正是红色电话那熟悉的鸣叫声响起在寂静的房间里。

通话的对方是参谋长。

"你能够立即来一趟吗?"参谋长亲切的话音从电话听筒里传来。

"局长有事?"邦德询问道。

"是的。"

"可不可以先给我透漏一点儿线索?"

"可能是想念你了,所以想马上见到你。"

"那好,我马上就来。"邦德答复了一声,放下听筒。

他把上衣穿好,通知秘书他要到局长那里去,不要等他。说完他就从办公室走出来,顺着走廊朝电梯的方向走去。

在等待电梯之时,他回想起曾经也发生过这样的事情:在一个无事可做的日子,突然红色电话打破了寂静,使他离开这个世界,投身到另外一个世界中去。

这次是因为局长"想念你了"才去的,也可能局长见过自己后,又要举行一次送行宴会了。是去开罗,去新加坡,还是去南美呢?嗨,管他呢,随便。他耸了耸肩膀。

星期一,也可能真的可以得到他所盼望的一切。

电梯停在他面前。"到十层。"他一面说着一面走进电梯。

第二章
非 凡 的 事 迹

这幢大楼的最高一层就是十层。通讯部门占据着大部分的房间。有三座天线塔竖立在房顶平台上,天线塔下有一台无线电发报机,那是英国功率最大的无线电发报机。

一块青铜铭牌放置在大楼门厅里,十分醒目,它提示着本幢大楼都有哪些用户。这个"无线电检测股份有限公司"的伪称掩盖了楼顶平台上搁置的三座天线塔的真实意义。除此之外,还有"环球出口公司""迪拉利·布劳斯股份有限公司(1940)""综合公司"以及"问讯处(E·特威宁小姐,帝国荣誉军官)"。

倒是的确有特威宁小姐这么个人。四十年前,她做着和如今的劳埃丽娅·波恩松贝小姐相同的工作。现在她已经退休了,在最底层的一间小办公室里坐着,从事着零零散散的工作,例如撕通知、贴通知、帮房客上税、礼貌地拒绝推销员以及那些打算出口货物或者是修理电器的人等。十层楼上大多数时间都是寂静无声的。

邦德从电梯里出来就拐向左手边,顺着铺有地毯的走廊向局长的办公室方向走去。绿色的粗呢蒙在局长办公室的门上。

他并未敲门,而是径直推开了那扇绿色的门,朝着门廊走进了倒数第二间屋子。

莫妮潘妮小姐，也就是局长的私人秘书，正在打字。听到有脚步声，她抬起头，对着他微微一笑。他们俩相处得比较不错，她明白邦德欣赏她的相貌。今天她的打扮与邦德的秘书差不多，只不过不同的是，她的衬衣是蓝色条纹而已。"新衣服，潘妮？"邦德说道。

她笑出了声，说道："劳埃丽娅和我去了同一家商店。因而我们两人用抽签的方法决定颜色，最后我抽中了身上这件蓝色条纹的。"有人轻轻咳了一声，参谋长走了出来，他和邦德的年龄不相上下。一丝稍带调侃意味的笑意挂在他那张苍白、疲倦的脸上。

"别闲扯了，局长在等你呢。谈完之后一起吃午饭如何啊？"

"没问题。"邦德回答完之后转身走进莫妮潘妮小姐旁边的房间，并把门带上。莫妮潘妮小姐抬头瞟了参谋长一眼，他摇了摇头。

"我认为应该不可能是公事，潘妮，"参谋长说，"也可能是局长心血来潮就召唤他来了。"他转身回到自己的办公室，继续埋头做他的工作去了。邦德推开门走进屋时，坐在大办公桌前的局长正在点烟斗。他挥动燃着的火柴，含含糊糊地指了指一侧的椅子。邦德走到椅子前坐了下来。

局长长长地吸了一口烟，然后透过烟雾目不转睛地盯着邦德约半分钟。在他面前是一张铺着红色皮革的桌子，他随手就把火柴盒丢在了桌子上。

"请假出去玩得愉快吧？"他忽然问道。

"的确不错，局长阁下，谢谢您。"

"我看得出来，你那被太阳晒黑的皮肤还未褪色呢。"局长脸上一副满不在乎的神色。他并不是真的不舍得给邦德准假，他的不满来自所有领袖人物所共同具备的清教徒以及苦行僧的精神。

"局长阁下，是这样的，"邦德含含糊糊地回答着，"那是由于靠近赤道的关系，天气实在太热了。"

"嗯，"局长哼了一声，又说，"的确热，但是这次休养肯定是值得的。"

局长冷若冰霜地鼓起眼睛："希望你的黑皮肤早点儿褪色，在英国，皮肤黝黑的人很多时候是会让人起疑心的。他们或者是东游西逛无所事事，或者就是在太阳灯底下烤黑的。"他把烟斗朝一边抖了一下，脱离了这个话题。

打量了一阵邦德之后，局长继续把烟斗放回口中，心不在焉地吸着。烟斗已经熄灭很久了，他又重新伸出手去取火柴，漫不经心地把它再次点燃。

"看来，我们总算能够得到那批金子了。海牙法庭尚存在一些非议，然而阿森艾姆可是个非常出色的律师。"

"不错。"邦德应付了一声。

他们沉默了一会儿没说话，局长聚精会神地关注着自己的烟斗。远处伦敦城中车辆的喧嚣声隐约透过敞开的窗户传来。一只拍打着翅膀的鸽子落在窗棂上，过了一会儿又展翅飞走了。

邦德想尽办法要从那张历经沧桑的脸上看出点儿意图来。他对这张面孔非常熟悉，并且对它忠心不二。但那双灰色的眼睛波澜不惊，即便是他那每逢焦虑紧张就会青筋暴起的太阳穴也只是微微起伏，使他无法察觉出任何迹象。

突然，邦德看出局长好像是有难言之隐。他似乎是不知道该从哪儿说起。邦德打算帮这位情报局的首领摆脱困窘。他挪动了一下身子，从局长身上转移开自己的目光，关注着自己的手，懒散地抠着指甲。

局长抬眼望着邦德，清了清嗓子。

"现在你都在做一些什么样的工作？有特殊的任务吗，詹姆斯？"

局长不动声色地问道。

"詹姆斯",这样称呼邦德可是与以往不同的。按常规惯例来说,局长召见他时开始都是先说话,不叫名字。仅仅在有必要时,才用他的身份编号——007,或者直呼7号。像今天这样叫他的名字是以前从未有过的。

"也就是处理文件,履行日常事务,练习射击罢了。"邦德诚恳地回答,"您是想让我做什么事吗,先生?"

"事实上的确是这么回事,"局长冲邦德皱了皱眉头,"但是,这件事确实和情报局没有什么关系,差不多就相当于是桩私事。我经过深思熟虑,觉得只有你能够帮我这个忙。"

"当然没问题,先生。有事您尽管开口好了,我一定会尽力而为。"显然邦德极其兴奋。

终于摧毁了坚冰,这让邦德感到一身轻松。可能是老人家的哪一位亲属遇上了什么麻烦事,但他又不愿意请苏格兰场帮忙。难道是讹诈?有这个可能,也可能是毒品。局长会选中他来处理这桩事情使他很高兴。对他来讲,这是一项非常崇高的荣誉。而在局长这一方来说,对政府财产和私人财产之间的区别和界限他从来都是一丝不苟的。为了一桩私事而动用邦德,在他看来这与偷窃政府的钱财是没有什么区别的。这可能就是他颇费心思,不愿开口的原因吧。"我预料到你会这么回答的。"局长的嗓子有些暗哑,"不会花费你太多的时间,只要外出一个晚上就已经足够了。"他稍作停顿,"呃,你听到过有关雨果·德拉克斯爵士这个人的传闻吗?"

"听说过。"局长提到这个名字使邦德感到非常吃惊,"几乎所有报纸都会报道一些关于这个人的事情。《星期日快报》正在连载他的生平事迹。这个人似乎来头不小呢。"

"我明白,"局长简单地说了一句,"把你从报上看到的那些事实说给我听。我很希望听听你对他的看法以及见解,以作为我了解此人的参考。"有那么一段时间,邦德注视着窗外,企图理清自己的思路。局长不喜欢听杂乱无章的谈论。他很讨厌对方说话离题太远,哼哼哈哈。他欣赏干脆爽快、一语中的,容不得含糊其词。

"先生,是这样的。"终于,邦德开口说话了,"首先,这个人是位民族英雄,受到公众的仰慕。我认为他的地位不低于杰克·霍布斯或戈登·理查兹。人们是发自内心地喜爱他,认为他是个超人。虽然他的外貌并不出奇,脸上满是战争时留下的伤痕,嘴比较大,甚至有些故作姿态,不过假如谈及他对国家的贡献,那就该另当别论了。假如你想象一下他花自己的钱为国家做的事大大超出了任何一届政府的能力范围,那么你就会觉得,即便是让他当首相也没有什么过分的。"

邦德发现那双冷冰冰的眼睛似乎蒙上了一层寒霜,但是他故意对此不加理会。他要畅快淋漓地表达出自己对德拉克斯所做出的成就的羡慕。"总而言之,先生,"他仍旧稳重地说道,"许多年来,正是一个刚刚过了四十的人使得我们这个国家免遭战祸。对于他来说,我和大多数人有着同样的感受。但是,直到现在为止依然无人能解开他的身份之谜。这对大众来说的确深为遗憾,但我并不认为这有什么值得奇怪的。即使他终日寻欢作乐,但看上去倒有点儿像是孤孤单单。"

局长漠然地笑了笑:"你所说的这一切就仿佛是从《星期日快报》上照搬下来的。他无疑是位非凡的人物,但是,他都有些什么非凡的业绩,或许你比我知道得更多,不如都说给我听听。

"好的,先生。但是报上的内容的确不容易站住脚。"他再一次凝望着窗外,聚精会神,整理好自己的思路,然后转过身来看着局长,"1944年冬天,德国人从阿尔丹尼突围时,把大批游击小分队以及破坏小组留了下来，并给他们起了个恐怖的名字——狼人，令他们恣意进行各种各样的破坏活动。这些狼人比较擅长蒙蔽对方，伪装自己，掌握着各种敌后藏身的技巧，甚至在我们的部队和盟军攻克阿尔丹尼、横渡莱茵河之后的大部分时间里，他们中的某些人仍然没有停止活动。有的潜藏各地，有的加入联军服役，负责野战医院里的救护工作或者充当司机。这些人在背地里干了很多坏事，例如暗杀受伤的官兵并毁尸灭迹等。"

"在他们的战绩中，有一件显赫的奇功，就是将盟军的一个后方联络指挥部炸毁。增援部队协调部是这类指挥部的正式名称，它是混合单位，组成成员来自盟军各国，包括来自美国的信号兵和来自英国的救护车驾驶员等。本来'狼人'们是打算炸掉食堂，然而战地医院也在爆炸时跟着一起遭了殃。一百余人在这次灾祸中死伤，对死伤者身份的辨识成了一件非常困难的工作。德拉克斯就在这些人中，他被炸飞了半边脸，在一年之久的时间里他完全丧失了记忆，到最后人们仍然弄不清楚他到底是谁，就连他自己也不清楚。身份无法验证的死伤者一共有二十五个，美国人和我们都无法辨识。他们有的肢体不全，有的不具备任何使人信服的证明材料。一年以后，当一个名叫雨果·德拉克斯的无亲无戚的人，被人们在盟军的情报机关的旧档案中查到——一位战前在利物浦码头工作过的孤儿，他的脸上表现出某种关切之情。另外，名单上的照片以及身体特征也多多少少地与他受伤前的情形相一致。从那时开始，他开始回忆起过去的一些简单事情，病情慢慢好转。医生们特别为他自豪。到了后来，战时委员会找到了一位曾经和这个雨果·德拉克斯同在一个突击队里服过役的人，他在医院看过后，证明了那个病人就是德拉克斯，事情就这样结束了。后来报界的大力宣传也没有因此而引出另一个德拉克斯来。因此，1945年年底，他最终以这个名字复员，得到了一笔复员费，并且可以终身享受残废军人的津贴。"

"但是他仍旧说不知道自己是谁，"局长把他的话打断，"他是长剑俱乐部的会员，我常常和他一起玩牌，吃完饭后同他一起聊天。他谈到有的时候会有一种强烈的怀旧感，所以经常去利物浦，努力地想回忆起他的过去。"

邦德的眼睛睁得越来越大，这个迹象表明他对此人产生了浓厚的兴趣。"差不多在战后三年的时间里，他似乎销声匿迹了。后来，关于他的传闻被英国商界从世界的各个角落搜集到。最先传出他的消息的是金属市场。他似乎是找到了一种被称为'铌'的矿砂，这种矿砂非常稀有、昂贵，很多人都希望把它占为己有。它具有高得出奇的熔点，假如没有它就不会生产出喷气式飞机的引擎。在世界上这种矿砂特别稀有，每年开采出的总量仅仅只有几千吨，而且大多都是尼日利亚锡矿的伴生矿。一定是德拉克斯很早就已经估计到不久将会到来的喷气式飞机时代，因而他走在了大众的前面。不知道他是如何搞到一万英镑的，他在1946年购买了三吨铌矿砂，每吨大概值三千英镑。他把这批货转卖给了一家急需这种原料的美国飞机公司，净赚了五千英镑。从那以后他就主要做这种矿砂的买卖。六个月，九个月，一年。三年后他已垄断了铌矿市场，但凡用铌的人都得去向他求购。从那以后，他开始在其他方面投资，如虫胶、波罗麻、黑胡椒，只要是能赚钱的行当他都会去干。不用说，他是一个幸运的人，是越来越兴旺发达的商品潮流中的幸运儿。当然，他也有极为窘困的时候，但是，他总是有灵活的办法渡过难关。不管什么时候，一旦他赚了钱，就会立马开始再生产。比方说，他首先在南非购得废弃的矿山。由于这些矿山中含有的铀矿石正在被重新开采，因而无须怀疑这又是一个发财的途径。"

局长叼着烟斗，看着邦德，静静地倾听着邦德所说的这一切。

"毋庸置疑，"邦德沉醉在自己的述说中，"德拉克斯的鼎鼎大名不断地传到商人们的耳朵里，所有这些都令伦敦商界大感迷惑，不知道到底是怎么回事。不论他们想要什么，在德拉克斯那里总能买到，同时价格也总是远远高出他们所预料到的。有传闻说，他的生意都是在丹吉尔成交的。那个地方是自由港，免税，并且也没有通货限制。他的财产到了1950年已无法统计，于是他又返回英国，开始挥霍自己的财产。他挥金如土，住着最华丽的住宅，开着最精良的汽车；拥有最漂亮的女人、大歌剧院的包厢、获奖的马群以及花木、两艘游艇；他还对'行走者杯'球队加以赞助；捐赠十万英镑给水灾基金；在阿尔伯特大厅为护士们举办大型舞会等。每个星期他都引人注目地出现在报纸的头版头条上。虽然这样但他却越来越富有，人们也希望他越来越富有。这说起来好像是天方夜谭，然而却又实实在在地出现在生活之中，因而人们很受鼓舞。在短短的五年之内，一个利物浦的伤兵就能干出这样的事业，那么他们或他们的儿子又怎么可能不会成功呢。"

"之后，他出乎所有人的意料给女王写了那封大胆的信：'尊敬的陛下，请原谅我冒昧地……'于是第二天的《星期日快报》上的头版标题是这样写的：冒昧的德拉克斯。这篇新闻报道了他是怎么打算把他在铌矿砂上的所有股份捐赠给大英帝国，打造一枚射程甚至可以遍及欧洲所有首都的核导弹，作为对那些想要轰炸伦敦的人的直接答复。他想要从自己腰包里掏出一千万英镑，并且他已经画好了导弹的设计图，正在找寻能够制造这种导弹的人。"

"后来这事拖延了几个月，人们都已经等得不耐烦了。在议院方面出了点儿问题，一些议员甚至建议女皇通过投票表决的方式决定赞同与否。后来首相宣布专家们已经认可了导弹的设计，出于对不列颠人民利益的考虑，女王赞同接受这份礼物，同时以爵士荣誉作为对赠献者的回赠。"

邦德停顿下来，几乎已经完全神往于这个非凡人物的事迹之中。

"是的，"局长说道，"我仍然记得报道那事的标题就叫我们时代'探月号'的和平，说来已经是一年前的事了，现在导弹工程就要结束了，名字是'探月号'吧。"他再一次陷入沉思，神情专注地望着窗外。

他收回视线，越过桌面，盯着邦德。

"就这些了，"他慢慢地说，"我并非比你知道得更多，一个传奇的故事，一位神秘的人物。"他打住话头儿思考了一下，"仅有一件事……"局长用烟斗尾部轻轻敲打着牙齿。

"是什么事情，先生？"邦德问道。

局长好像在犹豫是否应该说出来，他和蔼可亲地看着坐在对面的邦德。很长时间之后，才说："雨果·德拉克斯爵士在牌桌上不守规矩！"

第三章
牌桌花招

"您的意思是他玩牌作弊?"

局长皱了一下眉头:"可以这样说,"他又干巴巴地加上了一句,"在玩牌时一位百万富翁竟然会作弊,难道你觉得这不值得奇怪吗?"邦德抱歉地笑了笑:"也没有什么奇怪的,先生。根据我的了解,有不少特别富有的人在打牌时都喜欢作弊。但是,基于我对他的印象,德拉克斯应该不至于这样做。这的确有点儿难以想象。"

"问题的关键之处就在于,"局长继续说道,"为什么他要这么做?因为,毕竟玩牌作弊同样可以毁掉一个人。在所谓的上流社会里,单单这件小事就足以让你声名俱毁,无论你是谁。德拉克斯的骗术比较高明,到目前为止还没有被什么人发觉过。事实上,我认为除了巴西尔顿以外,根本就不可能有人怀疑他在牌桌上会耍什么阴谋。巴西尔顿是长剑俱乐部的主席。这个人眼观六路,耳听八方,江湖经验特别丰富。他曾经来找过我。他朦朦胧胧感觉到我和情报部门有某种关系,以前他遇到一两次小麻烦时我也曾帮过他的忙。这一次他又来找我帮忙,说他不希望在自己的俱乐部中会有这种不体面的事出现。自然,首先他是企图阻止德拉克斯干蠢事。和我们大家一样,他也极其推崇德拉克斯,生怕弄出点儿什么差错来。假如发生了,你就没有办法防止这类丑闻的传播。俱乐部会员中有很多下院议员，用不了多长时间这事就会成为下院会客厅里谈论的话题。然后，那些传闻作家们就会添油加醋夸张地用它大做文章。另一方面，纵然巴西尔顿有令他悬崖勒马之意，但又考虑到吃力不讨好，生怕发生什么不幸事件。所以，他特别矛盾，来征求我的意见。经过深思熟虑，我觉得巴西尔顿的考虑也并非没有道理。因此，我打算尽自己的最大努力帮他的忙，并且，"他直视着邦德，"把这件事情交给你来处理。你是情报局里玩牌玩得最好的牌手，"他淡淡一笑，"是否需要再温习一下你的赌场技能。我依然记得我们花过不少钱让你学习在打牌时如何作弊，那似乎还是战前你在蒙特卡洛追逐那伙罗马尼亚人之前的事情呢。那次你可真是出尽了风头啊。"

邦德淡然笑了一声："我是跟斯蒂菲·埃斯波西托学的，"他继续说道，"那家伙是个美国人。他让我一星期里每天练习十个小时，跟随他学习一种打牌的绝技。那时候我还因为这个写过一份详细的报告。斯蒂菲在玩扑克牌上的确有独到之处，他精通牌戏中的任何一种招数，比如，怎样增加'A'牌的数目，使一副牌因为这个而失去效用；在大牌的背面用剃须刀搞点儿小动作；配备一些巧妙的小玩意儿；手臂按压装置，也就是一种装在袖子上并且能够自动送出纸牌的机械装置；还有打边器，它能够使一副牌的两边得到均匀的修剪，不会多一毫米，然而在你想要的牌上它可以留下一处小小的凸起部分；另外还有反光器，也就是把非常微小的镜子镶在戒指上，或者安置在烟斗的下端。这些鬼把戏没有一样能够瞒得了他，而他所会的特技，别人却不一定知道。事实上，"邦德诚恳地说，"正是他关于'反光物件'的教导帮助我得以完成了蒙特卡洛的那项任务。赌场里收钱的那个家伙使用了一种用特制镜子才可以识别出来的墨水。斯蒂菲是一个非同寻常的人。从他那里我的确是受益匪浅呢。"

"嗯，听起来还的确是十分专业呢，"局长评价了一番，"换句话说，这种活路需要每天练习好几个小时，也可能需要一个和他同谋的人，我不认为德拉克斯在长剑俱乐部里就是这么做的，但是事实谁又知道呢，这事的确很奇怪。他的牌术不见得如何高明，出牌也并不干脆利索，而且有时还会犯规，但他每次都准能赢。他只打桥牌，常常能在叫牌之后再加倍，并且靠着出小牌而获胜，这就有所不同了。他一直是个大赢家。长剑俱乐部里的赌注特别高。自从他加入这个俱乐部以后，在每周的结算中他一直没有亏过。世界上最出色的牌手，俱乐部里也有几位，可是连这些世界上最出色的牌手在几个月中都无法保持这样的纪录。人们不经意地讨论着这件事情，我认为巴西尔顿为此事采取某些必要措施是应该的。你觉得德拉克斯采用的是什么样的作弊手法？"

邦德的肚子早就已经开始饿了。参谋长也肯定在半小时前去吃饭了，他是不可能等他的。他本来有机会能够和局长谈上几个小时作弊手法的，而局长似乎也表现出浓厚的兴趣，既没有饿意，也没有任何倦容，他必定会认真地倾听所有的细节，并把它们铭记在心里。但是邦德已经饿得直往肚子里吞咽口水了。

"如果他并非一个职业作弊者，先生，同时他不会以任何方式修饰纸牌，那么他就只剩下两种选择。一个是偷偷看牌，另一个就是和他的对家有一套暗号。他是否常常与同一个对家玩牌？"

"平常未必，但星期一和星期三允许带客，允许你和你的客人做对家。德拉克斯差不多每次都带着一个叫梅耶的人，那是个犹太人，机灵敏捷，是他的金属经纪人，牌也玩得很出色。"

"也许看看他们打牌之后，我就能瞧出点儿什么苗头来。"

"我也正是这么想的。不如我们今晚就去，你觉得如何？不管结果怎样，至少在那儿你可以吃上一顿美味可口而又丰盛的晚餐。我们六点钟在俱乐部会合，先玩一会儿皮克牌，让我从你那儿赢上几个钱，之后咱们再去看一会儿桥牌。吃过晚饭之后，我们与德拉克斯以及他的朋友一起玩一玩，瞧一瞧他们的手法。星期一他们常常去那儿的。你觉得怎么样？我一定打扰你的工作了吧？"

"当然不会的，先生，"邦德咧嘴笑道，"我自己倒也很希望能去那地方玩一玩，就当是度假了吧。假如德拉克斯果真在作弊，那么我以为，只需要让他自己清楚已经被人识破了，这就应该可以了吧。我可不希望看着他始终无法摆脱困境。这样可以吗，先生？"

"可以，詹姆斯。多谢你的帮助。这个德拉克斯，真是让人无法摸透。但是我所担心的并非是他本人，而是那枚导弹。我可不希望让它遇上什么麻烦。或多或少德拉克斯就等于是'探月号'。好了，就说到这里吧，六点见。不必太注重着装，咱们也没有必要非要穿得整整齐齐才去吃饭。最好你现在马上就去温习一下你的牌技，用砂纸把你的手指尖打一打，或是其他的你们这伙作弊的家伙不得不做的事。"

邦德冲局长淡淡一笑，作为回答，然后就站起身来，朝门外走去。看来和局长的这番谈话总算没有留下任何阴影。看来今天晚上不至于过得平淡无味了。

他的脚步突然变得轻快起来。

局长的秘书仍然在办公桌前坐着。两块三明治和一杯牛奶在她的打字机边上放着。她机敏地关注着邦德，然而从他的表情中无法观察出任何东西来。

"我估计参谋长一定是走了。"邦德说。

"已经走了差不多有一个小时了，"莫妮潘妮小姐的话音中带着一丝责备的语气，"这个时候已经两点半了。或许他已经用好餐，马上要回来了。"

"在食堂关门前我赶到那里去吃吧，请转告他我下次再请他。"他冲她微笑，大步迈上走廊，向电梯的方向走去。

机关食堂里只剩下几个人在用餐。邦德选了一张空桌子之后坐了下来，点了一份烧鱼、一盘生菜拌鸡丁、一份烤面包片，以及小半瓶饮料和两杯黑咖啡。饥饿的邦德一阵狼吞虎咽过后，三点钟回到了自己的办公室。他回想了一下局长所交代事项的准备工作，之后又急匆匆地读完了那份北约组织送来的文件，同秘书道别，并告诉她他晚上在什么地方。四点三十分他从大楼后面的雇员修理间将自己的轿车取出来。

"似乎增压器有点儿什么动静，先生。"对邦德说话的是过去在皇家空军中做过事的机械师，他把邦德的车，特别是他的轿车看成他自己的财物。"如果明天吃午饭时不用车的话，就把它送到这里来吧，我觉得应该把消声器修理一下。"

"谢谢你，那就这么定了。"邦德无声无息地把车从修理间开出来，穿过停车场之后驶入贝克街。车尾喷出一串噗噗作响的废气。

他十五分钟后就到家了。车被他停放在小广场上的梧桐树下，打开公寓房门——那是建于摄政时期的公寓房门，走进起居室，里面摆满了各类书籍。寻找了一段时间之后，他从书架上抽出来一本《斯卡尼纸牌技巧》，丢在宽敞的窗边那豪华的帝政时代写字台上。

他走进自己的小卧室，卧室里贴着白色和金色的墙纸，挂着深红色的窗帘，邦德脱下身上的衣服，有些零乱地放置在双人床那深蓝色的床罩上，之后走进浴室冲了"上岗"之前的淋浴。洗浴完擦干之后，又在镜子面前修面梳发。

那双反射在镜子里的灰蓝色的眼睛从镜子中凝望着他，显得格外有神，也显得极其兴奋。那张清瘦、冷峻的面孔上依旧是那副永远不知疲倦、永远不认输的神色。他迅速、果断地抹了一把下巴，用发梳不耐烦地把垂在右边眉毛上的一缕黑发撩开。修整完毕之后,他又在腋下和脖子上喷洒了一些香水,然后再次走进卧室。

十分钟之后,他已经打扮完毕了。时髦的白色丝绸衬衣、深蓝色的海军哔叽裤子、深蓝色的短袜、又黑又亮的皮鞋,此外,他还在衣领上系了一朵黑色的蝴蝶结。他桌上摊放着斯卡尼那本关于桥牌作弊技法的神奇指南。

半小时中,他参照着书中关于具体技法的章节握着手中的牌进行试验,试过之后再看,看过之后又试。当他演习着关键性的"机械动作""藏牌动作"和"废牌动作"时,他兴奋地发现他的手指特别听话,甚至到了出神入化的境地。即便是在做非常复杂的单手"废牌动作"时,纸牌也没有发出任何不该有的响声。

他对自己的牌技十分满意。

五点三十分,他把牌摊到桌子上,合上了书。

他走进卧室,在宽大的黑色烟盒中装满了香烟,之后又把它放回裤袋里,然后,把上衣穿上,再查验了一下皮夹子中的支票本。

他在那里考虑了片刻,随后挑选了两块白色的丝绸手帕,认认真真地把它们叠起来,再分别装进上衣两边的口袋里。

一切准备妥当,他把一支香烟点燃,又走回起居室,在写字台前的高背椅中坐下来,希望这样做可以松弛一下紧张的神经。他遥望着窗外空旷的广场,想着马上就要开始的这个夜晚,想象着名叫长剑的这家也许是世界上最有名的纸牌俱乐部,今天晚上可能就要有好戏上演了。他禁不住笑了起来。

长剑俱乐部始建于 1776 年,位于圣·詹姆士大街。似乎是从一开始它的发展就非常顺利。到 1782 年已经算是小有规模,同时开设了四五张奎兹牌桌,还有惠斯特牌桌以及皮克牌桌,另外还有一张骰子桌。

此后，长剑俱乐部开始大规模增加设备，专门用作赌徒们聚赌的特制桌子从八张增加到二十张，其余的游艺部门也是这样。到了1960年，俱乐部旧址翻新扩大，营业部门也开始增多，俱乐部越来越繁荣。到现在为止，它可以算得上是伦敦级别最高的俱乐部。它的会员数量一直控制在两百名以内，所有会员候选人都需要具备这样两个条件才可以入选：一个条件是具备绅士风度，另一个是具备十万英镑现金或者是业经担保的证券。

除了赌博，其服务规格也是无与伦比的。拿饮食来说，这里所有的美食和美酒都是伦敦最高级的，而且不需要账单，每个周末从赢家所得的款中按比例扣除饮食方面的一切花销。因而即使每个星期每个人大约有五千英镑在牌桌上易手，但也不至于让他们有太重的负担，输家也一样会因为得到了某种程度的补偿而感到满意。

长剑俱乐部的雇员也是出类拔萃的。餐厅中的几名女招待风姿迷人，就算她们被一些年轻的会员暗地里带入上流社会的社交场合，也不会显得低人一等。

还有一些繁缛细节能为这里的豪华更添光彩。俱乐部里仅仅流通崭新的钞票和银币，假如俱乐部的某个会员玩了整整一个晚上，那么他剩下的钞票和零钱就会被换成新钱；全部报纸都需要用熨斗熨过才能送到读报室；卫生间以及卧室里常备的香皂和化妆品都是由佛劳里斯公司提供的；门房有和莱德布洛克直通的专线电话；在每个重要的赛马会上俱乐部都包有专席，不管是洛德赛马会、汉利赛马会，还是威姆布利敦赛马会；旅行在国外的会员还拥有所有国家首都一流俱乐部的会员资格。

总之，作为对每个人一百英镑会费以及每年五十英镑例行会费的补偿，长剑俱乐部让会员们享受到了维多利亚时代规格的豪华奢侈，并且每年也为人们提供了毫无抱怨地输赢两万英镑的机会。

一想到这些，邦德就特别盼望今晚能够爽快地玩一场。他去长剑俱乐部玩过的次数在这一生中真是屈指可数。上次他在那里玩一局赌注非常高的扑克牌时还吃了大亏。然而，一想到今晚有下大赌注的桥牌，立马就可以到手几百英镑时，他便有些等不及了。

不用说，还有那桩关于雨果·德拉克斯爵士的小事，可能今天晚上就会因为这个而呈现一点儿额外的戏剧色彩。

差五分六点时，外面响起了轰隆隆的雷声，似乎是很快就要下雨，天色也突然阴沉下来。邦德驾驶着他的宾利轿车朝着长剑俱乐部的方向疾驰而去。

第四章
露出马脚

那辆宾利轿车被邦德停放在距离长剑俱乐部比较远的一处停车场上，之后他下车绕着一条小巷走到帕克大街。最后站在俱乐部的斜对面，打量着那亚当式的俱乐部的正面建筑。在暮色中它显得尤其优雅。深红色的窗帘拉在底层入口处两边的窗户上，穿着制服的侍者的身影闪动了一下，把大门进口上方的三扇大窗户的窗帘拉上了。从中间那一扇邦德看到了两个人的脑袋和肩膀。那两个人都弓着身子，看来正赌得兴致勃勃。邦德猜想他们可能是正在玩十五子游戏。

他还看见了一盏发着亮光的吊灯，那是照亮所有宽敞的赌博室的三盏吊灯之一。

邦德打算走进去。穿过了大街之后，他径直朝大门走去。他把转门推开，走到样式陈旧的门房前，看管门房的头儿是布莱维特，他既是大多数会员的顾问和朋友，也是长剑俱乐部的管理人。

"布莱维特，晚上好啊。上将到了吗？"

"晚上好，先生。"布莱维特说道，他清楚只要邦德一来，那就必定是要玩牌的。

"上将已经在牌戏室里等着你了。听着，伙计，把邦德先生领到楼上的上将那里去。祝你愉快！"

走过地上铺有黑白大理石的大厅，穿制服的小听差带着邦德登上装着红木栏杆的宽楼梯。之后他把楼梯顶端两扇大门中的一扇推开，让邦德进去。宽敞的屋子里并没有太多的人。邦德瞧见局长在中间那扇窗户下面坐着，独自一个人玩着单人纸牌游戏。邦德把小听差打发走，踩着厚厚的地毯向里面走去。他闻到有种呛人的雪茄烟的味道，轻微的声响从三张桥牌桌上传来，哗啦啦的骰子声也从那看不见的十五子游戏桌上传了过来。

"你来了，"发现邦德走了过来，局长和他打了声招呼，并挥手向牌桌对面的那把椅子指了指，"等我玩完这一把吧，我这几个月以来还没有赢过坎菲尔德这家伙。你想喝点儿什么吗？"

"不必了，谢谢。"在椅子上坐下之后，邦德点起一支香烟，兴趣盎然地瞧着局长玩牌时那副全神贯注的样子。

在伦敦，局长可以算得上是众所周知的人物。差不多每个人都知道一位麦耶上将、麦耶海军上将司令、英国皇家海军退役的高级将领。但是，多数人认识的是他的官阶、他的过去、他的地位，而如今作为英国秘密情报局的局长这个头衔，知道的人却没有几个。现在，坐在那里的局长打扮得就如同圣·詹姆士大街上任何一家俱乐部里的任何一名会员一样。深灰色的西装，硬铮铮的白领子，带着白点的深蓝色蝴蝶结在脖子上松松地系着，机敏智慧的水手面孔，长着一双清澈、敏锐的水手眼睛。一个小时前他仍然在运筹帷幄于如何对付英国的敌人，这真是一件让人难以置信的事；也很难令人相信的是，就在这个晚上，他的手上会沾上新的血迹，也可以说是他的意旨——完成一次出色的偷窃和令人讨厌的讹诈。

同局长坐在一起，邦德当然会引得别人的关注而被多看几眼。从他的着装来看，没有什么人会不把他看作一位财主，或者看成贵族式的人物，也有可能看成来自外国的观光富商。

连邦德也明白自己身上有一股外国味儿，并非地道的英国派。他很明白自己的个性太外露、太坦率，与英国人含蓄的传统不相符。但他并没有把这事看得如何重要，在他看来，要紧的是国外，他绝不可能在英格兰找工作干，也不想要离开情报局的管辖范围。况且，今天晚上到这里来也不过是为了消遣，伪装对他来说是不需要的。

自己玩了一阵后，局长"哼"的一声把牌丢到桌上。邦德抓住机会把牌拢到一起，同时本能地演习起斯卡尼洗牌法来，将两叠牌以飞快的动作弹在一起，竟然没有一张飞到桌外。他把牌码好，然后推到一边。

局长冲一个正忙着的侍者点点头："请把皮克牌拿来，泰勒。"

侍者弓着身子退下去了，很快送上来两副薄薄的新牌。他把牌上拴着的带子解下来，把纸牌以及两个记分器一起放在桌子上，然后在一旁侍立。

"拿一杯加苏打的威士忌来给我。"局长对侍者吩咐道，然后对邦德询问道："难道你真的什么都不想喝吗？"

邦德看了一下表，时间已经是六点三十分了："那就给我来杯马提尼酒好吗？再掺点儿伏特加，然后别忘了放一大片柠檬皮。"

"不是上等酒啊，"局长在侍者走开后短短地评论了一句，然后又轻声接着说，"在我们的朋友出现之前，让我们再来玩几把输赢较小的，以免别人起疑心。"

他们的皮克牌游戏大约玩了半个小时，对于这种牌，玩得熟练者总是会赢，即便牌稍微差一些也没有什么大碍。最后，邦德带着笑容数出三英镑钞票。

"这些日子我玩牌总是不走运，玩一次输一次。我还一直没有赢过你呢。"

"这全靠记忆和熟练。"局长对自己的牌技极为满意,将加了苏打的威士忌一口喝干了,"现在我们一起到那边去看看。我们的朋友已经在巴西尔顿那张桌子上开始玩了。他们进来已有差不多十分钟了。假如你看出点儿什么眉目来,就朝我点点头,我们到楼下去说。"

他站起身,邦德随后也跟着站了起来。

屋子那一头的人慢慢增多起来,五六桌桥牌正在火热地进行。正当中那盏吊灯下有三个玩家围坐在圆形的扑克桌边,他们正在把筹码数成五堆,等待着只要再来两个玩家就可以开始玩了。腰子形状的贝拉牌桌依然空着,晚饭之前可能不会有客人,吃过晚饭后可以用它来玩"铁轨"牌。

邦德在局长身后紧紧跟随着,饶有兴味地观赏着牌戏室里的一切。手里托着酒盘的侍者在桌子之间来回穿梭,叮叮当当的碰击声从盘中的酒杯发出。有人在轻声细语地谈话,也有人偶尔发出喝彩声和欢笑声,映着灯光的蓝色烟雾徐徐上升,这些气味令邦德的神经受到刺激。他如同嗅到了猎物的猎狗一样,鼻孔也禁不住一动一动的。他跟随局长向屋子的那一头走去,加入到了玩牌的人群之中。

他们两人肩挨着肩,心不在焉地从这张桌子踱步走到那张桌子,嘴里不停地和玩家们打着招呼,不知不觉中已靠近最后的那张桌子。这张牌桌挨着宽大的亚当式壁炉,一幅油画挂在壁炉的上方。

"加倍,见你的鬼。"背朝着邦德的那位玩家乐呵呵地大声吼叫着。邦德漫不经心地注视着那长着一头浓密红发的说话人的脑袋,但他现在只能看到他的后脑勺。然后,邦德把视线移向左边,看见了正靠在椅子上的长剑俱乐部的主席巴西尔顿爵士,他垂着眼睛专心致志地紧盯着手中的牌,那推牌的手忽而探出,忽而收回,就如同握着什么珍奇宝贝一样。

"我的手气的确不错,因而我必须再加倍,亲爱的德拉克斯。"他说着,之后又朝着对家看了一眼:"没关系的,汤米,这次我负全责,输了的话可以算在我头上。"

赌资搁在桌子中央。德拉克斯笑了几声之后，又停了一阵，然后说："这次你赢了四百英镑，恭喜你了。"巴西尔顿把钱收过来，再接牌、发牌，四个人依然继续玩下去。

点燃一根香烟之后，邦德挪动到德拉克斯的背后，关注着他的双手动作。正在他对德拉克斯为何不施用手脚而感到奇怪时，他听到局长的声音在他耳边响起："我的朋友邦德中校您还记得吧，巴西尔顿，我们今晚到这儿来就是想玩几把。"

巴西尔顿仰起头对着邦德微笑："晚上好啊。"他的手从左到右围着桌子划了一圈，很快捷也很简便地介绍道："这三位分别是梅耶、丹吉菲尔德、德拉克斯。"三个人随着声音向邦德看去，邦德也冲他们礼貌地点点头。

"这位就是麦耶上将，我想大家肯定早已久闻大名了。"巴西尔顿接着补充了一句。

在椅子上的德拉克斯侧过身子："啊，上将，"他兴味盎然地招呼着，"很荣幸和您在一起，上将。需要来一杯吗？"

"不用了，谢谢，"局长微微一笑，"刚刚已经喝了一杯。"

转过身后，德拉克斯又抬眼望着邦德，邦德看见了一双漠然的蓝眼睛和一绺红胡子。"你需要来点儿吗？"他随便问了一声。

"不需要，非常感谢。"邦德回答道。

德拉克斯又转回身子，把他的牌拿起来。邦德关注着那双粗大笨拙的手分别把牌排好。

邦德围着牌桌绕了一周，从每个角度对德拉克斯进行观察。他看出来德拉克斯理牌的方法与大多数玩家是不一样的，他并非是把牌分成四组，而是仅仅分成红色和黑色，也不分什么大小顺序，而是随便胡乱穿插；并且他圈着双手，使得立在一旁看牌的闲人无法看清楚他手中的牌，也让他的邻家摸不着头脑。

邦德明白，这种大智若愚式的行为，也正是他的厉害之处。

走到近旁不远处的吸烟台，邦德掏出香烟，在镶在银制壁炉栅中的煤气喷嘴上把香烟点燃，然后装成很散漫的样子东张西望，从而避免引起别人的注意。

从他站定的地方能够看见梅耶的手；再向右走一步，又能够瞅见巴西尔顿的手部动作；而雨果·德拉克斯爵士则恰恰是面对他的视线，他认真地观察着德拉克斯，表面上却只是装出一副饶有兴味地观看他人打牌的样子。

德拉克斯给人一种魁梧高大的印象，他约有六英尺[1]高，肩膀出奇地宽。在他四方形的脑袋上浓密的红发从中间分开。虽然右耳整过形，但看上去仍然比左耳难看很多。而那只右眼明显就是手术失败的产物，因为用来重造上下眼皮的移植皮肤已经萎缩，因而看上去要比左眼大得多，并且严重充满血丝。

最令人关注的是他那浓密的红色胡须，这些胡须一直连接到他的耳朵根上。非但遮盖了他右边大半个面颊上那难看的褶皱皮肤，而且还起到了另外一种效果，那就是它还遮掩了德拉克斯天生的凸出下巴以及暴出嘴外的上牙。邦德思考着，这或许是由于孩提时代咂手指的原因。胡子把这些"鬼牙齿"遮住了，仅仅在他放声大笑时，才使这些牙齿露出它们本来的面目。

高大的身躯，方方的脑袋，一大一小的眼睛，红色的胡髭与头发，参差不齐的牙齿，粗糙而又宽大的手掌，就是这位伦敦的牌界怪杰、铌

---

[1] 英尺：一英尺等于 0.3048 米。

矿权威的组合。

倘若邦德并非事先了解德拉克斯的本事，他对德拉克斯的印象很可能就是粗鲁、暴戾、多嘴多舌、头脑简单。实际上，邦德觉得自己对他的这种印象多半是由于德拉克斯刻意模仿摄政时代后期公子哥的做法所导致的——一个毁了面容的势利鬼无伤大雅的矫揉造作。

邦德仍旧认真观察着，他发现德拉克斯很爱出汗。窗外雷声阵阵，说明这是个凉爽的夜晚，但是德拉克斯却总是不断地用一块印花的大手帕擦拭着额头和脖子。他不间断地吸烟，一支刚刚抽上十几口的佛吉尼亚香烟很快就被扔掉了，而且他马上就伸进上衣口袋里，从五十支装的香烟盒里再取出另一支来。他没有让他那双手背上长满红毛的大手停止过一刻，那双手一会儿摆弄摆弄纸牌，一会儿摸摸在他前面牌桌上的银制扁平烟盒旁边的打火机，要么就揉揉脑袋边上的头发，或者就用手帕擦拭脸和脖子。有时候，他还会把一个手指头贪婪地伸进嘴里，牙齿咬着手指甲玩儿。虽然是在远处，但邦德仍然能看见他的每个指甲都已经被咬得露出了下面的生肉。

那双手极为粗大有力，然而大拇指却特别难看。邦德研究了一会儿，最后终于发现它们长得比较奇怪，竟然跟食指最上面的关节相齐平。

最后邦德把视线转向德拉克斯那身华丽、高雅的服饰：带着深蓝色条纹的薄薄的法兰绒西装，西装两边都装有胸衬，袖口向上翻起。衬衣是白色、硬领、丝质的。小小的灰白方格图案恰到好处地在他那条黑领带上点缀着，衬衣袖口的链扣外观看起来比较优雅，有点儿像是卡特尔公司的产品，手腕上系着黑皮表带的纯金的帕特克·菲利浦手表。

到现在为止，邦德仍然没有看出德拉克斯的任何破绽。他再一次将一支香烟点燃，专心地关注着牌局的进展，依靠他的潜意识来适应德拉克斯的外表，从而对其举止中那些富含意味、有助于揭开他的作弊之谜的细节做出分析。

牌在半个小时后已经玩完了一圈。

"该轮到我发牌了，"腰缠万贯的德拉克斯财大气粗地说，"玩了这么长时间，我们的分数确实不错。喂，马克斯，看看你能不能弄到几张 A 牌，我实在不喜欢总是独自一个人唱主角。"他熟练、镇定地发着牌，并且不断地和其他的人开着极为刻薄的玩笑。

"刚才的那一圈玩的时间实在太长了，"他对着此刻正坐在他和巴西尔顿中间、正在抽着烟斗的局长说，"实在对不起了，一直让你坐在一旁看。晚饭后和你们一起赌一把，如何啊？我和马克斯对你和你的这位中校朋友，真是对不起，我不记得你的名字了。牌玩得怎么样？"

"邦德，"局长说道，"詹姆斯·邦德。还算可以吧，我认为我们还是比较乐意的。你认为呢，詹姆斯？"

邦德目不转睛地盯住发牌人那低下的头和他那稳重移动的手。哈，你这个浑蛋，抓住你了。终于露出马脚了！是个反光器，并且是一个不怎么样的反光器。在行家的牌桌上这种东西用不了五分钟就会被人识破。局长把头抬起来，与对面的邦德面面相觑，发现邦德眼中流露出了确信的神色。

"没问题。"邦德显得异常兴高采烈，"我想肯定没有比这更好的了。"

他的脑袋不为人注意地稍稍摆了一下，对局长说："你不是告诉我晚餐之前还有一个余兴节目吗？我倒是希望借以调剂调剂，也算是不枉此行。"

局长点点头："的确是有这么回事。那就走吧，最精彩的节目就在秘书的私人办公室里上演。巴西尔顿过一会儿可以下楼来为你和我弄杯鸡尾酒喝，再通知我们这场生死决斗到底是谁胜谁负。"他起身站了起来。

"想要做什么随便你们，"敏锐的巴西尔顿瞥了局长一眼，说道，

"把他们俩打发掉之后我马上就下来。"

"那不如我们就在九点左右开始吧。"德拉克斯一边说着一边仔细打量了一下局长和邦德,"你应该带他去瞧瞧为漂亮姑娘们所下的赌注,"他收起手,"我好像是注定要赢似的。"他瞅了一眼自己手中的牌后说道,"三点,不叫将牌。"之后得意忘形地瞟了一眼巴西尔顿:"你可得认真衡量衡量啊。"

邦德跟在局长身后,两人一同走出房间,走下楼梯,他们悄无声息地走进秘书室。房间里的灯没有开,局长把电灯扭亮,坐到堆得满满的写字台前的转椅上,他面对着邦德转过椅子。邦德掏出一支香烟,站在空空的壁炉边缘。

"有什么发现吗?"他抬起眼睛看着邦德问道。

"是的,他的确是在作弊。"

"噢,"局长不动声色地回应了一声,"那么他是怎么作弊的呢?"

"他在发牌的时候多了一只眼,"邦德答道,"他放在面前的那只银烟盒你观察到了吗?在差不多一个小时的时间里,他吸了将近二十根香烟,然而他自始至终却未从那个烟盒里取过一根。原因比较简单,他不想在烟盒的表面留下任何手指的痕迹。那是擦得锃亮的纯银的烟盒。当他在发牌的时候,用左手握住牌的大约四分之三的面积,再以差不多三十五度左右的角度,让其悬置于烟盒内侧的斜上方,最后再一张一张地把牌发出去。所有的牌都一一映在烟盒上,和镜子没有什么区别。而作为一名出色的生意人的德拉克斯,他有着超凡的记忆力,无论谁得到了什么牌,他都记得一清二楚。你是否还记得我给你讲过的那些关于'反光器'的话?这不过就是那种镜子的一种翻版。怪不得他常常出人意料地以小吃大。在四圈牌中总是会有一圈清晰地知道每张牌,这可并非是一件小事,他一直在赢也没有什么令人惊讶的。"

"但是为什么他这么做却没有被人察觉呢？"局长反驳道。

"目光向下在分牌的时候是极为自然的事，所以这个动作一般不会使别人对他起疑心，没有人发牌时不是这样的。同时他的手掌比较大，能够为他恰到好处地掩护，再加上他爱说用以分散别人注意力的俏皮话。因而，每次都能成功地掩过其他人的耳目。"

门被推开之后，巴西尔顿走进屋来。他带着满腹怒气，回手把房门掩上。"可恶的德拉克斯总是不让人得手，"他发泄着心中的怒气，"他就像能掐会算一样，比如有四五次我明明已经拿到了好牌，他偏偏不跟，所以气得我只能干瞪眼。"他使自己的怒气平息了一下，"怎么样，上将，你的朋友瞧出来什么眉目了吗？"

局长对着邦德做了个手势，之后邦德把刚刚对局长讲过的那一番话又重复了一遍。

巴西尔顿爵士听着邦德所讲述的话，面孔显示出他越来越愤怒。

"这个浑蛋东西！"邦德刚刚说完他就立马发作起来，"真是见他的鬼，他这么做到底是出于什么原因呢？他可是个实实在在的百万富翁。他的钱多得都不知道应该怎么花。看来他的这场丑闻还真是躲不过去，这件事情我只能向委员会实话实说了。已经有很多年没有发生过此类作弊事件了。"他在屋子里迈着步子踱来踱去，反复考虑，然而一想到德拉克斯自身所代表的重要意义，很快俱乐部的利益就被弃置在一边。"听说他的那枚导弹很快就要发射了。每周他都要到这里来上一两回，只不过是想让自己放松一下。天哪，那么多人把他当作民族英雄，真恐怖。"

巴西尔顿在室内立起身来回踱了一阵之后，转身面对着局长，对他露出了求助的神色："既然这样，米勒斯，那么你认为现在我要怎么做才好呢？在这个俱乐部里他已经赢了不下一万英镑了而别人却输掉了这么多。就比如今天晚上吧，我的输赢倒是没有什么关系，但是丹吉菲尔德呢？我知道最近他在股票市场上遇到了一些麻烦。这件事除了向委员会报告之外我不清楚还能有什么更好的办法，而你当然能想到向委员会报告后将会出现怎样的情形。委员会里一共有十个人，难免不会有人泄露出去。假如一旦泄露出去的话，那么舆论界不闹个天翻地覆才怪。人们提醒我说，如果没有德拉克斯的话就不可能有'探月号'。报纸上也曾报道说国家的一切未来就系于这枚导弹之上。要知道它可是大英帝国的新希望！这可真是一桩棘手的事情。"他停顿了一下，又将乞求的目光首先投在局长身上，然后又把目光转向邦德，"难道就真的没有什么别的补救办法了吗？"

邦德把烟蒂吐掉："的确是应该教训教训他，"他镇定地说，"意思也就是说，"他轻轻一笑，又补上一句，"只要俱乐部支持我，我就一定有办法。"

"你想怎么做就怎么做吧，"巴西尔顿果断地说道，"你到底想到了什么法子？"

邦德的自信令一线希望之光从他的眼里闪过。

"我是这样想的，"邦德说，"我有办法让他知道我已经把他的花招识破了，并且我要用他的花招以毒攻毒，赢他一笔，好好教训教训他。不过当然，那样的话梅耶也会跟着他倒霉。作为德拉克斯的对家，他就要输掉自己的一大笔钱。这有什么影响吗？"

"这倒没有什么关系。"巴西尔顿说。看起来他比刚才轻松了很多，已经准备就绪接受任何可以解决问题的办法，"他一直凭借德拉克斯为他撑腰，和德拉克斯做对家使他没少赢钱。难道你不认为……"

"不，"邦德把巴西尔顿的话打断，"我敢保证梅耶是彻底被蒙在鼓里的，虽然德拉克斯所叫的一些牌会令人吃惊。"他转向局长，问道："你认为这样可行吗，先生？"

第五章
美味佳肴

邦德随着局长在八点钟进入了富丽堂皇的摄政餐厅,这个餐厅是长剑俱乐部中最为讲究的一部分。

在餐厅正中有一张大餐桌,巴西尔顿正坐在餐桌的主位,在他的身旁有两个空着的座位。局长假装并未听见他的招呼,径直朝着餐厅里端的那一排小餐桌走去。他挥手示意邦德坐在一把椅子上,之后自己坐在邦德的左侧,使自己背对着其余的人。

手里拿着两张菜单的餐厅领班招待已经站在了邦德的身后,把手中的菜单一份放在邦德的面前,另一份递给了局长。"长剑俱乐部"几个烫金大字印在菜单的上端,下面则是满满当当的菜名。

"不需要每个菜名都看,"局长说道,"当然,除非你还没有想出来自己到底想吃什么。这个俱乐部的头条规则、也是最妙的规则,就是只要是俱乐部成员都可以随便点菜,即使菜单上没有。只不过,他需要照价付款。今天也不例外,仅有的不同之处是,今天你可以不必花钱。想吃什么,你就点什么,不必有所顾忌。"他抬起头来看着领班问道:"贝尔加鱼子酱有吗?"

"当然有了,先生。而且还是上周刚进的货呢。"

"那好,那就来一份吧。再来一份上等火腿、一份辣味腰子,另外再来一些青豆、土豆和草莓。你呢，想要点什么，詹姆斯？"

"我非常爱吃地道的烟熏鲑鱼，"手指着菜单的邦德慢条斯理地说道，"羔羊片，蔬菜和你的一样，但是芦笋烩香肠味道也挺不错，最好还能再加上一份菠萝。"说完，他把菜单轻轻地一推，使自己的身子仰靠在椅背上。

"你总算点完了，谢天谢地。"局长抬起头来望着领班："你都记下了吗？"

"已经记清楚了，先生。"领班微微一笑，"不如您再来根髓骨如何？很新鲜，那是今天才进的货。我特意留了一根给您。"

"那的确是个好主意，你知道那东西我爱吃的。这玩意儿虽然对我身体没有什么好处，可我总是忍不住想吃。天知道为什么我今晚要在这儿穷开心。能把格尼蒙里叫过来一下吗？"

"当然，他就在那里。"领班说完之后，便冲着那位司酒走去。

"格尼蒙里，你好。不如来点儿伏特加吧？"局长转过身去，对邦德说道："这可并非是你用来兑鸡尾酒的那种东西，而是战前生产的沃尔夫斯密特牌伏特加，是从里加搞来的。怎么样，和你那地道的熏鲑鱼挺配的吧？"

"真是太棒了。"

"还需要来点儿什么？不如来点儿香槟怎么样？我倒希望喝点儿红葡萄酒。格尼蒙里，给我弄半瓶34年出的罗斯锡德牌红葡萄酒。不必担心，詹姆斯。我已经老了，不再喝香槟对我的身体是有好处的。还有上等香槟吧，格尼蒙里？不过，詹姆斯，你常提起的那种酒这儿可没有啊。好像在英国不流行喝那玩意儿。那叫什么来着？是叫塔蒂基吧，詹姆斯？"

邦德笑了笑，对局长的记忆力大加赞赏："是的，不过那也只是我一时的爱好罢了。事实上，今晚我倒是特别想喝香槟。不过看起来我似乎是该请格尼蒙里一起来喝一杯。"

这话使格尼蒙里感到特别开心："先生，假如不介意的话，我提议您还是来点儿46年出的帕里格龙牌香槟。在法国这种酒只有用美元才能买到，而在伦敦市场上是极难买得到的。这可是纽约摄政俱乐部送来的礼物。主席特别爱喝这玩意儿，经常吩咐我随时把这种酒准备好。"

邦德微笑着，表示并不反对他的提议。

"就这么决定了，格尼蒙里。"局长说道，"现在就去取点儿帕里格龙牌香槟来，可以吗？"

就在这时，一盘新鲜烤肉和一盘黄油由一位女招待端了过来。当她弯下腰来把东西放在桌上时，她所穿的黑色裙子在邦德的手臂上轻轻摩擦了一下。邦德抬起头，瞅见一双发亮的媚眼藏在那舒展的刘海儿下面，并且朝他飞快地暗送秋波。当她转身离开时，邦德的目光紧追不舍地随她而去。她腰肢上所系的白色的蝴蝶结，挺直的领口、袖口都使邦德回忆起战前巴黎一度流行的时尚。那个时候，巴黎的姑娘们都穿着这种拘谨却诱人的服装。

局长也从邻座进餐的人身上把自己的目光收了回来："为什么你对香槟如此感兴趣？"

"呵，假如您不反对的话，今晚我还真想多喝几杯。带着几分醉意赌牌的确有助于渲染气氛。这台戏要想唱好，还得千万请您多多合作。若是到时候我显得有些失态，您没有必要为我担心。"

局长耸耸肩："你真不愧是个货真价实的花花公子，詹姆斯。只要不至于误事，你就放开你的海量喝吧。不如先来点儿伏特加吧。"

局长为邦德倒了一杯酒，邦德撒了一些胡椒在酒里，胡椒渐渐在杯底下沉，一些胡椒微粒仍然在上面漂浮着。邦德把浮在上面的胡椒用指尖搅在一起，端起杯来把酒慢慢地喝掉，再把残留着胡椒残渣的空杯子放回到桌上。

局长用难以理解和几分嘲笑的目光瞥了他一眼。

邦德淡淡一笑："这是我在驻莫斯科大使馆的时候，从俄国人那里学来的一个方法。因为这种酒里常常含有一些杂醇油，那是一种对身体非常有害的物质。苏联人都懂得要在这种酒里撒上一些胡椒，这样就可以使那些杂醇油沉淀。后来渐渐地对于这种味道我已经习惯而且也成为了一种嗜好。不过在沃尔夫斯密特牌伏特加里也掺些胡椒似乎显得有点儿对它太不恭敬了。"

局长会心地一笑："只要你不再往巴西尔顿最喜欢的香槟里撒胡椒粉就行了。"

从餐厅里端传过来一阵哄堂大笑。局长扭过头去看了看，也没说什么，又继续埋头吃他的鱼子酱。

"你认为德拉克斯这人怎么样？"他一边吃着一边问道。

邦德从他旁边的银盘子里叉了一块熏鲑鱼，嚼了一阵，又抿了一口酒，然后不紧不慢地说道："我想应该没有人不厌恶他那副尊容和野蛮霸道的德行。不难看出来，他与我所想象的没有什么太大的差别，他非常精明而又能干、残忍冷酷、血气方刚再加上放肆大胆。我对他能想方设法地达到自己的目的不表示丝毫的怀疑。只是有一点还没弄明白，为什么他还有这种不良嗜好呢？显然这种自欺欺人的把戏是与他的身份不相匹配的。他这样做究竟是想证明什么呢？也可能是企图证明天下没有什么事情可以难倒他吧。在牌桌上他太过于紧张了，对他来说这好像并非是一种游戏而似乎是想让自己的能力借此得到证实。你没注意到他咬指甲时的样子，把肉都咬白了，并且他还止不住地出汗。他肆无忌惮地开着些刻薄的玩笑把大家弄得都很紧张，因为他的玩笑里暗藏杀机。他犹如弄死一只苍蝇一样地把巴西尔顿打发走。我再也不忍看下去。他那方法实在令人忍无可忍。即便对他的对家他也不客气,仿佛别人都是该清除的垃圾一样。如果不是亲眼看见,我真是难以置信,他就是那个赫赫有名的民族英雄啊!虽然他和我没有什么过节,但我今晚还是想给他点儿厉害看看,"他朝局长笑了笑,"假如能成功的话。"

"你的意思我明白。"局长点点头,"对他你不必讲什么客气。先不论他的出身和他现在的地位如何,但他毕竟是从利物浦那种三教九流、龙蛇混杂的地方来的,身上难免要带着一股地痞流氓气,我们这样看并非是势利眼。我倒确实想让长剑俱乐部和利物浦的人都看清楚,他仅仅不过是个徒有虚名的东西。既然他能在桥牌桌上作弊,就难保不会在其他场合一样行骗。我猜想,他肯定是从欺诈中捞得了很多便宜,以致成了现在的暴发户。"

正聊着天,又上来了下一道菜。局长微微停顿了一下,酒也被送来了,香槟被放置在放了冰的银盘里,局长要的半瓶葡萄酒装在小小的沃特福瓶里。

侍者等候着他们说了几句赞扬的话才离去。过了一会儿,他朝他们走来,手里拿着封信。

"邦德先生是哪一位?"

邦德接过信打开来看,有一个很小的纸包在信里面,邦德小心翼翼地在桌子下面把它打开。里面是一些白色的粉末。邦德把这种粉末放在桌上,用一把银制水果刀的刀尖小心翼翼地挑起一点儿粉末,伸手拿起香槟酒杯把粉末抖进酒里去。

"你这又是在做什么?"局长好奇地看了一会儿,忍不住问道。

邦德脸上呈现出一副极其泰然自若的表情。需要在今天晚上工作的是他自己,而并非局长。邦德心里对于这一点很清楚。他做事之前总是考虑再三，尽自己最大努力把每步都想得很到位。在事情的发展过程中如果事情出现什么意外的话，那肯定不是由于他失算，而是实在没有办法。

"这是专治花粉热与重伤风的特效药，名叫安非他命，这是我在进餐前专门打电话给我的秘书，要她特意到总部的诊所弄来的。这东西对我今晚工作时保持头脑清醒非常有利，而且能够使人的信心增强。"说着，他又用叉子在杯子中搅拌了一下，以便让药粉在酒里溶化。然后他拿起酒杯，一饮而尽。"药味儿太浓了，但是香槟的确不错。"

局长被他逗得笑了起来："你的名堂也确实是不少。好啦，再多吃点儿菜吧，炸肉排的味道怎么样，还可以吧？"

"棒极了，我用叉子来解决。世界上最好的烹饪就是英国的烹饪，特别是在当今这个时候。能顺便问一下吗，今晚我们下什么赌注？大小我不在乎，也不过是以赢他为目的，让他的好运结束在牌桌上。我希望能让这家伙今晚多输些。"

"德拉克斯愿意把它叫作一比一的注，"局长边吃边说，"假如你不知内情的话，还会认为这不过是个小赌注，但事实上它指的是一百美元一张的钞票或一百英镑一盘的赌注。"

"哦，这样啊，我明白了。"

"不过相比较而言，他更喜欢二比二甚至三比三的赌注。他在长剑俱乐部总的算起来，平均一盘是十分，那么一比一的赌注就是两百。这儿所有的赌客都喜欢把赌注下得大一点。他们中包括形形色色的人，英国一流的好手也在其中，但有些也实在令人头痛。你必须装出一副对输赢毫不在乎的样子。比如说，现在坐在我们背后的那位比勒将军，"局长朝那位将军所坐的方向侧目看了一下，"简直没长大脑。每逢周末就得把好几百英镑输掉，可他一点儿也不在乎。简直就是没有良心，从来不赡养任何人,大把大把的钱都用来胡花。"

　　送髓骨的侍者打断了局长的话。这根用洁净的餐巾包着的髓骨竖立在银制餐盘上,一把银制的髓骨掏子在旁边放着。

　　吃完芦笋后,邦德不想再吃任何东西了。他把剩下的最后一点儿冰镇香槟倒进杯子里,大口喝了起来。此刻的他,感到十分惬意。香槟和药粉的效力大大超过了那些美味的佳肴。他颇感兴趣地开始观察整个餐厅。

　　餐厅里亮如白昼,大约有五十多位进餐者。他们大多都身穿晚礼服,显得极其悠然自得。美味的饭菜和醇香的美酒使得他们胃口大开,兴致勃勃地谈论着赌局上的事,每个人都希望自己在牌桌上能够大满贯。他们之中自然也有奸邪之徒,有的秉性卑鄙下流,有的贪婪成性,有的专门在家里虐待妻子,有的生性胆小懦弱……但他们却装模作样地在这间富丽堂皇的大厅里,装出一副绅士派头。

　　在大厅角落的冰冻台上,有龙虾、馅儿饼、肉块等食品在那里堆放着,一幅幅大型油画在墙上挂着,还有沿两边侧墙的那一幅幅镶了金边的版画。珍贵的作品中的每个形象都表现出一种妙不可言的淫邪和魔幻色彩。一些由垂枝和花瓶组成的石膏浮雕装饰着大厅顶部的四边,精巧的都铎王朝时代的玫瑰图案镌刻在这些垂枝和花瓶浮雕中间的条形壁柱上。

　　炽烈的光彩从大厅中的枝形水晶吊灯中放射出来,映衬着大厅里洁白的丝绸桌布和乔治四世时代发着锃亮光辉的银具。在所有餐桌上都放置着一个烛台,有三支蜡烛在烛台上面燃烧着。一轮微红的光圈形成于金色的烛光顶部,令所有进餐者的脸颊上都显示着温馨。他们那透露着一股股寒气逼人的敌意的眼睛和畸形的嘴唇都显示着他们的冷酷与残忍。所有这些都在这温馨融洽的气氛下暂时化解了。

　　邦德非常喜欢这种让他感到温情脉脉的典雅的气氛。他细细地品味着杯里的香槟酒。

此时，已经有几组人散去了，他们一边朝门口走去，一边仍然还在互相挑战，下赌注，彼此督促着坐下来开始聚赌。带着梅耶的雨果·德拉克斯先生走到局长和邦德所在的桌旁，那张满是胡须的面孔透出马上参战的兴奋。

"先生们，是否已经准备好用来上供的贡品了？"他张开嘴奸邪地一笑，用手指着自己的咽喉，"告辞了，我们要先去把刀磨锋利一些。你们可得做好精神准备。"

"马上就来，"局长比较恼怒地答道，"你赶紧去准备好牌吧。"

德拉克斯笑了："我们可没有必要做任何手脚。那好，迅速点儿。"说完之后，转身冲着门外的方向走去。带着些犹豫神色的梅耶朝邦德和局长笑了笑，随后跟着出了门。

局长不以为然地看着他们出去，之后对邦德说："我们需要弄点儿咖啡和白兰地。你做出决定没有？"他问邦德。

"我需要让他先吃饱了然后再动手宰他。总之我和他之间必定有一番生死搏杀。你可别为我担忧。"邦德对局长说道，"开始我们得踏踏实实地打上一阵子，伺机而动。我们得在他发牌时加倍当心。当然，他没有办法换牌，也不可能发给我们那么多好牌。但是他一定有几手出色的花招的。你不会反对我坐在他的左手边吧？"

"当然不会了，除此之外还有什么吗？"

邦德寻思片刻："另外还有一件事，先生。请您多多关注我的一举一动。时机到了的话，我会从我的口袋里掏出一块洁白的手帕来，那就意味着，你需要打一手九点以下的牌。让我来叫那一手牌你不会介意吧？"

第六章
牌 桌 风 云

德拉克斯和梅耶正坐在那里等候着他们。他们在椅子上半躺着,嘴里抽着哈瓦那雪茄烟。

咖啡以及大瓶大瓶的白兰地就在他们旁边的小桌上摆放着。当局长和邦德到来时,德拉克斯正在撕一副新牌的包装纸,并且他已将另一副牌摆成扇形,放在他面前的绿呢台面上了。

"啊,二位终于来啦!"德拉克斯说道。他的身子向前倾着抽出一张牌,其余的人也抽了牌。德拉克斯抽牌成功,仍然在他原来的位置上坐着,他挑选了那副红牌。邦德在德拉克斯左边坐定。

局长跟刚好经过的一个侍者打了个手势,说道:"来点儿咖啡和俱乐部白兰地。"

说完之后,他把细长、黑色的方头雪茄掏出来,递给邦德一支,邦德没有推辞。然后,局长把红花色牌拿起来,开始洗牌。

"打算下多大的赌注?"德拉克斯望着局长探问道,"是一比一呢?还是多一点?我非常愿意陪你下到五比五。"

"一比一对我来说,就已经足够了,"局长说道,"那么你呢,詹姆斯?"这时德拉克斯插了一句嘴,尖声问道:"我想对于赌多少你的客人心里应该有数吧?"

邦德冲局长望了一眼，转身对德拉克斯微笑着说道："对我来说，多少都没有关系，那需要看你希望从我这里赢走多少？"

"我想让你输得精光，直到分文不剩，"德拉克斯亢奋地说道，"你到底能出多少？"

"假如我真的分文不剩时，我自然会让你知道。"邦德突然下了决心，接着说道，"既然你刚刚说五比五是你的极限，那么不如我们就五比五吧！"

他的话刚一出口，就已经感到后悔了。五十英镑一百分，五百英镑的惊人赌注！假如四盘全输，那他两年的收入顷刻间就化为乌有，同时还难免当众出丑，让所有人看他的笑话。如果没有足够的钱时还得向局长借，但局长也不是什么超级富翁。他突然想到这出戏极有可能是一发不可收拾，额头上禁不住冒出了颗颗亮闪闪的汗珠。那该死的安非他命药已经起作用了！不过，屋子里的人这么多，这个污言秽语的杂种德拉克斯却非要拿他作为讥讽的对象，这着实让他难以平息心中这股怒气。

再三考虑后，邦德心里忐忑不安。今晚他本来没有什么公务。到这里来不过就如同是演一出社会哑剧，对他本人来说是没有什么意义的。就连局长也不过是偶然才被拖下水，参与了这场赌局，而此时他莫名其妙地卷入了这场与面前这个百万富翁的决斗，这场把自己全部财产拼进去的赌博不为什么别的原因，只是因为看不惯此人的恶劣行为而企图教训他一番。但是如果教训不成玩火自焚呢？邦德深深感到自己刚才太过于冲动。在以往来说这种冲动是难以想象的，这纯粹是由于香槟酒和安非他命药起作用而捣的鬼！绝不会再有下一次！

德拉克斯盯着邦德看，脸上显示出讥讽而又难以确信的神色。他又转过身来看着正心不在焉地洗牌的局长，嘴里毫不留情地问道："我认为你的客人应该不会说话不算数吧！"

邦德看到局长洗牌的手稍稍停顿了一下，从脖子到脸"唰"地一下都红了。当他接着洗牌时，邦德观察到他的手非常稳重。他抬起头来，不紧不慢地把咬着的方头雪茄取下来。他的语调出乎意料地平稳，缓慢地说："假如你话里的意思是'我是否能够担保我客人所说的话算数'，那么，我的回答是'当然'。"

他把牌用左手切开递给德拉克斯，把烟灰用右手弹在桌子一角的铜烟灰缸里。烟灰遇水时邦德听到了其所发出的微弱的嘶嘶声。

德拉克斯斜眼瞟着局长。他赶紧拿起牌答道："那当然，那当然，我并没有什么别的意思……"还没等把话说完，他就对邦德说："就这样吧！"然后对着邦德好奇地上下打量。过了一会儿，他转向自己的同伴问道："梅耶，我们下五比五的赌注。你的意见怎么样？"

"我想我一比一就已经足够了，哈格尔。"梅耶表示抱歉地说道，"除非你特别希望让我再加点儿。"他焦急地看着自己的同伴。

"当然不会了，"德拉克斯说，"就我本人来说，赌注下得越大就玩得越过瘾，好像一直就没有赌够。那么现在，嘿嘿！"他开始发牌，"让我们开始吧！"

突然，邦德对刚才所下的赌注不再感到后悔。他的每块肌肉以及每根神经都在督促他必须得给这个长毛猿一次终生难忘的打击教训，得把他深深刺痛，也好让他永远不会忘记今天晚上，让他永远记住邦德，记住局长，记住这是他在长剑俱乐部的最后一次行骗，记住今天晚上的一切，也包括此刻外面的天气以及今天晚餐时所吃的东西。

此时的邦德已经不记得德拉克斯与"探月号"的关系了。他所想的仅仅是这场两个男人间的决斗。

他装作漫不经心地看着德拉克斯面前的银质烟盒，把脑子中的后悔之意清除得干干净净，他决心让自己承担所有难以想象的后果，从而使他能够专心致志地打牌。他坐在椅子上换了一个姿势,能够使他更舒服地坐着,双手搭在两边的扶手上。然后,他从嘴上取下细长的方头雪茄,把它放在身旁擦得闪闪发光的铜烟灰缸上,把咖啡杯伸手端过来。没有加糖的咖啡让他觉得十分够味儿。咖啡喝完之后,他又把装着白兰地的大肚子玻璃酒瓶拿起来,先是稍稍呷了一小口,然后又喝了一大口。

他向桌子那边的局长望了一眼,两人四目相遇,局长会心一笑。

"但愿你能喜欢这种酒,"他说,"这种酒来自科涅克的罗斯采尔德。那里的人们从一百多年前就开始永久性地为我们每年献一桶酒。到了大战时期,他们每年都要为我们藏一桶,45年大战结束后他们把这些酒全部送了过来。从那时候开始,每年我们就可以喝两桶。"拿起自己的牌他又说,"我们现在还是认认真真打牌吧。"

邦德也拿起了自己的牌。他得到的好牌没有几张,仅仅只有两个半的快速赢墩,四种花型俱全。他猛吸了一口伸手拿起的雪茄,最后把它掐灭在烟灰缸里。

"三梅花。"德拉克斯粗声叫道。

邦德并没有叫牌。

梅耶叫了四梅花。

局长也没有叫牌。

呵,邦德没有预料到,这次他简直没拿到任何能够让他竞叫的牌。局长手里或许有几张好牌,红桃也可能全在我们这边,但是局长并未叫牌,所以很有可能他们就要打四梅花了。

他们只对邦德飞了一次牌,便做成功了。事实上局长手里并没有红桃,方块倒是不少,只缺一张大K,那张大K在梅耶的手里,能够毫不费力地抓住。就凭德拉克斯的牌力叫三梅花尚且还有一点冒险,但剩下的梅花都在梅耶手里。

无论怎么说，邦德一边发牌一边思考，我们没有竞叫从而将此关逃了过去，也该算是运气好吧。

他们的好运接着又来了。邦德开叫一无将，局长马上加到三无将，他已经超额一墩完成定约了。轮到梅耶发牌了，他们做成五方块宕一，然而在下一手牌中，局长开叫四黑桃，邦德手上也正好有三张小将牌和一个旁门花色的 K 和 Q，因而他非常容易地帮助局长把这个定约完成了。

局长和邦德赢了第一盘，德拉克斯表现出非常不高兴的神色，这盘他输了九百英镑，并且没得到几张好牌。

"我们就一直这样打下去吗？"他问道，"需不需要再重新抽牌定座切牌？"

局长会意地对着邦德笑了笑，他们俩已经明白了德拉克斯的意图是要发牌。邦德耸了耸肩膀。

"没意见，"局长说道，"看来我们的位子的确是选得不错。"

"那不过是刚才的事儿。"看上去德拉克斯似乎高兴多了。

他的确是猜中了。在下一手中，他和梅耶两个人叫成了一个黑桃小满贯，并且是只冒险地飞了两次牌，便成功了。当然了，他们之所以能够顺利飞成，和他们那许多手势与哼哼哈哈声所起的作用有很大的关系。每次成功之后，他们两人都会肆无忌惮地大加渲染一番。

"哈格尔，打得真不赖啊，"梅耶令人厌恶地说道，"你的技术为什么这样精湛高明啊！"

邦德旁敲侧击道："是凭借记忆吧。"

德拉克斯望着他，严厉说道："凭借记忆，你说的这是什么话？难道你没有瞅见我是凭借飞牌而做成的吗？"

"或许更确切地说是'计算'和'牌感'更为恰当。"邦德镇静地说，"这可是成就优秀牌手的两大不可或缺的品质。"

"噢，"德拉克斯缓慢地说，"要是这样说倒还差不多。"他切好牌递给邦德。

轮到邦德开始发牌了，然而他能感觉到德拉克斯的那双眼睛在死死地盯着他。

牌局不紧不慢地继续着。所有人的牌都不能算得上是特别走运，因此没有人敢于冒险。梅耶一不小心叫出了四黑桃，被局长加倍，还尚未打到定约数，宕了两墩。

然而在下一手中，德拉克斯做成了三无将，邦德把在第一盘赢得的钱全部输掉了，并且还赔了一点儿。

当局长把牌切好递给德拉克斯以便为打第三盘做准备时，他问道："有谁需要喝酒吗，詹姆斯，不如来点儿香槟吧，第二瓶的味道一定会比第一瓶更好。"

"我的确非常喜欢。"邦德说。

侍者走了过来，剩下的人要了威士忌加苏打。

德拉克斯对邦德说："你在这一盘可得好好打哟。要知道这一手我们已经赢了一百了。"

他把牌理好之后，又整整齐齐地把牌摆在桌子的中间位置。

邦德观察着德拉克斯，看见他正用那只受过伤的红眼睛打量着自己，在他的另一只眼睛里充满的则是冷峻、轻蔑的神色。大勾鼻子两边浸着汗水。

邦德思索着，莫非这家伙设了一个圈套，想看看我对发牌是否已经表示怀疑。他下决心不想让德拉克斯对自己的意图有任何的察觉。即便自己刚才输了一百英镑，但这可以被当作借口，让他在以后追加赌注。

"是你发的牌吗？"他微笑着说，脑子里衡量着各种各样冒险的因素，他看起来似乎主意已定，又补充说道，"那好吧，假如你愿意的话，下一副一样。"

"行，行，"德拉克斯没有耐心地说，"只要你不怕输就好。"

邦德拿起牌，看不出任何异常："看来这次你们是又要赢定了。"他们运气不是很好。当德拉克斯开叫无将时，他没有争叫但却叫了加倍。出乎意料的是德拉克斯的同伴并没有因此而被吓倒，反而叫了二无将。局长手里没有长套，只得"过去"，这时候，邦德总算松了口气。德拉克斯停留在二无将上，并把这个定约做成了。

"谢谢。"他得意忘形地说着，同时仔细地在记分表上把自己的分数写了下来。

"现在，要看你们是否具备把它捞回来的本事了。"

邦德开始烦躁不安，却又没有任何办法。德拉克斯和梅耶仍旧走运，他们又做成了三红桃，因此成了一局。

德拉克斯这下更加得意了，把一大口加了苏打的威士忌喝掉了，然后又掏出那块印花大手帕来擦脸。"上帝与大斗士永远在一起，"他异常兴奋地说道，"再去拿牌来接着打，是希望拿回来继续打呢，还是已经打够了？"

邦德的香槟由侍者端来了，在他旁边的银杯里放着。有一只装有四分之三的酒的玻璃高脚杯被放置在靠边的桌子上。邦德把杯子端起，一饮而尽，好像在给自己打气一般。

之后，他又在空杯里倒满香槟。

"当然是继续打了，"他粗着嗓子说道，"下两副一百英镑。"

没过多长时间，他们两人把这两副又输掉了，因此这盘也输掉了。

邦德突然意识到自己已经将一千五百英镑输掉了。他又大口喝了一杯香槟，犹如失控似的说："假如能在这盘把赌注增加一倍的话，那我一次就可以全都捞回来，你认为呢？"德拉克斯已经把牌发完了，正关注着手中的牌。他嘴唇湿润,喜不自胜。听完这话之后,他注视着连烟差点儿都点不上的邦德,立马说:"没问题。一百英镑一百分,这两盘一千英镑。"

说完之后,他感到自己太过于冒险,但毕竟还是能稳操胜券。这个时候,邦德已没有回头取消赌注的机会了。

"看来我手上还真有几张好牌,"德拉克斯再次补充道,"你还要接着赌吗?"

"当然,当然。"邦德说道,把他的牌一把抓起来,"我既然打了赌,说话就一定算数。"

"那么,好,"德拉克斯得意地说,"我叫三无将。"

他做成了四无将。

然后,牌倒向邦德和局长这边。邦德叫牌,把一个红桃小满贯做成了。局长在下一副也做成了一个三无将。

汗流满面的德拉克斯,怒不可遏地挖着自己的指甲。邦德看着他面带微笑,冷嘲热讽地说道:"大斗士嘛!"

德拉克斯叨咕了几句,忙着记分。

邦德又朝着对面的局长望了望。局长明显对刚才打的牌比较满意。他将一根火柴擦着,点燃了他今晚的第二支雪茄,邦德几乎从来没有看见过他如此悠然自得的样子。

"看来这是我最后一盘了。"邦德说道,"因为我明天还得早起,希望各位见谅!"局长看了看表,说:"现在已经是半夜了,你看呢,梅耶?"这一晚上梅耶很少说话,总是一副"伴君如伴虎"的神情。对局长所提议的脱身机会他正求之不得。他早就已经期盼能够回到自己在阿尔贝历的安静的公寓里去,他在那里收藏的各种各样的白特西鼻烟盒让人赏心悦目。只听他迅速地说道:"上将,我没有任何意见。你呢,哈格尔？也该睡觉了吧！"

　　德拉克斯对他根本不加理睬，却把自己的视线从记分表上移到了邦德身上。他观察到邦德表现出一副醉意朦胧的样子：他的额头汗津津的，散乱的黑色卷发披在眉前，灰蓝色的眼睛迷醉在酒意里。德拉克斯说话了："咱们到现在为止不分胜负。你仅仅赢了两百多分。当然，假如你企图见好就收的话，那也没有什么不可以的。然而，皆大欢喜地收场，岂不是更好嘛。不如我们下一盘将原来的赌注追加三倍，以十五比十五来一次历史性的赌博！你看怎么样？"

　　邦德盯住他看，并不急于回答他。在这最后一盘中，他要让每个细节，让自己说过的每句话以及所做的每个动作都像钉子一样，在德拉克斯的记忆里永远铭刻。

　　"到底怎么样？"德拉克斯有点儿没有耐心了。

　　邦德盯着他那冷峻的左眼，一板一眼地说："一百五十英镑一百分，这盘赌一千五百英镑。对于你的赌注，我表示同意！"

第七章
入我彀中

桌上一阵寂静。大家都被他俩所下的赌注惊得愣住了。还是梅耶最后忍不住激动地叫了起来。

"喂,哈格尔,"他急匆匆地说,"这事跟我可没有什么关系。"他清楚这是德拉克斯与邦德两个人之间的争斗,但他仍然希望能让德拉克斯清楚他对整个事件感到十分不安,让他发现自己惹了大祸,这将使他的同伴损失一笔数目不小的钱。

"马克斯,别说傻话了,"德拉克斯厉声说道,"你只管出你自己的牌就行了。这事跟你没有丝毫关系。我跟这位莽撞的老兄只不过是打一个小小的赌取个乐子罢了。来,来,我来发牌,上将。"

局长切牌,赌局仍旧在进行。

邦德感到成竹在胸,手突然不抖了。他把一支点燃的香烟衔在嘴里。他已经将所有事情都算计好了,甚至哪张牌应该什么时候出他都盘算得一丝不苟。关键时刻终于来了,他感到异常兴奋。

他靠在椅子上坐好,顿时有一种飘飘欲仙的感觉,心里对这赌厅里的嘈杂气氛似乎有些喜欢。他张望着大厅四周,心里禁不住想到,这一百五十多年来,差不多每个晚上,这有名的赌厅里都会出现这种场面。同样旗开得胜的呐喊声和惨遭失败的哭喊声,同样的献身者的面孔,同样的烟叶味儿和这戏剧般的氛围。对于嗜赌如命的邦德来说，这可以算得上是世界上最富有刺激性的场面了。他最后扫了一眼之后把这些都深深记在心里，然后把自己的目光转回到牌桌上来。

他拿起自己的牌，两只眼睛熠熠生辉。这是德拉克斯发的一副牌。这次邦德的牌还算不赖：有四个顶张大牌在七张黑桃里，一张是红桃A，还有方块A和K。他盯着德拉克斯看，心想：德拉克斯和梅耶可能在想着叫梅花加以干扰。就算是这样邦德也能盖叫，德拉克斯是否会迫使他叫得过高从而不得不使赌注再次加倍呢？邦德不动声色地等候着。

"不叫牌。"德拉克斯说话的声音带着点儿局促不安，明显是因为他私下早就已经清楚邦德的牌才会这样。

"四黑桃。"邦德叫。

梅耶不叫，局长也不叫，德拉克斯再三犹豫。

局长出的牌配合得天衣无缝，他们做成了五黑桃。在记分表的下栏，邦德记上了一百五十分，上栏记上了大牌点的一百分。

"嚆！"一声喝彩从邦德的肘旁传来。他抬头一看，原来是巴西尔顿。他已经赌完，闲来无事走过来观战。

他认真地拿起邦德的记分表看着。

"果然是了不起啊。"他称赞说，"看来你很快就要赢了。下的赌注是多少啊？"

幸灾乐祸的邦德企图让德拉克斯来回答这个问题，他最爱搞这种恶作剧。这个问题问得真是时候。一副蓝色的牌被德拉克斯切成两叠递给了邦德。邦德把这两叠牌合上，放在了他面前靠桌边不远的地方。

"赌注是十五比十五，同我的左手分赌。"德拉克斯不得不回答道。

邦德听见巴西尔顿惊讶得倒抽了一口凉气。

"这位老兄企图赌个痛快，因而我有意想要成全他。不过他现在走运，把好牌都占了……"德拉克斯直抱怨。

就在这个时候，坐在对面的局长发现邦德的右手里拿了一条白色的手帕。局长把眼睛眯成了一道缝儿。

邦德好像用那手帕擦拭了一下脸。局长又瞥见邦德冷峻地朝德拉克斯和梅耶盯了一眼，又把手帕放回到衣袋。

邦德手里拿着那副蓝牌，他已开始发牌了。

"你们也太有兴头了，"巴西尔顿说，"一盘桥牌在第一次世界大战前所下的最大赌注也仅有一千英镑，只希望谁也别受什么伤害。"巴西尔顿的意思是，私人之间下这么大的赌注常常都会引起麻烦。他又走过来在局长和德拉克斯之间站定。

邦德发完牌，稍稍带着不安地把自己的牌拿起来。

他手上仅有A、Q、10领头的五张梅花以及以Q带队的小方块这两套牌。

一切准备就绪，已经布好了陷阱。

德拉克斯把牌用拇指清开。他的身子突然一下子坐得笔直。他有点儿不敢相信，于是再一次把手里的牌清了一遍。邦德明白为什么德拉克斯会有这种反应。因为他握着十个肯定的赢墩：方块A和K，黑桃的四个顶张大牌，红桃的四个顶张大牌，以及梅花K、J和9。

德拉克斯无论如何也料想不到，饭前在秘书室里邦德就已经把这些牌发给了他。

邦德等候着时机，对这样的好牌德拉克斯究竟还有什么更深的反应，这是邦德很想知道的。他幸灾乐祸地坐等着这条贪婪的大鱼来上钩。

然而德拉克斯的行为举止却是邦德所料想不到的。

只见他两手交叉不慌不忙地把牌放在了桌上，从衣袋里沉着冷静地取出烟盒，从中挑了一支烟点上。他并没有去看邦德，而是抬头瞟了一眼巴西尔顿说："你也未免太闭塞了。我在开罗起码都是两千英镑一盘的。"然后，他从桌上拿起自己的牌来，狡黠地看了一眼邦德："我得承认这一次我的确拿到了几墩好牌，然而据我估计，可能你也拿到了好牌。那么，再让我想想，我这手牌真的有那么好吗？"

邦德佯装出一副喝醉酒的样子，心里想到，真是一条老鲨鱼，你手中已经有三对A和K了，居然还在一边冷嘲热讽，不过他依然不紧不慢地清理自己的牌。"似乎我这手牌也比较有希望。"他含糊其词地说，"我的对家假如和我配合得好的话，我的右手就只有某些牌张，那么我可就要吃好几墩啊，你有什么需要首先声明吗？"

"看来我们两个似乎是想到一块儿了。"德拉克斯故意说，"这样的话，一墩来一百，你觉得怎么样？听你的口气，好像你不会感到怎么痛苦。"

邦德感觉迷迷糊糊的，他看着德拉克斯，显得有点儿手足无措。他一张一张地重新看了一遍手中的牌后说："那好吧，算数，说实话，我是被你入赌的。明摆着你占上风。而我呢，不过也就是舍命冒这个险。"

"对家，看来这手牌你可要赔点儿钱了。"邦德又迷迷糊糊地看着对面的局长说道。

他说："现在，让我们开始吧！呃，七梅花。"

之后是好长一段时间的死一般的沉寂。刚刚看过德拉克斯牌的巴西尔顿，此时目瞪口呆地站在那里，甚至都没顾得上去理会从手中掉在地上的那盛满了加了苏打的威士忌酒的酒杯。

德拉克斯问："你刚才叫的什么？"他的声音带着些许不安，慌忙再清了一遍他自己的牌。

"刚才你说的是梅花大满贯吗？"他看着仍然满脸醉态的邦德十分不安地再次问道。

"这可并非是那么容易的事。喂,马克斯,你觉得如何啊?"

"不叫。"梅耶毫无办法地说。

"不叫。"局长不动声色地说。

"加倍。"德拉克斯愤恨地说。他放下牌,带着恶毒和嘲讽死死地盯着面前这个醉态朦胧的酒鬼,心想,都已经大难临头了居然还稀里糊涂。

"你的意思是对你的超级赌注也一样加倍?"

"当然。"贪婪的德拉克斯说,"不错,这正是我所希望的。"

"非常好。"邦德说道。他犹豫着,没有看他手上的牌而仅仅是盯着德拉克斯看。

"再加倍,另外,在定约和超级赌注上,每墩再加四百倍。"这时候,德拉克斯的心里也有些七上八下了。他有点儿顾虑重重,但看看手中握着那么好的牌,又认为没有什么了不起的,依照最坏的结局来看他也可以稳稳当当地吃两墩牌。

"不叫,"梅耶带着抱怨小声咕哝道,随后又更加小心地说了句,"不叫。"德拉克斯有些焦躁地摇了摇头。

巴西尔顿站在那儿,面色苍白,眼睛一眨不眨地关注着桌子那边的邦德。之后他围绕着桌子慢慢兜了一圈,把每人手中的牌仔细地看了看。他所看到的是——邦德、梅耶方块:Q、8、7、6、5、4、3、2,黑桃:6、5、4、3、2,梅花:A、Q、10、8、4,红桃:10、9、8、7、2,方块:J、10、9;德拉克斯、上将黑桃:A、K、Q、J,黑桃:10、9、8、7,红桃:A、K、Q、J,红桃:6、5、4、3,方块:A、K,梅花:7、6、5、3、2,梅花:K、J、9。巴西尔顿犹如大梦初醒,这对邦德来说的确是一个不折不扣的大满贯。无论梅耶打哪张牌,邦德均可以用他手上或桌上的将牌将其吃进。然后,从明手清将牌,飞德拉克斯。在清将的过程中，他能够用明手将吃两轮方块，从而将德拉克斯的方块 A、K 击落。过了五墩之后，邦德手上仅剩下剩余的将牌和六张方块赢张，德拉克斯的那些 A 和 K 就将会变成一堆废牌。

这同一次大谋杀是没有什么区别的。

几乎是神经质的巴西尔顿又绕桌转了一圈，最后在局长和梅耶之间站着，以便自己能够看清楚德拉克斯和邦德的面部表情。他的手紧紧地塞在裤袋里，脸上显示出一片木然的神情，以保证自己不会失去控制。他惶恐不安地等待着德拉克斯将要受到的可怕的惩罚。他想象不出德拉克斯到时候将会是怎样的一种惨相。"快出牌，出牌，"德拉克斯早就已经等得不耐烦了，"该你先出了，马克斯，你总不能在这儿待一晚上吧。"

巴西尔顿暗暗想到，你这个可怜的傻瓜，在十分钟后，你就会恨不得梅耶在出第一张牌之前就在椅子上死掉。

看上去梅耶好像随时都可能中风一样。他的面孔苍白得像一张纸一样。他深深地低垂着头，从他的下巴流下来的汗水不停地滴在他衬衣的前襟上。他明白，他的第一牌将是一个一发不可收拾的最大祸害。

最后，他推测：既然自己手上持有黑桃和红桃长套，那么很可能邦德这两门都缺。于是，他首攻方块 J。

他无论如何也想不到，不管他首攻什么，都不至于给邦德造成任何威胁。然而当局长把牌摊开，意思是他方块缺门时，德拉克斯不禁向他的对家怒吼起来："你出什么牌不好，偏偏要出这张牌？真是个傻瓜笨蛋，你这和主动给他送上门有什么区别吗？到底你是在帮哪一方打牌？"

吓得缩成一团的梅耶小声说道："这张牌已经是我最好的牌了，哈格尔。"他愁眉不展，一边说一边慌慌张张地用手帕擦去脸上的虚汗。

也就是在这个时候，德拉克斯才猛然意识到自己遇到了大麻烦。

邦德从桌上将吃，捉下了德拉克斯的方块K，然后又开始迅速引梅花。德拉克斯出梅花9，邦德用梅花10盖住，再引出方块，桌上将吃，把德拉克斯的方块A击落了。之后，再从桌上引梅花。德拉克斯被捉住了梅花J，然后邦德再引梅花A。

当德拉克斯被提下梅花K时，他才越来越明白面前所发生的这一切。他忧心忡忡地看着邦德，惶恐不安地等着他的下一张牌。邦德到底有没有方块呢？梅耶究竟能不能看住他们呢？要知道他的第一张大牌就是方块啊！德拉克斯在焦躁不安中等待着，他的汗水弄滑了手上的牌。那位名叫莫菲的棋坛高手，有一个令人惊恐不安的习惯。那就是，当他能够确信对手必输无疑时，就不再继续看棋盘，而是缓缓地抬起他那硕大无比的大脑袋，眼中带着幽默意味地死死盯着他的对手，逼视得他的对手无法不卑怯地抬起头来忍受他的嘲讽。这个时候，对手马上明白这盘棋只能到此为止了，再走下去就没有任何意义了。据说但凡看见了莫菲的这种目光，就唯有心甘情愿地认输了。

现在，邦德也如同莫菲那样，把头缓缓地抬起来，目不转睛地逼视着德拉克斯，然后慢慢地把方块Q抽出放在牌桌上。还没等梅耶出牌，他又不紧不慢地把方块8、7、6、5、4和两个梅花赢张在牌桌上摊开。

然后他一板一眼地说道："德拉克斯，该收场了。"说完之后，他慢慢把身体在椅背上靠了下来。德拉克斯最初的反应就是纵身一跳，把梅耶手上的牌一把抢过来，神经质地一张一张翻来翻去，企图找到一个有可能的赢墩。

然后，他胡乱地把牌摔在桌子上。突然，他捏紧的拳头高高地举起，"砰"的一下重重地砸在他面前那堆没有一点儿用处的A、K、Q上，嘴角不停地蠕动着，缓缓地说道："你这个骗……"

"得了，德拉克斯，"站在桌子对面的巴西尔顿也未留任何情面地说,"这儿可不是说这种话的地方。我在旁边一直看着这副牌,没有丝毫问题。假如你不服气的话,那你可以去上诉。"

德拉克斯离开座位,慢悠悠地站起身来,举起右手挠了挠自己湿乎乎的红头发,渐渐恢复了正常的脸色,同时露出一丝奸诈的神情。他傲视着邦德,并且是用一种胜利者的姿态。顿时让邦德感到浑身上下十二分的不舒服。德拉克斯走到桌子前说:"先生们,再见。"他的目光把在场的每个人一一扫过,怪异而又带着讽刺意味地说道:"我输了一万五千英镑,并且还将承担梅耶所输掉的那部分。"

他弯下身从桌上把打火机拿起来。

之后,他朝邦德再次看了一眼。他那八字形的红胡须不停地抖动着,但声音却显得十分冷静:"这下你总算有钱花了,赶紧趁早把钱花光吧,邦德先生。"说完之后,他转身从牌桌前离开,头也不回地径直走出了俱乐部大厅。

第八章
胜利后的思索

从长剑俱乐部回到自己的公寓上床睡觉时已经是凌晨两点多了,然而仍然没有耽搁他早上起床的时间,按照惯例他十点钟就来到总部,但没有任何开心的感觉。他昨晚在俱乐部足足喝光了两瓶香槟,现在全身都跟散架了似的不舒服。他精神萎靡不振,心情也极其抑郁。这既是那种镇定剂所起的副作用,同时也是昨天夜里那出闹剧带给他的后果。

他乘坐着电梯前往办公室,脑子里却始终不停地翻腾着昨天夜里所发生的种种情景。在如释重负的梅耶脱身去休息后,邦德从自己的口袋里掏出两副牌放在桌上。其中一副是德拉克斯所抽的那副蓝牌。他悄悄地将这些牌塞到自己的口袋里,然后用手帕把别人的视线遮住,再暗暗地从右边的口袋里掏出一副一模一样的蓝牌,偷偷地来了个偷梁换柱的计策。另外一副牌是红色的,放在他左边的口袋里,但这副牌没能派上用场,因为在赌牌中途德拉克斯并没有提出换牌的要求。

邦德将红色的那副扑克牌摆成一个扇形,然后放在桌上让局长和巴西尔顿观看。那副牌与蓝牌的排列恰好一样,也同样能够产生和刚才牌局中一模一样奇特的"全手红"效果。

"在牌局中这是有名的'卡伯特森'手法。"他继续解释说,"这是专门用来对付像德拉克斯这种人所玩的那种把戏的。我分别准备了红、蓝两种颜色的牌,因为我并不清楚在实际开赌时到底需要打哪一种颜色的牌。"

"哦,当然,这样做的话可以确保万无一失。"巴西尔顿兴奋地说道,"但愿从此以后德拉克斯能够从中吸取教训,不再继续搞这种花招,能够光明正大地玩牌。没有什么可怀疑的,你今天晚上大获全胜了。"他又继续补充了一句,"连德拉克斯这样的人都败在了你的手下,你今晚可真算得上是纵横赌海。只是,可能这件事会给你带来什么麻烦,所以你最好还是留意点儿。支票会在星期六给你送过来。"

大家相互道别之后,邦德终于回到了自己的住所。为了不让自己因为兴奋过度而无法入睡,在睡前他吞服了一粒微量镇定剂,想要尽量把自己凌乱的思绪理出个头绪来,同时又算计着在办公室里他第二天不得不处理的事情。躺在床上的他海阔天空地想着,一种极度的失落感猛然间向他袭来。往往胜利者最终所得到的要比失败者所得到的少很多,世界上的事情常常就是那么奇怪,那么莫名其妙。

邦德脸色阴郁愁闷地走进办公室,劳埃丽娅迷惑不解地盯着他看:"一半是为了公务,一半是为了游戏。"邦德笑了笑,解释道:"完全都是男人干的事情。还好,运气不算坏,这要多亏你弄来的那些药粉,的确挺管用的。我没有因为这个而耽误你的事吧?"

"当然没有。"她看着他说道,想起了他打电话时她扔下的那本书和那顿不得不中途放弃的晚餐,随后她低头浏览了一下手上的速记本,"参谋长半小时前打电话来说局长今天要你过去一趟,但没说具体时间。我告诉他,说今天三点钟你要参加徒手格斗训练,之后他说那就算了。除了昨天所剩的公文之外,就没有什么其他的事情了。"

"非常感谢,劳埃丽娅,"邦德继续问,"008 有消息吗?"

"有消息,据报告说,他一切正常,现在已经被转移到了瓦勒海得的一家军队医院。显然，不过是一次休克。"

邦德很清楚，"休克"这个词在他们的行业术语中到底意味着什么。"那好吧，就这样。"他对她微微一笑，不置可否地回答了一声，然后走进了自己的办公室。

邦德在自己的办公桌前坐下来，把桌上堆放着的大堆文件放在面前理了理。已经过了星期一，今天自然就是星期二，又开始了新的一天。面对这些乱七八糟的事情他得静下心来理一理，思考下一步应该怎样行动。他打开桌上的一个棕色卷宗，点燃一支烟抽起来。

这份备忘录是从美国海关缉私机构发过来的。"X光透视检测仪"几个大字端正醒目地打印在文件的上方。

邦德开始集中注意力阅读文件。

"X光透视检测仪的制造商是旧金山X光透视仪公司，这是一种专用于违禁物品检查的荧光透视仪。在美国各州的监狱里它得到了广泛的应用，特地用来检查私藏在礼物中的金属品，也可以用来检查刑事犯和探监者，还常常被用来检查违法贩运的金刚石以及走私进入非洲、巴西金刚石矿区的金刚石。这种设备售价是七千美元，长八英尺，高七英尺，重三吨。在国际机场这种设备已经投入试用，效果如下……"

邦德将后面的几页一目十行地读完，忍不住感到极为恼火。今后到国外旅行时他再也不能把手枪藏在腋下了，只能想方设法去另找其他藏枪的地方。这个问题必须得马上找技术部门的官员详细商量一番。

他心不在焉地将另一本卷宗翻开。只见上面写着：菲乐朋，一种日本的暗杀药。

"菲乐朋"，邦德在他的脑子里搜索着有关这种药品的情况，飞快地把视线转移到下面的介绍上。

"……菲乐朋是目前与日俱增的犯罪因素，根据日本厚生省的统计数据显示，日本目前估计约有一百五十万人对菲乐朋上瘾，其中有一百多万人都在二十岁以下。根据东京警视厅的统计，青少年犯罪案中的百分之七十都与这种药品有关系。"

"这种毒品与美国的大麻相似，最早是用于注射的。它的效果是具有兴奋作用，这是一种能使人上瘾的药物，这种药的价格也不是很昂贵，每针大约十日元。可是一旦上瘾的话，人们便不由自主地想要加大剂量，最多的一天甚至能达一百针。这样一来，这种毒品的实际价格就变得特别昂贵了。为了能够支付得起这种昂贵的费用，上瘾者便只能走犯罪之路。由吸毒所引起的犯罪活动多半都是袭击与谋杀。迫害妄想狂就是这种毒品使上瘾者所产生的一种病态。有这种症状的人会认为所有的人都有谋杀他的倾向，他无时无刻不处在人们的包围之中。因而，他经常可能无缘无故地对街上某一个关注他的陌生人进行迫害。病情比较轻的患者会特别害怕见到那些一天需要服用一百针剂量的重病患者，因为这样只会大大增加后者的妄想。"

"这样，暗杀似乎就变成了一种自卫的正义行为。在这种经过严密组织和策划的犯罪活动中，人们时时刻刻都感受到这种可怕药物所带来的巨大的危险性。在臭名远扬的麦卡酒吧暗杀事件中，已经确认菲乐朋就是犯罪的诱因。由于这桩谋杀案的缘故，一周之内警方已经将五百多名吸毒者拘捕了。在这一吸毒活动中朝鲜人通常是受到指责最多的……"

邦德突然觉得很无聊,他坐在这儿读这些东西实在是浪费时间。叫作菲乐朋的那个什么破药片和他没有任何干系。

他合上卷宗,把那些文件随手扔进桌上的文件格里,之后,站起身来伸了个懒腰。

他觉得右脑依然有点儿针扎似的隐隐作痛,于是便拉开抽屉取出一瓶药,本来是想让秘书送一杯水来的,可他又不希望让别人看见他身体有些欠安,就只好把药硬着头皮干咽了下去。

他起身走到窗口,点燃了一支香烟,遥望着窗外翠绿的景色,凝视着伦敦城远处的轮廓,头天夜里所发生的种种离奇古怪的事情又一一浮现在脑海里。

他无论如何也想不通这件事。已经腰缠万贯、英名远扬、地位显赫的德拉克斯为什么却要在牌桌上耍那种无耻的把戏呢?他究竟有什么目的呢?他到底是想要证明什么?是不是他认为只有他自己才可以肆无忌惮地为所欲为呢?可以傲然地蔑视公众的舆论?

邦德顿时觉得自己豁然开朗起来。对,蔑视公众舆论,换句话说,他是以一种优越感与藐视一切的态度出现在长剑俱乐部里的,就好像是与他交往的所有人都是无名鼠辈,他没有任何理由对他们做出一副有教养的样子。

德拉克斯对赌牌如此热衷,也可能是精神一向紧张,所以想要偶尔放松一下。他那咬指甲的动作、粗声粗气的话语以及不停地渗出的汗水,无一不表明他的这种紧张情绪。他绝对不可以输给其他人,因而不管冒多大的风险他都要不顾一切地去赢得胜利。可以想象得到他相信自己完全能够达到目的。并且,邦德认为,一旦那些人鬼迷心窍就往往看不见有可能面临的各种危险处境，甚至故意去冒各种风险。有偷盗嗜好的人特别喜欢去偷那些比较有难度的东西；有怪异嗜好的人总喜欢使他们的各种怪癖行为展露出来，就好像他们是故意要把警察引过来拘捕他们似的；有纵火嗜好的人对他自己的纵火犯罪行为一向都是供认不讳的。

但是德拉克斯又是因为什么而如此鬼迷心窍呢？是什么样的冲动使他义无反顾地冒这么大的风险？

只有一种理由，那就是他是一个十足的偏执狂。妄自尊大，同时他的心里有一种虐待狂倾向。对一切不屑一顾的表情总是挂在他的脸上，话语中总是带着些恐吓的味道，但是输了钱之后却又流露出胜利的喜悦。这些只能表明他觉得不管事态如何变化，自己都毋庸置疑地是绝对正确的。他企图证明，所有与他相对抗的人都将惨遭失败的教训。也就是由于他有这种非同一般的力量，因而在他眼里一直以来就没有什么失败存在。他就是无所不能的主，是住在精神病院里的所有人的上帝。

是的，应该就得这么解释，邦德想到。他把眼睛眯缝起来遥望着不远处摄政公园的景色。

雨果·德拉克斯是一个残暴的偏执狂，使他义无反顾地不断奋斗并成为富豪的动力就是他的这种偏执，这就是那个即将为英国提供可以用来威慑所有敌人的导弹的人最开始的动力源泉。

可他离精神上的完全崩溃还有多远的距离谁又能把握得了呢？在那满头红发的脑袋里，有谁能够透过他席卷的风暴，预料到即将发生的一切？谁又能够明白他那各种各样的后遗症究竟是他卑微的出身，还是战争给他带来的呢？

当然，对于这一点谁也无能为力。对于这些问题是否只有邦德一个人看出来了呢？他是根据什么分析的呢？一个人内心隐秘真的能够从一扇严严实实紧闭着的窗户里看透吗？其他的什么人也可能观察到了这一点。可能在新加坡、香港、尼日利亚、丹吉尔，他也一样有过如此紧张的失常。每当一些商人和他当面做生意时，或许他们对于他流汗、咬指甲、失去血色的脸上那双充血的眼睛也很留意。

假如时间允许的话，邦德思考着，对于这种人内心深处的隐秘，人们不妨去探寻一下。而一经找到线索，就应该继续把它们挖出来，并且在还没有形成祸患之前除掉它们。

自己想得是否太离谱了？邦德忍不住自我嘲笑起来。自己没事替别人担什么心？那家伙跟他有什么不对付的？仅仅只是他把一万五千英镑拱手送给他邦德罢了。邦德耸了耸肩膀，这是他自食其果。可是他那临走时的最后一句话，"赶紧把钱全部花光吧，邦德先生！"又有着怎样的含义呢？他确实就是这样说的，邦德回忆道。这句话给他留下了特别深的印象，使他没有理由不反复考虑。

邦德从窗口处快速离开。去见你的鬼吧！我可没有疯疯癫癫，只是得了一笔一万五千英镑的飞来之财罢了，的确，我现在就应该把这笔钱迅速花光。但是到底应该如何开支呢？他回到桌前坐下来，取出一支铅笔，思考了一会儿，之后在一份标有"绝密"字样的备忘录上开始认真地记下自己的购买计划：

①带有折叠篷式的宾利牌轿车，大约需要五千英镑。
②每个两百五十英镑的钻石夹子，大约需要三个，共七百五十英镑。

他停下笔。还有一万英镑余款，可以用来购买服装、漆地板、新式的亨利·柯顿熨斗，再买些香槟酒，但是这些东西不必太过于着急。今天下午他最好先去把钻石夹子买来，然后去和车商们谈谈。再把剩下的钱兑换成金券，作为养老金存在银行里。

室内红色电话机响起的急促的声音,打破了宁静。

"局长想要见见你,能过来一下吗?"是参谋长的声音,似乎显得有些急躁。

"没问题,我现在就来。"邦德答复道,忽然想起来,"什么事,知道吗?"

"还不太清楚。"电话里参谋长答复他。说完,他就把电话挂掉了。

第九章
接 受 任 务

邦德在几分钟后就走进了那个熟悉的门道。绿灯在入口的上方一闪一闪地亮着。局长看着他说："007，怎么你的脸色这么不好看？请坐下吧。"

邦德脉搏的速度似乎加快了。他暗暗想到，今天局长直接称呼我的代号，并且不是称呼"詹姆斯"，那必定就是有事了，而且肯定是大事。等他坐下来之后。局长先是看着记录本上用铅笔记下的几个句子，然后把头抬起来，一种漠然的神情从他的眼睛中表现出来。

"德拉克斯的工厂在昨天晚上出现事故了。有两个人死了，警方对德拉克斯表示怀疑。"

"他们绝对不可能想到长剑俱乐部。警察在他今天早上一点半钟返回里兹的时候直接扣住了他。在厂旁的一家酒馆里，'探月号'工厂的两个雇员送了命。德拉克斯对警察仅仅说他本人对此感到深深的不安和遗憾，之后就没再说什么了，他还真把持得住。他还没被警察释放。据我猜测，一定是他们把这个事情看得极其严重。"

"真是巧合啊，"邦德思考了一下说道，"但为什么我们要搅进去呢？应该由警方来处理这件事才对。"

"警方也不过是只能管一部分罢了，而那里关键的一大堆人物却恰恰由我们管着，比如那些德国人。"局长继续解释道，"看来你还是不太清楚，"他朝记录本扫了一眼，"那家工厂是属于英国皇家空军管辖的，在隐蔽图上那同样也是组成东海岸雷达系统的一部分。那一片区域的安全由英国皇家空军负责，对那个工作中心有控制权的只有军需部。在多佛尔和迪尔之间的峭壁上设置了发射基地，整个区域差不多有一千英亩[1]大小，而实际工作区只有两百英亩。现在所有建筑队都已离开，工厂只剩下德拉克斯以及其他五十二个人。"

邦德心里又把它和桥牌扯上了联系，那就相当于是整整一副牌再加一个王。

"其中五十名是德国人，他们全都是俄国人想要但却没能弄走的导弹专家。德拉克斯这次花钱雇他们来为'探月号'服务。对这种安排他们都带着些不满，但又没有办法。军需部自己又没有办法派出专家，因而只能任凭德拉克斯自己去请专家来。为了使皇家空军的保安力量得以加强，部里派了一个叫泰伦少校的警卫官员住在基地。"

局长抬起头来向天花板望了望，把话头停住了。

"然而泰伦少校昨天晚上死了。打死他的是一个德国人，但那家伙之后也自杀了。"局长死死地看着一言不发的邦德。

"凶杀是在基地旁边的一家酒馆里发生的。有不少人当时都在场，那是一家不大的酒馆，那些德国人经常到那儿去。我觉得他们必定有个去处。你问我们为什么要搅进去？那是因为在来英国之前，我们对那些德国人审查过，其中也有自杀的那个家伙。这些人的档案都在我们手中掌握着，伦敦警察厅以及皇家空军保卫部的人在案件一发生后就来要求查看自杀者的档案。昨夜他们对值班官员作了通知，今天一大早他就把材料送到伦

---

[1] 英亩：一英亩等于 0.004 平方公里。

敦警察厅去了，他已经在记录册上标明了，这得算是例行公事。"

"我今天上午一来就看到了记录在记录册上信息，我对此非常感兴趣。"局长带着平和的语气说，"和德拉克斯刚好在一起度过了一个晚上，碰巧现在又遇到了这件事。的确就如同你所说的，真的是很凑巧啊。"

"除此之外还有件事，同样也是使我不得不搅到这件事中去追查个水落石出的原因。这事尤其重要，他们在星期五就要试验发射'探月号'了，离今天只剩下四天时间了。"

局长伸手把烟斗拿过来，擦着火柴点烟，并且把话头也打住了。

邦德依然默不作声。情报局与这些事怎么能够沾得上边，这些事似乎是应该由伦敦警察厅特别事务部门来负责，或者由军事情报五处来处理也未尝不可，而情报局的活动范围是在英国之外的啊。他坐在那里想不出原因来，看了看手表上的时间，已经到中午了。

局长将烟斗点燃了，抽了一口之后继续说："我之所以对这个案子比较感兴趣，究其原因还是因为昨天德拉克斯使我对他产生了兴趣。"

"我也对他比较感兴趣。"邦德说道。

"因此我看完记录册后，就打电话向伦敦警察厅的瓦兰斯询问，以便对事情的经过有所了解。他正心急如焚,叫我立即过去一趟。我跟他说，我不想插手五处的事。瓦兰斯则说，五处那里他已经联系过了，但五处的人觉得这个案子与我们有比较大的关系，因为是经过我们审查后才批准那个自杀的家伙到这里来的。所以，我就到伦敦警察厅去了一趟。"

浏览了一下手里的记录本之后，局长继续说道："在差不多距离多佛尔以北三英里[1]的海岸上，有家名叫极乐村的酒馆，就位于海岸公路的旁边，那些德国人常常会在晚上到那儿去打发时间、寻找乐子。军需

---

[1] 英里：一英里约等于1.6千米。

部派去的泰伦先生昨晚七点半恰好从那儿路过，进店之后要了一杯威士忌，就同几个德国人随便聊起来。突然，那个毫无理由的'杀人狂'，假如允许我如此称呼他的话，走了过去，径直地走到泰伦跟前。他从衬衫里迅速掏出一支尚未登记号码的卢格牌手枪说：'我爱加娜·布兰德，你别想着能得到她。'之后就冲着泰伦的心脏开了枪，接着又用冒着烟的枪对着自己的嘴扣响了扳机。"

"真是太恐怖了。"邦德插嘴说道。他如同身临其境、耳闻目睹了宾客满座的海滨酒馆里所发生的所有事情一般，"那个女孩儿是什么人？"

"这个问题说起来比较复杂。"局长说道，"她在特工处工作，是一个会讲德语的、瓦兰斯手下最出色的女特工。她和泰伦是'探月号'基地中仅有的两位非德国人。瓦兰斯对什么事和人都不放心，然而他只能这样，因为要知道英国如今最大的事情就是'探月号'发射计划。瓦兰斯没告诉任何其他的人，而是依靠自己的力量把布兰德安插进基地去工作，并且想尽办法让她当上了德拉克斯的私人秘书。这一举动取得了成功，但她根本就没有什么可以禀报的事情。仅仅是说德拉克斯是个非常出色的领导者，态度比较恶劣，对手下的人也极其苛刻严厉，对她显得也并不礼貌，虽然布兰德对他编出自己已经订婚的谎言，他仍然紧追不舍。后来，她使得德拉克斯知道，她具有自卫能力，随时都能够自卫，他总算因此收敛起来。那女人说她后来与德拉克斯成了好朋友。泰伦她当然是比较熟悉的了，但是泰伦已经可以做她的父亲了。并且，泰伦的婚姻非常美满，他拥有四个孩子。当瓦兰斯手下的人今天早上探查起这些时，布兰德说，泰伦待她如同慈祥的父亲一般，十八个月里带她去过电影院两次。那个杀人的家伙叫艾贡·巴尔兹，是一位电子专家，布兰德与他根本就不认识。"

"那个凶手的朋友又是如何论及这些事情的呢？"

"和他住在一个寝室的室友说，巴尔兹特别爱慕布兰德，他觉得没有取得成功完全都是由于'那个英国人'。他说，最近一段时间巴尔兹情绪一直很不好，甚至沉默不语，因此他一点儿也不感到他开枪杀人这件事有什么值得惊讶的。"

"听起来这还是比较合乎情理的。"邦德说，"如果照这样理解的话，凶手一定特别紧张，同时又带着点儿德国人的骄傲劲儿。对此瓦兰斯有什么感想呢？"

"他自己也很难弄明白。"局长说，"事到如今他最关注的问题就是怎样防止报界把他的女工作人员的真实身份披露出来。不用说，没有什么报纸会放过诸如此类的事件。消息今天中午就会上报的。那个女人的照片所有的记者都哄闹着在要。瓦兰斯已经准备好了一张，那张照片和任何一个女人看起来都很像，也像布兰德。她今晚就得把照片给瓦兰斯寄过去。所幸的是记者们是不允许接近发射场的。她不愿与人进行任何交谈。瓦兰斯只希望不要被她的朋友或亲戚把事情的真相捅出去。今天报界追得特别紧，瓦兰斯盼望着这个案子今晚就能够得以了结。那样的话，就使得报界不得不由于缺乏材料而将此事搁下。"

"发射的情况怎么样？是否会使发射受到什么影响？"邦德问道。

"所有的事情都按照原计划进行。"局长说，"导弹将在星期五中午由一个仅仅只装有四分之三燃料的推进器向上垂直发射，但是弹头是假的。弹着点在海牙和华盛顿连续线以北，纬度52度以上的方圆一百平方英里的北海海域。首相将在星期四晚上公布所有这次发射的详细情况。"

局长说完就朝后转过转椅，把目光投向窗外。远处的钟声这时已经敲响一点了。看来已经过了午饭的时间了。假如这个属于其他部门的闲事局长去揽的话，邦德还会有充足的时间去和宾利汽车商谈论买车的事。他想到这里时禁不住在椅子上稍稍地挪动了一下。

局长转过身来，望着邦德。

"不用说，军需部是最焦虑的。他们部里最有能力的人就是泰伦，他在打给部里的报告中向来对导弹试验持有不同意见。他想要向首相亲自面呈，并且已经与首相约好在今天上午十点钟会面，但他并没有把具体内容披露出来。在订好约会后的几个小时的时间里，他就丢了性命。这事未免有点儿太奇怪了吧？"

"的确比较奇怪。"邦德发表了相同的看法，"可毕竟这么大的事件不能当儿戏，为什么不关闭基地，好好地调查一番呢？"

"内阁在今天一大早就组织召开了会议，首相对这件事进行了详细查问。他希望弄清楚到底有没有足够的证据证明其中存在什么阴谋，然而没有人能够拿出确凿的证据。人们仅仅是从泰伦含糊其词的报告以及那两个人被杀的事情中产生这种忧虑。所有内阁成员最后一致通过，试验将在没有确凿证据的情况下照常进行发射。如今，从国际战略方面来衡量，越早进行导弹发射试验对我们来说就越是有利，甚至对世界也是有利的。"局长把肩膀耸了耸，"因此内阁成员不想把这次试验随便取消，连军需部也不具备反对的理由，但他们心里和你我一样明白，不管这次事件是怎么回事，都非常有可能是苏联人破坏'探月'试验发射的序幕。假如他们成功的话，就可能使得这个导弹建造计划彻底毁灭。有五十名德国导弹专家在那儿工作，假如他们之中的某一个人的亲属如今仍旧掌握在苏联人的手中，那么很有可能他就会被利用，从而达到苏联人的破坏阴谋。"局长说到这儿，抬起头来向天花板望了望。

然后又用忧心如焚的目光望着邦德："军需部长在内阁会议一结束就把我叫过去。他跟我说，现在他只剩下一个可以补救的办法了，那就是马上找一个可以顶替泰伦的人，这个人需要精通德语，懂得破坏行动那一套的同时具有与俄国人打交道的大量经验。军事情报五处举荐了三个人，但那三个人手头都有要办的紧要案子。自然，实在没有其他办法的话，立即把他们抽调出来也没有什么不可的。军需部长咨询我应该怎样做，我表达了自己的观点。他和首相立即进行了探讨，因此很快就把这件事定下来了。"

邦德懊恼地看着局长那张没有商量余地的脸庞。他已经明白局长的话是什么意思了。

"这样，"局长的语气显得比较平和，"关于对你的任命的事我们已经告知了雨果·德拉克斯。今天晚饭时他希望能与你见一见。"

第十章
明 察 暗 访

詹姆斯·邦德的那辆宾利轿车在当天下午六点钟出现在自多佛尔路进入梅德斯通的那条直路上。手握方向盘的邦德，看起来像是在集中精力开车，但四个半小时前他从局长办公室离开后所做的一切准备活动却在脑子里不停地浮现着。

他向秘书草草把案情交代了，就去食堂随便吃了份快餐，通知车房不管怎样要为他尽快备辆车，把油加好，并且必须把车在四点之前开到他的公寓门口。之后，他坐出租车去伦敦警察厅赴约。他已经和瓦兰斯约好在三点四十五分见面。

每当看到伦敦警察厅所处的胡同和庭院的时候，邦德经常会把它们同一座没有房顶的立柜形监狱联系起来。在萧条的过道上有一名警士站在那里，日光灯下的那张脸显得极其苍白。他询问邦德有什么重要的事，然后让他把名字签在果青色的会客单上。警官的脸色在日光灯下显得同样没有任何血色。他领着邦德先上了几道台阶，接着又沿着两旁都是暗门的寂静冷清的通道来到了会客室。

一位中年妇女负责接待他。虽然她沉默寡言，但却能把一切都看在眼里并且记在心里。她跟邦德说，五分钟后瓦兰斯就来。邦德站在窗前，朝外面灰蒙蒙的庭院俯望着，看见从一幢楼里走出来一位没有戴头盔的警察，他嘴里嚼着口香糖，穿过院子。所有一切都让他觉得很安静，白厅及拦河大堤那边的交通噪声依稀还能听得见。一想到自己即将离开熟悉的本职工作，也离开自己的那班人，去和一个陌生的部门打交道，邦德就感到很难过，他在会客室里已经感到自己孤身一人形单影只，极为压抑。只有那些犯罪分子同告密者才会到这里来听候发落，或者是那些比较有影响的大人物才会在这儿浪费精力地为自己辩护，或者费尽周折企图说服瓦兰斯相信他们的儿子并不是同性恋者。总而言之，或者告发，或者辩解，你不会毫无缘由地到这里来。

那妇女终于向他走过来。他把香烟在烟灰缸里熄灭之后，跟着那个妇女穿过走廊。

邦德穿过灰暗的会客厅走进屋。这间敞亮的房间里生着不合时宜的火，使置身屋内的人会产生一种怪怪的感觉，犹如玩了一个小小的把戏，也像盖世太保给你递了一支香烟。

邦德在整整五分钟后才终于从晦暗的心境中将自己解脱出来，并从罗尼·瓦兰斯那儿感受到了宽慰之情。对于部门间的嫉妒瓦兰斯没有什么兴趣，只希望邦德能把"探月号"工程保卫好，并能够从糟糕的处境中把他的一名最优秀的警官解救出来。瓦兰斯很会与人打交道，做事也很谨慎。在最初的几分钟，他只谈局长的情况，并把一部分内幕材料披露给他，做出一副比较诚恳的样子。邦德还没有等他提到案子的情况就已经对他产生了好感和信任。

邦德开着他那辆宾利驶进拥挤的梅德斯通大街。他思考着，瓦兰斯二十来年的警务工作所培养出来的出色才干，使他学会了怎样左右逢源，把军事情报部五处的痛处巧妙地避开，积极协助配合警察的调查工作，以及同愚笨的政治家及受到蔑视的外国外交官打交道。

他与瓦兰斯大概谈了十五分钟左右。谈话进行得比较艰难，但相互都清楚自己的盟友又多了一位。瓦兰斯对邦德非常信任，认为他会尽自己的最大努力去帮助和保护加娜·布兰德。从工作的角度出发邦德接受了任务。他对特工处并没有什么嫉妒之心，瓦兰斯对于这一点特别赏识，而瓦兰斯所知道的间谍情况也令邦德羡慕不已。他感到自己已经不再是一个人孤军奋战，瓦兰斯及他的部员会对他大力协助的。

邦德从伦敦警察厅离开时，感觉比原来好多了。最起码，他把克劳塞维茨的具有巩固后方的原则实施得比较好。

邦德在拜访了军需部之后并没有了解到什么有关案件的最新情况，只得到了泰伦的履历和涉及"探月号"的报道。泰伦的履历非常简短，他是陆军情报部和战地安全处的一位终身官员。"探月号"工程的员工的两个事件被生动鲜明地勾画出来，一件是小小的盗窃案，另一件是由于私仇而引发的斗殴事件。虽然这样，基地的这伙人还算是勤奋努力、忠实可靠的。此后，在军需部的作战室里，他和特因教授在一起差不多待了半个小时。特因教授身体肥胖，其貌不扬，也不施以任何修饰。他是世界上著名的导弹专家，差点儿在去年获得诺贝尔物理学奖。

走向一排特大挂图的特因教授，将其中一幅的细绳拉动，便展现出来一幅长十英尺的简图，上面所画的东西非常像带着巨翼的V2导弹。"出于你对导弹丝毫不了解的原因，"教授说，"我尽力用你能够听懂的话来讲。请你放心吧，诸如热气膨胀率、排气速度、开普勒椭圆等名词我是不会对你讲的，免得把你搞得昏头昏脑的。'探月号'是一种单级导弹，它是由德拉克斯命名的。它能够一次性把燃料耗光，升入空中，之后再飞向目标。V2的弹道非常像从枪膛射出的子弹的轨道，呈抛物线形状。按每小时200英里的最高速度计算，它向上大概要飞行七十英里。一般情况下，燃料是一种由乙醇和液态氧混合制成的易燃物，其燃烧程度会慢慢减小以防止烧毁保护引擎的低碳钢。现在有能量非常强的燃料能够供以使用，但我们还没有取得太多进展。原因就不用说了。它们燃烧时的温度已经高到就算是最坚固的引擎也有被烧毁的可能。"

教授把话停了下来，用手向邦德的胸部指了一下："关于'探月号'导弹的知识，亲爱的先生，你只需要记住，因为德拉克斯选用了熔点为3500℃的铌铁矿，而1300℃是V2引擎材料的熔点，因此我们能够使用一种高级燃料而不会导致引擎烧毁。"

"实际上，"他好像要给邦德留下深刻的印象，盯着邦德说道，"我们使用的是氟和氢。"

"哦，是真的吗？"邦德很尊敬地问道。

目光敏锐的教授望着邦德："我们企图实现每小时近1500英里的速度，垂直高度大约为1000英里，这样导弹的有效射程就能达到4000英里左右。也就是说，欧洲任何一个国家的首都都在英国的射程范围之内，它在特定的情况下极其有用。然而对于科学家来说，这仅仅是飞离地球的可喜一步。还有什么其他的问题吗？"冷漠的教授补充道。

"能不能把导弹的工作原理给我讲一下？"邦德毕恭毕敬地问道。

教授指着简图继续说："那我们就先从导弹的头部开始说起吧，导弹的最上端是导弹舱，试验发射时，在这里所装的是探测大气层以上的飞行物的仪器，比方说同雷达相似的仪器。这是能使导弹做水平飞行或滚动偏航旋转飞行的旋转罗盘。再接着往下看，这些是小仪器、辅助引擎、能源供应舱等。这是能载三万英磅燃料的大燃料箱。"

"有两个小燃料箱在尾部。四百英镑过氧化氢与四十英磅高锰酸钾在里面混合产生出气流从而使得下面的涡轮机得以驱动。涡轮机将一套离心分离泵带动起来，将主要燃料输入导弹引擎是它的分离原理。压力非常大。你能听懂吗？"教授向邦德皱着眉头怀疑地看着他。

"与喷气式飞机的工作原理听起来差不多。"邦德说。

满意的表情从教授的脸上流露出来。"总而言之，"他说，"导弹是自带燃料的，并非像彗星从外面吸入氧气那样。燃料是在引擎里点燃的，热气从尾部接连不断地喷涌而出，就如同是不停地产生后坐力一样，能够使导弹腾空而起的正是这种热气。当然了，铌是放在弹尾的。如此一来，我们就能够造一个不至于被巨热所熔化的引擎。"

他指着地图说："你看，这些尾翼的作用就是使导弹在飞行时能够保持平衡。不用说也知道，它肯定同样是用铌做成的，否则它们会由于无法承受巨大的空气压力而折毁。"

"你如何能够确信 V2 可以向预定的目标飞去呢？"邦德问，"又如何能够保证下星期一回收时不至于使导弹落在海牙或落在其他的什么地方呢？"

"那当然是陀螺仪所起的作用。但是实际上，我们并不打算在星期一那天冒这个险。在海中救生艇上放置的雷达航向仪器是我们所要使用的。有雷达发射机被安置在导弹头部，从海上发出的反射波能够被它接收到从而自动地飞向目标。"

"当然，"教授淡淡一笑，又说，"假如在战时我们使用这家伙，用这种仪器向在莫斯科、华沙、布拉格、蒙特卡洛，或者任何我们想打击的目标中心发出飞行的指令，那可真的算是妙不可言了！也许这些就要依靠你们自己的努力了。祝你好运！"

邦德不置可否地笑了笑："能不能再提个问题？"他问道，"假如想破坏导弹的话最好采用什么办法？"

"什么办法都可以，"教授兴高采烈地答复说，"比如在燃料中掺沙，在泵中混合沙石，或者在机身或尾翼的某一个地方凿个小洞。由于力量之大，速度之快，哪怕是一点小小的失误都会带来灭顶之灾。"

"非常感谢您。您看起来似乎对'探月号'并不怎么担心。"邦德说。

"它真不愧是一台奇妙的飞行器，"教授说，"假如不存在干扰的话，它就能够正常运行。德拉克斯干得非常漂亮。他的确有着与众不同的组织能力。他带领的攻关小组没有一个不出色的人。那些人都非常愿意为他竭尽全力，效尽犬马之劳。说实在的，假如没有他的话就不可能有'探月号'。"

邦德此时来到了查灵岔道口。他将行车路线改变了，使车向右转弯，再以每小时八十英里的速度狂奔而去。

他对着排气缸听了听，没有听到不正常的噪声，于是满意地点了点头。他非常希望能够对德拉克斯本人有一个彻底的了解。他今天晚上将会如何接待他呢？听局长说，在提起邦德的名字时，电话那边的德拉克斯稍稍停顿了一下，然后说："嗯，嗯。我认识这小子，但不清楚他已经介入这件事，我倒是非常希望再见见他。马上把他派过来。在吃饭前我希望能够看到他。"说完挂断了电话。

总的来说，军需部里的人对德拉克斯印象比较好。他们在与他的接触过程中，发现德拉克斯是一个事业心极强的人，他全部的心思都扑在研制"探月号"的工作上，督促手下人竭尽全力，同其他部门争抢材料的优先权，在内阁会议上敦促军需部满足他的要求。总的来说，他是为成功而生活的。对于他爱说大话这一点他们不是很喜欢，但他比较懂行，并且有一股子奋勇前进的献身精神。这一切已经足够促使人们尊敬他。就像其他人所认为的一样，至于说大英帝国的存亡全寄托在他的身上这一点，他们还是比较相信的。

但是，邦德心里很明白：如果和这人工作在一起的话，就得使自己有所调整，从而能够对未来的生活有所适应。最好是德拉克斯和他两个人都能够既往不咎，忘掉那天晚上在长剑俱乐部里发生的不高兴的事，专心致志地投入到保卫基地的安全中去，从而防止整个工程遭到敌人的破坏。仅仅剩下三天时间了，德拉克斯觉得，安全防范措施已经做得很周密。一旦有人提到加强保护措施他就会感到特别厌烦。事情看来可并非那么简单，每走一步都得认真考虑，但邦德并不擅长使用策略。

邦德看了看手表，时间是六点半。他已经将车开上了海滨大道。他在半个小时之后就能够到达基地了。谢天谢地，两件人命案总算可以了结了。"在神经不正常的情形之下最先杀害他人之后再自杀"这是法医的定论。那姑娘并没有受到传讯。邦德思索着，他最好在路过"极乐村"时，能够进去喝一杯，并同老板说说话。并且他也应该在第二天试一试，看能不能查出到底泰伦是想把什么机密的情况面呈给首相。的确由于线索极少的缘故会使这变得很困难，因为，泰伦的房间里没有发现什么。他要做的工非常多，但是，对于泰伦的私人信件他已经具备充裕的时间来审阅。

远处，一片低垂的白云飘浮在山间。挡风玻璃上不停地飘落着小雨。冷飕飕的海风从海上吹来。能见度比较低，他将车子的前灯打开，并减慢了车速，把自己的思绪转到了德拉克斯的那名女秘书身上。

和那姑娘接触可得注意点儿，千万小心不能得罪她。她已经待在基地有一年多了，若是能与她合作的话，相信一定能够取得事半功倍之效。同邦德一样，她也接受过相同的训练。但是，这个女人到底多深多浅，也还是个未知数。从伦敦警察厅记录表上的照片来看，她漂亮迷人但又特别严肃。就算她流露出那么一丁点儿诱人之处，也被她那身呆板的警察制服所掩饰住了。

他对她的特征作了一个回忆：头发是金棕色的，眼睛是蓝色的，身高是 5.7 英尺，体重是 126 磅，臀围是 38 英寸，腰围是 26 英寸，胸围是 38 英寸，有颗痣在右乳上部弯曲的地方。

沿着马路狂奔的车子向右一拐，就驶入一座小镇。路边有一家电灯闪闪发光的小客栈，邦德把车停下来，关掉了油门。一块写有"极乐村"的褪了色的烫金广告牌就在他头上方挂着。从海崖边吹过来的半英里外的一阵稍稍带着些咸味儿的微风把广告牌吹得吱吱作响。他从车门钻出来，伸展一下筋骨，就冲酒吧走去。他走到店前才发现店门已经关闭了。莫非是为了打扫卫生？他又朝另一家开着门的店走过去。这间酒吧比较小。一位身穿衬衫、看起来傻头傻脑的男子正在柜台后读晚报。

邦德进来时，他立刻抬起头来看了看，手里的报纸也随即放下了。

"晚上好！先生。"他冲邦德打招呼。很明显，看见有人光顾，他感到非常惬意。

"晚上好！"邦德答复说，"请给我来一大杯威士忌和苏打水。"邦德说完之后就在柜台前的凳子上坐下来。从黑白两个不同的瓶子里，老板各量出一些酒，将这些酒倒进杯子中，之后再将杯子和苏打瓶摆在他面前。

邦德用苏打水把杯子掺满，然后喝起来。

"今晚的生意似乎不是很好啊？"他放下杯子心不在焉地问道。

"是的，先生，的确很糟糕，"老板回答说，"生意真是很难做啊，先生！你是不是报社的记者啊？这两天经常有记者和警察来来去去的。"

"不是的，"邦德说，"我是来顶替别人的工作的。顶替的是泰伦少校。他刚刚被人杀害。他是否常常到这儿来喝酒？"

"不是这样的，先生。以前他从来都没有来过，他是第一次来。唉！真没想到他第一次来就变成了最后一次。我现在为了能把铺子彻底修整一番，需要关一个星期的门。"停顿了一下之后，他又接着说，"你一定不知道，雨果先生真不愧是个慷慨大方的人。他在今天下午给我送过来五十英镑，说是作为对我的赔偿费。这可真是一个不小的数目啊，比我两个星期的营业额还要多。他这个人真是太好了，到处都那么受人喜欢，又常常是那么慷慨大方。"

"不错，是一位大好人，"邦德附和着说，"那你是不是看到了昨天所发生的那件事了？"

"我并没有看到开始时和放枪时的情形，先生。当时的我正在量酒。我在枪响之后发现泰伦少校在地上躺着，胸部不停地往外流血，我被吓得洒了一地的酒。"

"之后呢？"

"后来人们都退出了酒吧。只有十来个德国人在场。持枪的家伙愣愣地站在那儿，低头看着倒在地上的泰伦少校。他突然摆出一个立正的姿势，左臂在空中伸着，大吼了一声'希特勒万岁'，就如同那些在'二战'期间怪叫的蠢家伙那样。之后他把枪口插进自己的嘴里，做了一个鬼脸，只听'砰'的一声，随后他自己也就跟着完蛋了。"

"在临死之前他就仅仅只叫了一声'希特勒万岁'吗？"邦德问。

"就只有这些，先生。好像这些德国人永远也不会把这血腥的字眼儿忘记，是吗？"

"的确，"邦德若有所思，"他们并没有忘记。"

第十一章
进 入 墓 地

邦德五分钟后已经站在了高高的环绕着铁丝网的大门口,把部里给他发的通行证递给穿着制服的值班卫兵查看。

那位皇家空军中士看过邦德的通行证之后又还给他,同时又向他行了个军礼,说:"先生,雨果爵士正在等您,就在前面树林中那栋最大的房子里。"他用手指着一百码外挨近悬崖边的那片灯光。

邦德听见他给下一个哨卡打了个电话。他把汽车发动起来,顺着新铺设的柏油公路慢慢地向前驶去。在公路两边是广阔的田野,就连远处悬崖脚下传来的海涛声他都能够听见,近处的机器开动时所发出的轰鸣声在驶近那片树林时也传到了他的耳朵里。

邦德在第二道铁丝网前又被一名穿便衣的人拦住。一道带有五根铁栅的门就在铁丝网后,再往里面就到了树林。在那名便衣人挥手表示允许他通过时,他听到从远处传来的阵阵警犬的吠声,这就说明夜间有人在此巡逻。看起来安全措施非常严密,邦德认为他没有必要为外部安全操心。

汽车在穿过树林之后,驶到了一大片较为宽阔的混凝土坪上。虽然他的两盏车灯射出了两束非常强烈的光线,但这片场地的边际他仍旧没有办法看到。在左面大约一百码外的树林边上矗立着一座大房子,里面灯光闪烁，房子外面是一堵大约六英尺厚的围墙，差不多和房子一样高的围墙耸立在混凝土坪上。邦德把车速减慢，在圆顶房子前的山壁边上停下来。

他刚刚停稳了车子，房门便被打开了。身着白色夹克的一位男仆走出来，彬彬有礼地替邦德把车门拉开。

"晚上好，先生。请跟我来。"他的声音平平淡淡，方言口音很浓。邦德跟着他走进屋里，穿过一条宽敞的走廊之后来到了一扇门前。男仆轻轻敲了敲门。

"进来。"邦德在听到这特别耳熟的粗犷和严重带有命令语气的声音时暗暗发笑。

德拉克斯在明亮、宽敞的客厅里背朝着一座空荡荡的壁炉站着。他身材魁梧，穿着一件天鹅绒质地的红色吸烟服，与他脸上的红胡子非常不相称。除此之外，站在他旁边的还有三个人，是两男一女。

"啊，我亲爱的伙计。"德拉克斯扯着嗓子兴奋地喊道，并且大步迎了上来，热情地把邦德的手握住了。"真没想到咱们这么快又见面了，更没想到你居然会是一个为我部工作的可恶的间谍。早知道是这样的话，在和你打牌时我就会加倍小心的。那笔钱花光了没有？"他一边说着话一边把邦德带到了炉子边。

"还没有呢。"邦德笑着答道，"现在连钱影子都还没有见着呢。"

"那是当然。得等到星期六才能兑现，也可能恰好会赶上咱们小小的庆功会，怎么样？来，介绍认识一下。"他把邦德带到那个女人的面前，"这是布兰德小姐，是我的秘书。"

邦德注视着那双蓝汪汪的大眼睛。

"晚上好。"他友好地对她笑了笑，但是望着他的那双静静的眸子里并不带有一丝笑意。她在握手时也不带有半点儿热情。

"你好。"她淡淡地回答。邦德感觉到似乎她的语气里带有几分敌意。

突然邦德的脑子里闪过一个念头：这个女人确实没挑错，简直就是一个劳埃丽娅·波恩松贝的翻版。能干、谨慎、忠诚、洁身自好，大哪，他私下里想，是个老手。

"这位是佛尔特博士，是我的得力助手。"那位年纪较大、面容清瘦、黑发下遮盖的眼睛略有愠色的男人好像根本就不曾看到邦德所伸出的手一样。他在听到自己的名字时，仅仅只是稍稍地点了一下头："是沃尔特。"他的薄嘴唇在黑色山羊胡子下翕动着，将德拉克斯的发音纠正了。

"这位应该说是我的……该怎么说呢，就算作侍卫吧，你把他当作我的副官也可以，他名叫威利·克雷布斯。"邦德与对方伸出来的汗涔涔的手轻轻握了一下："很高兴认识你。"随着这句讨好奉承的话说出口来，邦德看到了他那张苍白、病态的圆脸，那装出来的假笑还没等他来得及认真琢磨就已经一闪而逝了。邦德与对方的两眼对视着，他那双眼睛就像一对黑纽扣一样晃来晃去，闪躲着邦德的目光。

这两个人都穿着洁白的紧身衣，塑料拉链在袖口、脚脖子和臀部上安着。短平头，隐约能看见头皮。乍一看，他们的样子的确倒是很像天外来客，但是，凭借沃尔特博士那黝黑、散乱的髭须和山羊胡子，以及克雷布斯那绺苍白的小胡子，两个人看起来又很像是一幅讽刺漫画——一个疯子似的科学家同一个年轻的耶稣门徒。

德拉克斯那过分热情、怪里怪气的模样和他那些态度冷漠的伙伴们形成了极为鲜明的对比。对于德拉克斯那野蛮的欢迎态度邦德并没有感到反感——至少使他这个刚刚到任的安全官不至于冷场。除此之外，德拉克斯表现出来的明确的既往不咎的态度，以及他对自己刚刚上任的保镖头儿的信任，都让邦德感到非常欣慰。

德拉克斯确实是个不错的主人。他搓搓双手说："喂，威利，替我们倒一杯你拿手的马提尼酒怎么样？不用说，博士是个例外，他是不沾烟酒的。"他对着邦德解释着，然后又对沃尔特说："简直就像个死人。"他发出一阵简短的笑，"除了导弹之外，不会想别的，难道不是吗，我的朋友？"

博士毫无表情地站在他面前："你就是喜欢说笑话。"

"好了，好了，"德拉克斯就像是在哄一个小孩子一样，"关于导弹尾舱的事过一会儿再讨论,除了你之外我们这儿可都是烟酒之徒啊。咱们出色的博士不停地在操心，"他没完没了地解释着，"他就是喜欢不停地为一些事情殚精竭虑，这会儿是在为导弹尾舱操心，事实上，它们已经如同剃胡子刀片那般锋利，差不多可以不受任何风的阻力。但他猛然又觉得这些尾舱会熔化，认为空气的摩擦会磨光它们。不用说，什么事情都有很多的可能性。不过在3000℃以上的高温下它们已经被试验过，就如同我对他说过的，假如它们会熔化的话，那么整个导弹就也会跟着熔化掉。这种事绝对不可能发生。"

他说着，莞尔一笑。

克雷布斯走过来，手里端了一只银盘，有四只盛满马提尼酒的酒杯和一个打磨过的混合器在上面放着，马提尼酒的味道确实很好，邦德也这么说。

"你真好，"克雷布斯假装很满意地笑道，"雨果爵士一点儿也没说错。"

"把酒给他斟满，"德拉克斯说，"可能咱们的朋友非常希望洗个澡，然后八点钟咱们吃饭。"

一阵尖锐的哨声就在他说这话的时候响起，一队人整齐的跑步声接着从外边水泥场地上传来。

"这是晚上的第一次换岗。"德拉克斯解释说，"这幢房的后面就是营房。不用说现在肯定已经到了八点钟了。不管做什么在这里都需要跑步执行。"一丝扬扬自得的神情从他眼睛里闪出，"准确而又迅速。即便科学家在这里占多数，我们仍然使一切都尽量实现军事化。威利，你来照顾一下中校。让我们先走一步吧。亲爱的，现在就去吧。"

邦德跟随着克雷布斯向着进来时的那道门走过去时，看见剩下的另外两人在德拉克斯身后跟随着，冲着房间另外一头的双扇房门走过去。还没等到德拉克斯的话音落地那两扇门便打开了。那个身穿白夹克的男仆站在入口处。

邦德走进走廊的时候，忽然一个念头从脑子里闪过：德拉克斯是个特立独行的人，他能够如同对待小孩子一样对待自己的下属，简直是太有领袖人物的天赋了。他到底是从哪儿学来的呢？是在军队学来的，还是财大气粗的人身上自然而然焕发出来的？邦德一边想一边跟随着克雷布斯走。

他们吃了一顿特别丰盛的晚餐。德拉克斯竭尽主人之道，他的态度好得简直让人没法儿挑剔。

他说话的大部分内容，意图都在引起沃尔特博士说话，以便使邦德对导弹的制造过程有所了解。每个话题结束之后，德拉克斯对其中有关技术上的问题都要竭尽全力地解释一下，而且对于偶尔出现的冷场他都在尽力地调和。在处理复杂问题时他所表现出来的自信，以及他对各种问题中细枝末节的了解，都给邦德留下了难忘的深刻印象。以往对德拉克斯的不满也由于对他的崇敬之情而冲淡了。在他面前的是一个极有创造才能的德拉克斯，一个杰出的工业领袖。

邦德在德拉克斯和布兰德小姐之间坐着。他屡屡试探着希望能引她说话，然而一直没有达到目的。她不过是很有礼貌地回应他几句，甚至都没有瞅他一眼。邦德感到有点儿恼怒。她确实长得漂亮迷人，邦德为自己无法使对方产生最本该有的反应而感到不快。他觉得她未免也太过于矜持了。快乐轻松的谈论要比勉强装出来的不言不语好得多。他真恨不得狠狠踢她一脚。

实际看来她要比她的照片漂亮得多,甚至让他无法看出在他身边坐着的竟是个女警察。从侧面看她的轮廓带着几分大方庄重,然而她那又长又黑的睫毛覆盖着大大的深蓝色眼睛。她的嘴唇稍稍涂了些许口红,看起来丰满迷人。披到肩头的黑褐色的头发向里面鬈曲着,端庄高雅的发型显得很别致。她那高高的颧骨轻微地挑向上方,眼睛能够使人察觉出她属于北方血统,然而她那玉肌的温馨显示出的又的确是地道的英国味儿。她给人的整体印象就是:一个让人极其信任的女秘书。但是,她的言谈举止颇带威严,又很像是德拉克斯圈子中的一员。邦德还觉察到,其他人都会很注意地听她回答给德拉克斯的每个问题。

她穿着庄重朴素的黑色缎面晚礼服,袖口一直垂到手肘下边。不宽不瘦的腰身刚好使她那对丰满的乳房突显出来。根据邦德的眼力判断,她胸围的尺码与记录上的不差多少。一枚蓝得发亮的胸针在V字形的衣领敞口处别着,那看起来像是一枚塔西凹雕玉石。纵使算不得华美,但却极其让人富有想象。一只镶着钻石的戒指戴在无名指上,除此之外,她没有再戴什么珠宝之类的东西。

邦德最后断定,她确实是一位让人非常喜爱的姑娘,她内心的热情奔放一定被她那沉默寡言的冷漠外表掩盖着。

邦德想到这儿便不再急于讨好那姑娘,而是再次把自己的注意力转向德拉克斯与沃尔特之间的对话。

晚餐结束在九点钟。"现在为了让你参观一下'探月号',咱们到那边去。"

德拉克斯边说边从餐桌旁站起来:"沃尔特跟随着咱们一块儿去,他们的事真是不少。我的老朋友,咱们走吧。"

德拉克斯从房间里走出来，对克雷布斯以及那姑娘没说任何话。邦德和沃尔特在其后紧紧跟随。

他们从房子里走出来，走过混凝土坪之后又朝着悬岩上的那团黑影走过去。月亮已在空中升起，在月光下，隐约可以看见远处那圆顶。

德拉克斯在距离它仅有一百码的地方站住脚。"我给你把这里的地形说一说吧，"他说道，"你先进去吧，沃尔特，或许他们又在等着你去检查舱尾。我亲爱的伙计，不必对它们太担心了，同高能合金接触的那些家伙们知道应该如何去做。"他用手指着那乳白色的犹如圆丘一样的东西，转向邦德说道："里面放置的就是'探月号'。在我们面前的是一个巨大的导弹舱盖，它的高度大概是40英尺。靠液压打开圆形盖，水流在合拢时会向那堵20英尺的高墙冲去。现在假如舱盖是打开的，你就能够看见伸出那堵墙的'探月号'的鼻子。"他用手指着迪尔方向一个隐约可见的正方形物体继续说，"发射点火处就在那儿，有雷达跟踪装置在混凝土地堡里装着，其中包括多普勒式雷达以及导弹航迹雷达等，通过装置在导弹鼻子上的无线电遥测线路将信号传送给它们，有一面电视屏幕装置在里面，能够对导弹舱内的机器运转情况进行直接监视；另一面电视屏幕则对导弹升空的情况进行监视。有一台升降机在那边的悬岩脚上。你所听见的机器声就是从那里传来的。"朝着多佛尔的方向他又指了指，"那幢房子以及兵营装置着精良的隔音设备，都在缓冲墙的保护之中。当点火时，方圆一英里之内不能够有人，但也有例外，那就是部里的专家及来访的英国广播公司人员。但愿那堵墙能够经受得住。沃尔特认为这块地方以及大部分混凝土坪都会由于高温作用而熔化。大致来说外面的情形目前就是这样。我们现在就进去看看，跟我来。"

邦德又一次听到了那命令式的语调，他在后面默默地跟着，从洒满月光的巨大坪台上走过，最后到了那圆顶四周的高墙边。墙上有一只灯，红色，照着一扇钢制的大门，有几行英、德文字写在上面：非常危险，禁止在红灯亮时入内，按铃等候。

德拉克斯将那几行大字下的按钮开关摁下，报警铃声立马响起。"或者有人在做氧乙炔，也可能是做其他的精密工作，"他解释道，"假如有人贸然进去打扰的话，他们极有可能会由于分神而使工作失误，以至于造成不堪设想的后果。他们一听见警铃的响声就会立马放下工具，等知道是怎么一回事之后再接着工作。"德拉克斯后退了几步，指着上面墙下端 4 英尺宽的一排栅栏，"那是通风舱，尽管里面安有空调，但它的温度仍然可以达到 70 多度。"

门打开了。一个手里提着警棍，腰上别着一支左轮手枪的男人立在门边。

邦德跟随着德拉克斯走进一间并不宽敞的门厅。除了一把椅子和一排拖鞋之外，里面什么都没有。

"得把拖鞋穿上，"德拉克斯边说边把自己的鞋脱下来，"这样可以防止滑倒或把别人撞伤。最好把你的外衣脱掉也放在这儿。70 度可是够热的。"

"谢谢。"邦德想起那把布莱特手枪还在腋下藏着，就客气地说，"其实我并没有觉得怎么热。"邦德在德拉克斯的身后跟随着，觉得就如同是去参观戏院的表演。走过一条通道之后他们就拐进了另一条窄小的过道，强烈的聚光灯使得邦德用一只手本能地把眼睛遮盖住，另一只手抓住面前的护栏。

等他把手放开时，发现在他面前呈现的竟然是如此壮观的物体，他惊呆了，呆呆地在那儿站了足足好几分钟，说不出一句话来。这个地球上最伟大的武器使他眼花缭乱。

第十二章
"探 月 号"

看上去它就如同一只庞大的、发光的炮弹。一个磨光了的圆形金属壁从 40 英尺下的底部一直伸展到他们所站着的顶部，邦德和德拉克斯渺小得就像在上面贴着的两只苍蝇一样。圆柱的直径估计有 30 英尺宽，有一根镀铬的金属从头部那儿伸出。这是天线，它的顶端成锥形擦过屋顶，高度在距离他们头上约 20 英尺左右。

闪闪发光的导弹在锥度不算大的锥面钢架上依托着，下端是三片后掠形的尾舵，其锋利程度足以能够抵得上外科医生的解剖刀。由两部轻型起重架用蜘蛛似的铁爪将导弹的腰身牢牢固定在两块厚厚的泡沫橡胶上。除此之外，托着这块 50 英尺长的镀铬钢的导弹的再也没有什么其他的东西了。它浑身闪闪发亮，光滑得就像绸缎一样。

当他们与导弹体接近时，金属外壳上的一些小门开了。邦德低头向下看去，一个戴着手套的男人从一道小门里慢慢爬出来，将门随手关上后，走向狭窄的起重架平台。他沿着狭小的桥小心翼翼地走到墙边，把开关扭动，随即机器不停地响起了阵阵轰鸣声，从导弹体上起重架拿掉了铁爪，使之悬在空中，看起来像是螳螂的前爪一样。机器的轰鸣声变得越来越大，起重架将铁臂渐渐缩回，之后又伸出来，把导弹放低了 10 英尺。那个操作者沿着吊车臂爬出来，把导弹上的另一扇小门打开之后，钻进去，又消失在舱中，所有的一切又恢复了平静。

"或许是检查备用燃料箱的燃料，"德拉克斯说，"是设计得极其精巧的重力输料器。你认为怎么样？"望着带着迷茫神态的邦德，德拉克斯显示出扬扬得意的神态。

"这是我所见过的最出色的东西。"邦德说。要在这里谈话的话并不困难，偌大的钢竖井里差不多听不到其他的声音，当他们说话的声音传到底部时就变得非常微弱。

德拉克斯指着上面说："那就是弹头。现在所用的仍然是实验弹头，里面装满了各种各样的仪器，比如遥测计等。罗盘陀螺仪就在我们的对面。燃料箱最终接到尾部的助推器上。导弹依靠分解过的氧化氢能够形成巨热的蒸汽助推力。氟和氢是燃料，一旦它们经过输料道进入发动机便着火燃烧。当导弹被送上天空后，那块在导弹下的钢板就会自行滑开，它下面是一个通往那边岩脚下的非常巨大的排气道。明天你就能够看到，就好比一个巨大的洞穴，我们在一次做静电实验时，石灰岩熔化后如同水一般地涌入了大海。希望那著名的白色峭壁在正式发射时，不至于毁坏。需要下去瞅瞅他们工作的情况吗？"

邦德静静地点了点头，跟着德拉克斯一句话也不说地沿着钢壁一侧走下了铁梯子。

邦德对他所取得的辉煌成就感到非常羡慕，甚至于有些钦佩。他认为完成这一壮举的人跟牌桌上的那位德拉克斯怎么也无法对上号。最终的结论就是，伟人也无法做到十全十美。可能德拉克斯特别需要寻求一种方法，借以来宣泄由高度责任感所带来的紧张。从晚餐桌上的谈话就能够看得出来，他根本不愿意让爱激动的那些人来承担这种责任，只希望凭借着他一个人充沛的精力和信心来鼓励他手下的人。即便是在玩牌这种小事上，他对自己也非常看重，不停地追寻着好运和成功等各种吉祥之兆，甚至不惜为自己创造种种好兆头。邦德暗地里思考着，一个人在冒各种风险、孤注一掷的情况下，冒冷汗、咬指甲等动作都应该是理所当然的，没什么奇怪的吧。

在下面那长长的弯曲的梯子上走着，在导弹镜子般的镀铬外壳上他们的身影怪模怪样地反射在上面。邦德在几个小时前，心中还冷漠无情甚至带点儿怨恨地思索着德拉克斯，而现在邦德敬佩他则像敬佩一个普通人一样。

他们到了竖井底部的钢板上，德拉克斯歇了歇，然后再抬头往上看。邦德的目光也随着他往上瞧。从他们所在的那个角度看过去，辉煌的竖井里的灯火就如同晴空中的彩虹差不多。舱内的光并非完全呈白色，同时还交织着犹如钻石一般的绸缎的颜色。其中的红色是从那巨大的泡沫灭火器而来，有个穿着石棉服的人站在一旁。对着导弹底座的是灭火器喷嘴。装置在墙中仪器上的紫色灯正发出紫色的光线来，它控制着铺盖在排气道上的钢板。在一张松木桌上的一盏昏暗的绿灯映射出绿色的光辉来，一个坐在桌子旁边的人，记录着从"探月号"尾部传送过来的数字。

邦德集中精力看着这乖巧、别致、五颜六色的舱体。他简直想象不到，如此精巧之物在星期五如何能够承受得住强烈爆炸后的升空，每小时15000英里的大气压，以及从数千英里的高空呼啸而下落在大气层中的令人战栗的震动。这一切都令他觉得难以想象。

德拉克斯仿佛洞穿了他的心思，就转向邦德说："所有这一切将犹如一场谋杀一样。"之后，他肆无忌惮地大笑起来："沃尔特。"他冲着一群人大喊："过来。"沃尔特离开其余的人走了过来。"沃尔特，我刚刚对我们的朋友说，发射'探月号'就犹如一场谋杀一样。"

博士的脸上显出一种难以言表的神情，邦德对此不感到丝毫吃惊。

德拉克斯似乎不高兴起来，又说道："谋杀孩子，谋杀咱们的孩子。"

他指指导弹,"怎么你还是不能反应过来,还不快醒醒?"

沃尔特猛醒过来,嬉笑着转过身来,用一种奉承讨好的语气接道:"不错,是谋杀,一点儿都没错,比喻得很好。哈哈!对了,雨果爵士,部里对那通风口处的石墨板条的熔点感到还满意吗?是不是他们……"沃尔特一边说着,一边就把他们领到了导弹的尾部。

他们一在那里出现,十个人便转过身来一起望着他们。德拉克斯一摆手,简单向大家介绍道:"这是咱们新来的安全防务官,邦德中校。"

十双眼睛静默地望着邦德,没有任何一个人跟他打招呼。没有丝毫的好奇心从他们的脸上表现出来。

"那石墨条的事是如何解决的?……"那群人在德拉克斯和沃尔特的身边聚集着,把邦德孤零零一个人冷落在旁边。

邦德并未对这种态度漠然的接待感到有什么意外。假如一个外行贸然进入他自己部门的机密中时,对来者他也会抱着这种掺杂着怨恨的漠然态度。对于这些精选而来的工程师们邦德打心眼儿里表示出深深的同情,几个月来他们一直在深奥的宇航学王国里泡着,目前马上就要接受至为关键的"检阅"。他们当中的所有成员都十分明确地知道自己在这项工程中必须履行的职责以及所起的作用。他们的眼睛虽然没有对他的到来表示出欢迎之意,但他们的心中还是有数的,能够分得清敌友。看上去他们确实是一个团结的集体,甚至能够称为是兄弟会。他们在德拉克斯和沃尔特的身旁站着,聚精会神地倾听着他们的回答,眼睛一直紧紧盯着两人的嘴。

邦德一直观察着那由三块舵叶支撑着导弹尾部的三角翼,它被安放在带有胶边的钢板洞上。他看得很入神,但偶尔也会换个新角度冲那群人瞟上一眼。他们都穿着相同的紧身尼龙衣,除了德拉克斯之外,所有衣服上的塑料拉链全都拉得密密实实。没有金属物在他们的衣服上,也不存在不戴金属框眼镜的人。他们的头发剪得很短，差不多同克雷布斯和沃尔特的一样，很可能是为防止头发卷入机器。但是，邦德却惊奇地发现，这些人全都留着小胡子，而且修剪得非常整齐，虽然胡子的形状和颜色各不相同，其中有金色的，有灰色的，也有黑色的；有的看起来像自行车把，有的像海象，有的像皇帝，或者像是希特勒。每个人的面部毛发都各有各的特征，然而德拉克斯的淡红色鬈发又似乎是其中最高权威的象征。

他们为什么所有人都留着小胡子呢？邦德感到非常好奇。他从不喜欢这样做。然而联系他们的发型，那胡子的样式确实值得让人思考。假如说他们都留有相同模式的胡子的话，倒还能够让人理解。问题是他们胡子的样式都各不相同。甚至有的在光头的陪衬下，会显得更加难看。

除此之外，这十个人个头都不相上下，身体都瘦削而又结实，可能是因为工作需要的缘故。在起重架上需要灵巧，同时演习时又要从舱门不断出入，在导弹里的小隔间里忙忙碌碌。

他们的手看上去非常干净。脚上穿着拖鞋，站得非常规矩而有秩序。邦德观察了半天，发现居然没有任何人看他一眼，自然就没有办法窥测到他们的内心、猜度他们的忠诚了。他必须得承认若想在三天之内将这五十名犹如机器一样的德国人的情况搞清楚是肯定没办法实现的。他忽然警醒过来，已经不是五十名了，其中一个已经死掉了。那个疯狂的巴尔兹到底有着怎样的秘密想法，是追女人还是崇拜希特勒呢？为什么他会和这些人有所不同呢？难道他就不记得"探月号"的使命和职责了吗？

"沃尔特博士，你要知道，这是命令。"德拉克斯压着火气的声音把邦德的思路打断，他正用手轻轻抚摸着那叶铌金属做的尾翼，"赶紧回去工作，已经浪费不少时间了。"

众人立马回到各自的岗位上。德拉克斯向着邦德所站的地方走过来，不再去理踌躇不定地站在导弹通风口下心神不安的沃尔特。

德拉克斯的脸色显得不太好看。"笨蛋，就知道麻烦。"他自言自语道。然后用比较急促的语气突然对邦德说："到我办公室来把飞行图看一下，然后就睡觉。"似乎是要忘掉刚刚发生的不愉快似的。

邦德跟着他走过钢板。德拉克斯用一个小把手在铁壁上转动了几下，有一扇门被轻轻地打开了。在里面大约三英尺处，是另外一道门。邦德观察到这两扇门都装着橡胶皮，应该是气塞。德拉克斯将第一道门关上，然后在门槛上稍作停歇，指着一连串的平面拉手，那平面拉手就在沿圆墙过去的墙壁上，他说："这里是车间、电工室、发电机室、盥洗室、仓库，"他又指着相邻的一扇门说道，"秘书室就在这里。"他将第一道门关紧，然后又打开第二道，走进了办公室，邦德随后把门关好。

房间非常大，墙壁呈现出浅灰色，地毯同样也是灰色的。有一张大写字台在屋中央摆放着，还有几把椅子，是金属架的。另外，有两个绿色档案柜和一台大金属收音机在屋角边放着。用瓷砖铺就的浴室就在那道半掩着的门后面，写字台对面看起来像是由不透明的玻璃制成的一面墙。德拉克斯来到墙的右边，把电灯拉开，整堵墙就亮了起来。邦德看到每张差不多有六英尺多宽的两张地图，画在玻璃的后面。

英国的东部地带就在左边的图上标着，从朴次茅斯到赫尔以及附近的水域，纬度是 50～55 度。"探月号"的所在地就是多佛尔旁边的那个小红点，方圆内大约 10 英里左右的区域都被画入图的弧圈内。另有一小红点在弧圈外 80 英里处，位于弗里森群岛及赫尔之间，仿佛是海中的一颗红钻石一般。

德拉克斯用手指着右边密集的数学图表和罗盘读数的竖行数据说："这些全都是风速、气压、陀螺仪器等的备用数据，它们都是通过假设导弹的速度和体积为常数而得出的。每天这里都会收到从空军部发来的气象报告，还有皇家空军的喷气式飞机所收集到的高空气压材料。当飞机飞到最高处时，把氢气球放飞，气球仍然能够再上升。地球的大气层能够达到50多英里厚。当到达20多英里的高空时，'探月号'几乎不会再受到空气密度的影响，就犹如在真空中飘浮一般。问题的关键就在于是否能将前20英里顺利通过。除此之外就是地球引力的问题。假如你比较感兴趣的话，不妨找沃尔特了解一下详细情况。在星期五发射前的几个小时内，气象报告将会连续不断。我们要在发射时调放罗盘陀螺仪。目前，每天上午由布兰德小姐把例行的气候记录报告抄录下来，再将其绘制成表以供我们参考。"

德拉克斯又转向第二张图："这是飞行路线和终点，是由发射点所拟定的，上面有着更多的数据。导弹的轨迹会由于地球转动的速度而受到影响。地球在导弹的飞行过程中仍旧自西向东运转。对于这种情况是要同那张图表上的数字发生联系的。特别复杂，还好你用不着去把它弄懂。这些工作都让布兰德小姐一个人去做就可以了。"

他把电灯关掉，墙上又呈现出一片空白："你还有什么想知道的吗？不要以为你在这儿要干很多工作。你看，这里的安全措施做得已经非常之好。从一开始部里就特别强调安全。"

"一切看起来都非常妥当，"邦德说，他打量着德拉克斯，发现他正在严厉地关注着自己。停顿了一下后邦德问道，"你觉得你的秘书同泰伦少校之间有什么联系吗？"他问。本来这就是很明显的事，他现在问得也很是时机。

"或许吧，"德拉克斯轻描淡写地说，"她的确是个非常迷人的姑娘。他们在一起的机会非常多，但是她好像也使巴尔兹对她非常着迷。"

"据我听说，巴尔兹临死前喊过'希特勒万岁'，之后才把枪放进嘴里。"邦德说。

"也有人对我这么说过,可是那又能怎么样呢?"

"这里的人为什么会都留着小胡子呢?"邦德没有回答德拉克斯的问题,而是又接着追问。他再一次觉察到,德拉克斯对他的问题并不欢迎。

但是德拉克斯只是微微一笑。"这是我想出的主意。"他说,"他们都穿着相同的白色衣服,剪着相同的发式,非常不容易区分谁是谁,所以我就让他们留起胡子来。胡子简直就成了他们每个人的象征,就像大战时的皇家空军一样。你认为有什么不对的地方吗?"

"那个,当然没有了,"邦德说,"只是乍看上去有些奇怪。我倒认为如果在他们的衣服上印上不同颜色的号码会更加容易辨认一些。"

"唔,可能,"德拉克斯向门口走去,似乎已经结束了谈话。"但是,我仍然坚持让他们留胡子。"

第十三章
蛛 丝 马 迹

邦德在星期三的大早上从死去的泰伦少校的床上醒过来。

他在上面睡觉的时间不是很长。昨天晚上，德拉克斯在他们两人回房间的路上没再说什么其他的话，仅仅是在楼梯口时向他道了声晚安。顺着铺有地毯的楼道邦德来到了亮着灯的一间房门前。他走进去之后，看见自己的东西在那间舒适的卧室里已整整齐齐地摆放好。房里的装饰同楼下没有什么区别，显得比较豪华。一些点心和一瓶矿泉水就在床边的茶几上放着。

除了一副带皮套的望远镜和一个锁得紧紧的金属保险柜外，原主人没有留下任何东西。对于保险柜的机关邦德非常熟悉。他用力将保险柜推到墙边使它斜靠着墙，又把手伸到其底部，摸到了铁锁的按钮。假如按钮弹起的话就意味着锁上了。他稍稍朝上一用力，柜上所有的抽屉便被一个接一个地打开了。他将保险柜小心翼翼地放回到原处，心中暗自思量，怪不得泰伦少校在情报局里无法待下去呢。

按比例缩绘的多佛尔海峡地区的地图及配套的设施放置在上面的抽屉里，另外，编号为1895的海军航海图也在其中。邦德把所有图都在床上摆放好，认真地检查了很长时间，发现有香烟灰迹在那张航海图上的折叠处。

邦德伸手拿过一个存放在梳妆台上的方形的箱子，那是一个皮制的工具箱。

他把皮箱上转锁的暗码认认真真地检查了一遍，任何被偷开过的痕迹都没有发现。他把转锁上的密码转动开来，一直转到开的位置。工具箱里呈现在他面前的全是摆放得整整齐齐的精密仪器。

他把指纹粉拿出来，小心翼翼地喷洒在那张航海图上，便立即有一片指纹显示出来。他用放大镜仔细照了照，得出的结论是，这应该是两个人所留下的指纹。他将其中两处最佳的指纹选出来，再拿出工具箱里带有闪光灯的莱卡照相机，将这两个不同的指纹分别拍摄下来。他随后把放大镜移动到图上粉末下端的两条细微的航线上。

这两条线是从海岸开始画起的，一直延伸到海里后，用一个"+号"标示出来。那标记画得非常小，而且看起来好像两条线的起点位置都是从邦德住的这幢房子开始的。

这两条线并非是用铅笔绘制的，很可能是因为害怕被发现，就用铁笔尖轻轻勾画出来的。

有一个问号的痕迹在两线的交叉处，那地方距离悬崖约五十码，水深约有七十二英尺，它正好跟这幢房子与南古德温灯船的连线形成正方位。

其他值得注意的线索从图上再也找不到。邦德看看表，距离凌晨一点还有20分钟。他听到有脚步声从远处的走廊里传过来，之后是关灯声。他匆匆站起身来，把大灯悄悄地关上，仅把床边罩着灯罩的台灯留下。

他听到德拉克斯厚重的脚步声渐渐接近楼梯口，然后又是一声开关的咔嚓声。很快就没有任何声音了。那张多毛的脸在上面向下张望和倾听的表情邦德不难想象出来。没过多长时间，从外面传进来门轻轻开动和关闭的声音。邦德静默地等候着。在一声开窗声过后，整座房子不久又恢复了寂静。

邦德在五分钟后走到保险柜旁，将其他抽屉轻轻拉开，除了第二、第三个是空的之外，在底层的抽屉里装满了卷宗，除此之外，一张按字母顺序编排的索引表也在里面，全部都是有关在这里的工作人员的调查材料。邦德把"A"卷抽出来，回到床上看起来。

所有的表都是一模一样的格式：姓名、地址、出生年月、外貌、特征、大战时的职业、战争中的履历、政治履历、现在的政治态度、犯罪记录、健康状况、家庭情况。对那些已成家的人其妻子与子女的情况都详细记录下来。所有档案中都附带照片，照片分别是正面、侧面像，同时还有双手指纹照。

邦德在两个小时内抽了十支烟才把所有档案全部读完。使他感兴趣的有两点：第一，这五十个人当中，没有一个人不是清清白白的，任何政治纠葛与犯罪记录都没有，其生活作风也是没有什么可以挑剔的，这太令人难以置信了。他下定决心，但凡自己有机会，就一定到档案处去把这些人的原始档案再复查一下。第二点是，照片上的人全都未留胡子。无论德拉克斯怎样解释，在邦德看来这都是一个难解的问号。

从床上爬起来之后，邦德把那份航海图连同一份档案一起装进他的工具箱里，之后把剩下的东西再锁回原处。他把箱上的密码锁转动几下，再把锁好的皮箱塞进床下深处，也就是紧靠墙边的枕头的下方。之后他到浴室小声地漱口洗脸，再打开窗户。

夜空中的月光仍是那样皎洁。很可能在几个晚上之前，当一些奇怪的声音把泰伦惊醒，也许在他爬到屋顶张望时，由于被人发现，因此才突然遇难。想必那个晚上也是皓月当空。到底他看到了海上有什么？很有可能他是带着望远镜的，邦德想到这里就从窗前走开，拾起桌上的望远镜。这是德国造的一架高倍望远镜，很可能是在战争中缴获来的战利品。7×50的数字在其顶部金属板上标示着,这就表明它夜间也能够照常使用。泰伦在那天晚上肯定是十分小心地走到房檐的那一头,举起望远镜向远处瞭望,估算着悬岩脚以及海上目标的距离,之后又估算着目标至南古德温灯船的距离。很可能他又顺着原路悄无声息地回到自己的房间。

邦德似乎看见了泰伦将房门轻轻地锁上,来到保险柜旁,把那张航海图取出来,轻轻地将方位线在上面标示出来。很可能他在将此图仔细研读后,才留下一个问号在旁边。

他到底看到了什么情况呢?这的确是让人太难以猜度了。

无论如何,可以肯定的是,那并非是泰伦本应当看到的东西。他上房时所发出的声响已经有人听见了,而且认为他已经发现那个目标了,因此第二天早晨等他从他的房间离开时,那人就悄悄溜进房来,到处搜查,最终将航海图找到。可能没发现那张图上有什么值得怀疑的地方,然而在窗口一旁的那架高倍夜视望远镜则证明了那人的猜测。

这就已经足够将一切说明。所以,泰伦在那天晚上就命丧黄泉了。

突然邦德将身子站直了,一连串的设想很快从脑子里闪过。巴尔兹把泰伦杀害了,然而他并非是那个听见响动的人。毋庸置疑那个人就是把指纹留在航海图上的人。

那个人一定就是那个溜须拍马的副官克雷布斯,图上的指纹就是他的!邦德比较图上的指纹和他档案中的指纹,足足花了一刻钟的时间。已经大致上能够确定这个结论。难道克雷布斯就是那个听见响动、干了后来所发生的这一切的那个人?且先不必提他看上去如何像一个天生的窥探者,他那双眼睛总是贼溜溜的,最重要的是很明显他的那些指纹是在泰伦看过之后才印到地图上面的,好几处都在泰伦的指纹之上面覆盖着。

但是，德拉克斯手下的克雷布斯如何会同这件事发生牵连呢？毕竟他是德拉克斯的心腹助手啊。然而，联想到西塞罗，那个大战中美国驻安卡拉大使看好的男仆，那不也是如此吗？那双伸进搭在椅背上格子裤口袋的手，大使的钥匙和保险箱，以及绝密文件。这一切看上去都极其相似。

打了一个冷战后，邦德突然领悟到自己在窗前站的时间太长了，需要回到床上睡觉去了。

他在睡觉前将肩式手枪皮套拿出来，那东西就在搭在椅子上的衣服下边，邦德将布莱特手枪抽出来，塞在枕头下面。他到底是要防备什么人呢？就连他自己也不知道。仅仅是凭直觉感到这儿非常危险，虽然很不清晰，并且只是在邦德潜意识里绕来绕去，但这种紧张的气氛一直没有消除。实际上，他这种情绪紧张的感觉并非是庸人自扰，而是在过去的 24 小时中他心中积聚了一连串难以解答的疑点：德拉克斯的难解之谜，巴尔兹最后的那句"希特勒万岁"，那些人奇怪的小胡子，五十名一生清白的德国人，那张航海图，那个夜视望远镜，诡秘的克雷布斯等。

得把这些问题首先说给瓦兰斯，之后衡量一下克雷布斯是否具有犯罪的可能性，再把注意力转移到对"探月号"的防卫上。假如能够与那位布兰德小姐联络并交谈一次的话那是最好不过的了。他将这两天的计划草草制订下来，心里暗想，剩下的时间已经不能再浪费了。

邦德把闹钟的闹铃定在七点，这样可以方便明天一早按时醒来，他企图摆脱所有思绪准备入睡。明天他要赶快离开这里打电话给瓦兰斯。即便是他的行为引起别人的怀疑，他也无所谓。把那与泰伦事件相关联的力量纳入他自己的轨迹上来就是他的目的，要让其余的人对他在这里的生活起居习惯起来。但是，有一点邦德已非常确信，泰伦的死肯定不是由于他爱上了加娜·布兰德。

闹钟极其准时地响了。他在七点整被叫醒了。他的嘴由于昨夜抽烟过多而感到干涩，脑子也不清醒。他勉强令自己下了床，先冲了个凉凉的冷水澡，又修了面，再用一把又尖又硬的牙刷漱了口。完成这些例行的事情之后，他穿上一件黑白相间的旧上衣，里面是海岛棉布的深蓝色衬衫，打着丝织的领带，然后手里提着那只方形的皮箱，轻手轻脚但又从容不迫地沿着过道向梯子尽头走去。

在房后他找到了停车房，很迅速地爬进自己的汽车，手一按在启动器上，宾利车上的大引擎便立马发动起来，车子慢慢地从混凝土坪上滑过。他把车停在树林边，空转着发动机，之后不停地观察着房顶，最后他已经能够断定，假如一个人站在屋顶上的话，他能够越过缓冲墙顶将不远处的悬岩及悬岩后面的大海看得清清楚楚。

"探月号"的圆顶盖四周没有任何生气。宽阔的混凝土路面在晨风中显得空空荡荡，一直延伸到迪尔方向，比较像是刚刚修好的飞机场跑道。那熨斗形状的缓冲墙以及坪面上的蜂房式圆盖，还有远处那立方体的点火处在朝阳中看起来显出阴郁之色。

海面上薄薄的轻雾预示着今天会是个不错的天气。南古德温灯船已隐约可见。那依稀可见的红色小船在同一个罗盘位置上永远被定格下来，和剧院舞台上的一只财宝船没有什么区别，在海风和波涛中摇摆，不存在船照、旅客、货物，在起点处它就已经永远抛下了锚，而这个起点也就成为了它最终的归宿。

晨雾中每隔30秒钟就会有一阵嘟嘟的汽笛声响起。一对喇叭的声音，由高到低，声音悠长。一首汽笛歌，邦德暗自寻思，一点儿也不觉得好听，反而让人比较反感。

他脑子里反复思考着，七名船上的船员到底有没有发现或者听到泰伦在那张航海图上标出的那个标识呢？他飞快地驾车迅速通过层层岗哨。

他在到达多佛尔后,将车在皇家咖啡店旁停放下来,这是一家玲珑别致的餐馆。

这里的鱼以及煎蛋都可以算得上是店中的拿手菜。老板是母子两人,意大利血统,他们如同对待老朋友一样对待邦德。他点了一份火腿、一份炒蛋以及咖啡,希望在半小时内他们能够准备好。然后他开车来到警察所,经由伦敦警察厅总机打电话给瓦兰斯。正在家中用早餐的瓦兰斯,仅仅只是听着,并未发表什么意见。但是,对于邦德还没同布兰德谈话让他感到非常意外。"她是个非常机警的姑娘,"邦德说,"假如那个克雷布斯有什么秘密的话,她必定会觉察到。若是在星期天夜里泰伦听到了什么动静,很可能她也听到了,虽然我得承认她向来没有提起过这些。"

邦德对于瓦兰斯手下的这位得力助手究竟是怎样欢迎他的并没有提过一个字。"我打算今天上午好好和她谈一谈,"他说,"之后再把那张航海图以及莱卡相机胶片给你送过去。我先把它们交到探长的手里,再让他的巡逻兵给你带过去。对了,星期天泰伦是在什么地方给他的头儿打的电话?"

"我先查查,之后再告诉你。我会让议院请求南古德温以及海岸警卫队的帮助。还有什么其他的消息吗?"

"没有什么了。"这电话转线太多。假如对方是局长的话,也许他会再多说一点。然而邦德觉得,至于对瓦兰斯,似乎没有把工作人员的胡子及其感觉中的危险情形告诉他的必要。这些警察需要的证据,是铁的事实,而不是人的感觉。他们结案比破案要强得多。"所有情况就是这样,再见。"他把电话挂断。

再次回到那小餐馆把那可口的早餐吃完之后,邦德顿感精神振作起来。他将餐桌上的《快讯》和《泰晤士报》拿起来，随便翻阅了一下，发现有则报道是关于泰伦案调查的。

《快讯》还将那姑娘的一张特大画像登了出来。邦德看了觉得很好笑。很显然，所有资料全部都是由警方所提供的，肯定是由瓦兰斯所导演的一出戏。邦德打算无论布兰德是否愿意，都要想办法同她接近，一定要想方设法把她控制在手中。或许她心里也有很多的疑点，只是因为太过于模糊，所以才一直没有谈及。

邦德驾车没用多长时间就返回到那幢房子。穿过树林来到混凝土坪时刚好是九点钟。一声警报从房后的林中响了起来，一支由十二人组成的纵队整齐地跑步而出，向发射舱奔去。先由一个人按了门铃，门开后他们有秩序地消失在门中。

干掉德国佬还的确不是一件容易的事，邦德暗暗思忖。

第十四章
初 步 试 探

加娜·布兰德已经在邦德回来的半小时之前抽完了她早餐后的香烟,喝光了一杯咖啡,从她的卧室离开去了基地。她穿上洁白的衬衣,蓝色的百褶裙,显得清秀端庄、洒脱干练,和真正意义上的私人秘书的打扮没有什么区别。

她在八点三十分准时来到自己的办公室。一札由空军部发来的电传稿在办公桌上放着。走进办公室后,她将稿中的内容要点记录下来,又把气象图标好,之后走进德拉克斯的办公室,在玻璃墙旁边的一块木板上把气象图钉好;之后顺手把玻璃墙上的灯打开,聚精会神地看着墙上表格中的数据,认认真真地进行计算,再把所得出的结果重新钉在那块板上。

空军部送来的数字也随着发射时间的逼近而越来越准确。自基地竣工导弹在发射场上开始安装之日起,每天她都在做相同的工作,并且如今已经成为这方面的专家了。对自己的本职工作她已经非常熟悉,不同高度中的气象变化以及罗盘位置的转变情况清晰地在她的脑子里装着。

但是对于她所得出的数据德拉克斯好像不太接受,这使她感到非常气愤。在警铃每天九点整响过之后,德拉克斯才慢慢走下楼梯,进入自己的办公室。他所做的第一件事,就是同让人无法理解的沃尔特博士一起研究她送去的数据，之后再在一个黑色的笔记本上将他们得出的新数据记录在上面。德拉克斯始终把这个本子装在自己裤子后面的口袋里。她清楚这是长久以来的例行公事，因为在两个办公室间的那堵薄薄的墙壁上她钻了个很不显眼的孔。每天就偷偷地通过这个小孔窥视另一个房间，但一直以来看见的都几乎是他们俩这种没有任何变化的举动。她对于这种观察已经感到非常厌倦，然而这一方法既简单方便又有效果，只有这个方法才能每个星期向瓦兰斯报告德拉克斯接待了多少客人。时间一长，她开始觉得不悦了。德拉克斯一直就不信任她得出的数据，而且他好像是故意在破坏她对即将发射的导弹所做出的微薄的贡献。

几个月以来，她始终就像在做自己的老本行一样未露出任何马脚，装得极其自然。最重要的一点就是把自己的个性掩饰得丝毫不露，使自己表现得尽善尽美，没有任何破绽。一方面她对于"探月号"的发射比较关心，另一方面又凭借自己的身份监视着德拉克斯。

所以，她如同基地中任何其他的人一样拼命地工作着，但对于她来说为德拉克斯做私人秘书的角色是最无聊枯燥而又比较烦琐的一项工作。他在伦敦有一个大信箱，每天都会收到一大堆从部里转过来的邮件。这个早晨她的桌上又放着五十多封与往日没有多大区别的信件，大致可以分为三类：一类是恳求信件；一类是与导弹有关的快件；再一类就是来自股票经纪人同其他商业经纪人的信件。德拉克斯对于这些信件，仅仅只是口述简单的回信罢了。把信件打印出来以及把信件存档当然是要由布兰德去完成。

很明显，假如在周围都是糊涂人的情况下，那么她的导弹数据运算工作就显得特别重要。今天早晨她反复地检查所得出的数据，比平常任何时候都更加相信自己所得出的数据在发射那天是一定会被接受的。然而，她心里却非常清楚，到底能否真的被接受还是未知数，因为她不知道每天在一起研究的德拉克斯和沃尔特到底是仅仅复查她算出来的数据，还是对她的数据进行一番修改。她有一天终于忍不住就直截了当地询问德拉克斯，是否她记录的数据有错误时，他赶紧称赞道："你的数据非常准确，亲爱的。价值也极为重大，假如没有它们的话就不能进行试验。"

回到自己办公室的加娜·布兰德，开始拆阅信件。导弹的飞行计划仅有两份，这两个计划分别安排在星期四与星期五。她明白，德拉克斯那黑色小本子里的记录在最后发射的关键时刻必定会起到决定性的作用。或者依照她的数据，或者依照其他的数据，陀螺仪的方位最后被调整，发射点的开关也将会被拆除。

她迷茫地凝视着自己的手指，之后向外将手心推出去，突然一道灵光从她的脑子里闪过。她猛地记起在警察学校接受训练时，她经常与同学们一起被派出去，并规定假如不能偷到诸如一本袖珍书、一只手提包、一支圆珠笔或者一个精巧的手表之类的东西，就不允许回去上课。教官常常在受训期间来回巡视，倘若她的动作笨拙的话，他就会把她的手腕当场抓住，嘴里不停地说："喂！喂！小姐，这样怎么能行呢，就像一头在衣袋里找糖果的大象似的。重新再来一遍！"

她漠然地将手指弯了弯，定下神来，之后又把注意力集中以便整理信件。

在还差几分钟到九点时，响起了铃声。她听见了朝办公室走来的德拉克斯的脚步声，之后就听见开门以及他召唤沃尔特的声音。他们交谈的话语声与通风机的嗡嗡声混杂在一起，很难听清他们在说什么。

她按类将这些信件分好，又把两条胳膊放置于桌上，用左手托着下巴，呆呆地坐着想了一会儿事情。突然，邦德中校，这个名字在她的脑海中跳出来。不用说，他必定同情报局中的大部分人没有什么区别，是一位年轻而又狂傲自大的家伙。奇怪的是,为什么偏偏把他派到这儿来,而不是那些能够与她一起愉快相处的人?比如她那些在伦敦警察厅特工处的朋友,或者哪怕是从军事情报部五处来的某个人也比他强得多。局长助理说其他人都无法做到在接到通知后立即出发。这位詹姆斯·邦德是情报局的新星,特工处以及军事情报部对他都非常信赖。

为了完成这一任务,即便是首相也没有办法不同意他在国内进行活动。然而在这么短暂的时间内他又能做出什么成绩呢?很有可能他的枪法非同一般、外语流利顺畅、惯于施用各种诡计,然而在国外这些本事倒还比较用得上,但在此地恐怕就施展不开了。何况,在这儿根本就无法享受到同那些美丽女间谍的床笫之乐,那么他又能够做什么呢?他确实长得比较帅,看起来比较像卡迈克尔,在右眼的眉毛上搭着黑黑的头发,脸型差不多是一样的,但他的嘴却带着一丝冷酷,眼神也比较冷漠。那眼睛到底是灰的,还是蓝的呢?昨夜没怎么看清楚。然而最好还是能使他收敛一点自己,让他明白不管来自情报局的青年人如何富于浪漫情调,她加娜·布兰德也不会对之产生丝毫的兴趣。特工处里有着和他一样潇洒帅气的男人,他们都是非常出色的侦探。如果能让他有自知之明就好了。差点儿忘了,可能她还要装出和他一起共事的样子来,至于会出现怎样的结果,那就只有天知地知了。自从基地竣工之后她就一直在这儿工作,而且有一个能够窥探相邻房间动静的小孔,但却没能发现任何怪异的线索来。在这仅有的几天中叫邦德的这个家伙又能查探出什么不同之处呢?不用说她自己也有一两件弄不懂的事情。比如,克雷布斯这个人就是一个让她迷惑不解的问号。是否她应该把自己知道的告诉他?不,最关键的是别让他做出什么冲动的傻事来。她自己必须保持冷静、坚定,还要特别谨慎,但这并不表明她不友好。蜂音器就在这时响了起来,她将桌上的信件收起,把过道的门打开后走进了德拉克斯的办公室。

她在半小时后回到了自己的办公室,看见邦德就在她的椅子上坐着,翻开的怀特克尔历书在他面前放着。当看见她出来,邦德起身站起来友好地向她打招呼道了声早安。她只是微微地点了点头,面色非常严肃地从桌子旁绕过去,坐在邦德刚刚让出来的椅子上,轻轻地把那本书挪到一边,把手中的信件和记录本放下来。

"你应该准备一把椅子给客人坐。"邦德咧嘴冲她笑着,她认为他那样子非常不礼貌。"再放几本比较有趣味的杂志。"他又说。

她没搭理他,只是冷淡地说:"雨果爵士叫你。我本来正想去看看你是不是已经起床了。"

"你在说谎,"邦德说,"你听见了我七点半离开的,你从窗帘后向外看时我瞧见了。"

"我没有那样做。"她带着点儿愤怒,"我有必要对开过的汽车感兴趣吗?"

"我就是说你听见了我的汽车声,"邦德占了上风,"顺便跟你说一下,不要在记录时总是用铅笔头擦自己的脑袋,一个不错的私人秘书是不会这样做的。"

邦德的眼睛朝着过道门的侧面示意地瞟了一下,又耸耸肩。

加娜·布兰德的防线彻底垮了。这个可恶的家伙,她心里咒骂着,之后冲他勉强地笑了笑。"哦,走吧,我可不想玩儿一早上的猜谜游戏。他叫我们俩一块儿去,他可不愿意等人。"她边说边站起身来,拉开了过道的门,邦德跟着她走了进去,又随手把门关好。

德拉克斯就在那堵玻璃墙边站着,听见他们进来的声音就把头转过来:"好,你来了,"他迅速地朝邦德扫了一眼,"本来我还以为你把我们撇下不管了,门卫向我报告说你七点半就出去了。"

"我只是出去打一个电话而已,但愿没有打扰别人。"邦德说。

"在我书房里就有一部电话,泰伦认为那部电话非常好用。"

"哦,这个可怜的泰伦!"邦德态度沮丧地说道。他极其不喜欢德拉克斯话语中所带着的那种威吓的语气,本能地想将他的气势煞一煞。他在这个回合中胜利了。

德拉克斯打量了他一眼,又是一声短笑,耸了一下肩膀:"想怎么做就怎么做吧,你有你自己的事。只是不要将这里的工作常规扰乱。"他又严肃地补充道,"你要记住,我手下的人现在敏感得如同小猫一样,我不希望让他们被那些神秘的事情弄得惶恐不安,所以这两天你不要问他们过多的问题。我不希望他们想得太多,他们尚且还没有从星期一发生的惨痛事件中恢复过来。加娜·布兰德小姐可以告诉你有关他们的全部情况。难道你没有看到他们那些放在泰伦房间的档案吗?"

"我并没有开保险柜的钥匙。"邦德装作老老实实地说。

"对不起,是我一时疏忽了。"他来到桌边,把一个抽屉打开,从中拿出一串小钥匙来,递给了邦德。"本来昨晚就应该给你的,负责这个案件的探长告诉我把这串钥匙交给你,只是我一时忘记了,实在抱歉。"

"实在是太感谢你了。可否顺便问一下,克雷布斯跟你一起共事多长时间了?"他突然提出这个令人意外的问题,房里顿时没有任何声息了。

"你是说克雷布斯吗?"德拉克斯重复着、沉思着,再次走到桌边坐下来,从裤包里取出一盒带嘴的香烟来,抽出一支放进嘴里,用打火机点燃了。

邦德感到非常吃惊:"想不到这里还允许抽烟。"他说着掏出烟来,点上一支。

"这儿是允许抽烟的,这些房间都是密封的,门边有胶皮,同时配有通风设施,还需要将车间和发电机同竖井隔开。我有很大的烟瘾,忍不住才抽烟。"他说这些话时,香烟在他嘴里不停地上下晃动着。德拉克斯从嘴上把香烟拿开,看了几下,似乎已经下定决心。"你是说克雷布斯,"他望着邦德,"咱们私下里说,我对那家伙也并非是完全相信,他总是在房里转来转去。有次正好叫我撞见他在我书房里翻我的信件。经我盘查,他的解释还算合乎情理。我再三警告他后才放他走了。事实上,对他我已有所怀疑。不过幸好他还不至于造成什么破坏。虽然说他也是这房里的职员之一,然而未经允许是不能进来的,"他眨也不眨地盯着邦德的眼睛,"但是我认为你对他可以多加防备。的确干得不赖,这么迅速就能发现这个人不可靠。你是不是发现他有什么不对头的地方?"

"哦,没有,我不过是觉得他看上去比较会侍候人。但经你如此一说,我的确对他很感兴趣。我会好好帮您监视他的。"邦德说。

说完,他转向站在一旁一直沉默的加娜·布兰德,非常有礼貌地问道:"你认为克雷布斯这个人如何,加娜·布兰德小姐?"

然而,那姑娘并未对他提出的问题做出直接的回答,仅仅只是对德拉克斯说:"我一点儿也不懂这些事,雨果爵士。"她的话含蓄而又谦恭,这正好是令邦德非常钦佩的。

"但是,"她又用女孩子惯有的好恶口吻继续说道,"我对这个人没有任何好感。只是原来我没有跟你说,我知道他在我的房里也偷偷干过拆信这样的事情。"

德拉克斯一惊:"他真的这样做过吗?"他将烟头迅速戳进烟灰缸,之后再慢慢地将其小火星压灭。"全部都是有关克雷布斯的事情,看来这个人问题真是不少。"他说着,一直没抬头。

第十五章
针锋相对

房里又是一阵鸦雀无声的沉寂。使邦德感到不解的是，嫌疑对象突然全都集中在克雷布斯一人身上，这是否能够表明其余的人都可以洗刷清白？是否存在克雷布斯仅仅是某一组织中的眼线的可能？假如他单线行动的话，那他的目的又是什么呢？他那些让人觉得疑点重重的举动同泰伦和巴尔兹的死是否存在什么必然的关系呢？

德拉克斯将这种沉寂打破："似乎这件事应该先解决一下，"他看看邦德，想让他表个态，邦德点点头。"那就这样吧，把他交给你去办，不管怎样，我们让他离基地越远越好。我明天需要带他去伦敦，和部里把最关键的细节商量一下。但沃尔特事情太多无法抽身，克雷布斯是唯一一个为我打杂的人。在此之前，我们对他需要密切监视。但是，"他温和地说，"我刚才已经说过了，我不希望让自己手下的人感到惶恐不安。"

"应该不会吧，"邦德说，"他还有什么其他比较特殊的朋友吗？"

"除了沃尔特以及家中的仆人之外，没见他还同什么人有过来往，可能是他自我感觉高人一等，因此孤芳自赏吧。但就我个人而言，我并不认为这个人会有什么危险，不然的话我是坚决不会要他的。他整天都在那幢房子里闲待着。我倒还真希望他是喜欢窥探别人的私事，并能自愿扮演出色的侦探角色的人，而并非真的有什么见不得光的目的。"

邦德只是点点头，心里的话并没有说出来。

"好了。"德拉克斯由于不再谈论这个话题而表现得非常高兴，"咱们还是说一说其他的事吧。仅仅剩下两天的时间了，还是把计划安排告诉你为好。"他起身离开椅子，在房里来回徘徊，"今天已经是星期三了。一点钟基地就要关闭添加燃料了，负责监督工作的是我和沃尔特以及部里来的另外两个人。为了防止发生意外，一架摄像机会将我们所做的事情全部拍摄下来。假如有什么意外发生的话，我们的后继者以后也会明白应该怎样改进。"他笑了笑，带着点儿自我解嘲似的意味。"如果今晚有个好天气的话，将会把顶盖打开，使那些气体全部挥发出去。

"每隔十米，我让手下的人设一岗，以此进行警戒；由三名全副武装的卫兵把守悬岩脚上对面的通风口；顶盖将会从明天早上一直开到明天中午，以便进行最后的总查；基地则由卫兵一步不离地在那里守卫。我要在星期五的早晨亲自掌控陀螺仪的方位。发射点由部里的人接管，雷达则由皇家空军的人来操纵，现场直播发射的所有情景将由英国广播公司在十一点三刻播报。正午，将由我来按动发射按钮，接着无线电波就会撞击电路，"这时他放声狂笑，"我们将看到前所未有的壮观的场面。"他停顿了一下，用手摸摸自己的下巴，"还有其他的吗？目标区的海面从星期四午夜开始不允许有任何船只通行，海军方面将在那段时间里执行最严格的警戒任务。一位英国广播公司的播音员将在一艘船上等待报告实况。一旦导弹落水，那些带着深水摄像机的军需部的专家就会坐上打捞船，立即把导弹捞出来。"他高兴得手舞足蹈起来。如同孩子一样，"更让人高兴的是首相的使者将会把那激动人心的消息带来。除了内阁特别会议要收听这场发射实况之外，白金汉宫也会收听的。"

"棒极了。"邦德为德拉克斯的话而感到兴奋。

"非常感谢，我现在想弄清楚的是，对于基地的防卫措施你是否感到满意。对于外部我认为不存在什么危险，皇家空军以及警方的工作都做得不错。"

"一切都安排得很有条理，我在这段时间里似乎没有什么可以做的事了。"邦德说。

"除了克雷布斯之外，我也记不起还有什么其他的事。不过不用担心，因为他今天下午在摄影车里。这个时候你为什么不去查看一下海滩以及悬岩脚，要知道唯一防范不太严密的地方就是那里了。我经常想象着假使有人企图进入发射基地的话，很可能他就会从排气孔道进来。把加娜·布兰德小姐也带去，反正她得等到明天才有事做，多一双眼睛，更能观察得仔细些。"

"好，"邦德说，"如果加娜·布兰德小姐没有什么其他事的话，我希望吃过午饭之后就到那里去看看。"他转身向她，扬了扬自己的眉毛。

加娜·布兰德把眼睛垂下去："假如雨果爵士觉得有这个必要的话，那么我就去。"她的话里不带有任何激情。

德拉克斯搓了搓双手："那好，就这么决定了。现在我要去工作了。布兰德小姐，请你去瞧瞧要是沃尔特博士有空的话，让他过来一下。那好，午餐见。"他对邦德说，听起来有点儿像是在打发他走。

邦德点点头："我想到处转一转，瞧一瞧点火处。"撒这样一个谎自己也不清楚用意何在。他跟着加娜·布兰德走出屋子，来到竖井底部。

一条类似蛇形的粗大的橡皮管子弯曲在钢板上。顺着管道姑娘一直来到沃尔特身边。邦德观察到，燃料管道被提起来向起重架里升去，然后向导弹腰部的一个小门里伸进去。不难看出来这是一条输送燃料的主管道。

朝沃尔特说了几句话之后，她站在他身边，仰头望着伸入导弹内的那条管道。

邦德马上觉得她看起来是如此单纯。她站在那里，随着稍稍向后仰的头飘落下褐色的头发，把她那如同象牙般洁白的脖子遮住了，双手在身后背过去，昂起头观望着五十多英尺高的"探月号"导弹，看起来就像一个抬头仰望圣诞树的小姑娘一样，不过那隆起的丰满乳房除外。

邦德认为这情景极为有趣。他一边爬楼梯一边暗暗想道：这看起来纯情而又招人喜欢的姑娘竟然是位不同寻常的女警察。她了解需要在什么部位踢一脚，在哪个地方打一拳，可能比我还厉害。因为毕竟她有一半是属于伦敦警察厅特工处的，那么另一半呢？邦德低下头时，正好瞧见她跟着沃尔特朝着德拉克斯的办公室走去，很明显，那就是她的另一半。

外面的天气特别晴朗，五月里阳光明媚。穿过混凝土坪之后，邦德向着他所住的房子走去，背上感到一阵烘热。南古德温船的汽笛声已经听不见了，这令上午的气氛显得格外安静，只是偶尔传过来几声小船突突的引擎声。

沿着缓冲墙下的阴影邦德慢慢与房子接近，跳了几步之后迈上前门。他穿着橡胶底的鞋，几乎什么声响都没有发出来。他轻轻把门推开，悄悄地进入大厅，侧耳倾听，一只野蜂在一扇窗边嗡嗡叫个不停。微弱的嬉笑声从后面的兵营里发出来，周围寂静无声。

邦德蹑手蹑脚地穿过大厅，爬上楼梯，把脚步尽量放平，以使楼板不至于发出什么声响。过道里很静，但他立即发现自己的房门敞开着，他从腋下把手枪掏出来，立即朝房门走去。

背朝着门的克雷布斯，在屋子中央跪着，两手不停地摆弄着邦德工具箱上的密码锁，他的全部注意力都集中在那把锁上了。

这家伙已经明显暴露了他的企图。邦德没有做出丝毫迟疑，在他的嘴边露出一丝狞笑之后，他大踏步跨进房中，尽自己最大努力朝他猛踢一脚，而自己却很好地保持了平衡。

克雷布斯犹如一只跳起的青蛙一样，随着一声惨叫，抱着工具箱，朝红木梳妆台飞去，摔出去一米多远，头狠狠地砸在前面的红木梳妆台上。梳妆台摇晃得很厉害，有好几样东西都从台上被摇晃到地上。惨叫声猛地停止，就看见他伸开四肢，纹丝不动地在地上趴着。

邦德瞅瞅他，又细细倾听有没有脚步声传来，然而房子里依然非常安静。他朝趴在地上的克雷布斯走过去，弯下腰来，将他的后背猛地抓起来，把他的身子翻了个儿。

那张带着一撮黄胡子的脸显得极其苍白，从头顶冒出血来，沿着前额往下淌。他紧紧闭着双眼，呼吸也显得比较困难。

邦德弯下一条腿来，认真地把他全部的口袋彻底搜查一遍，将掏出来的所有东西放置于地上。没有什么笔记本和文件之类的东西，唯一比较显眼的就是一串万能钥匙、一把尖利的弹簧刀和一根小黑皮棍。邦德把这些东西装进自己包里，之后来到床头柜前，拿起那瓶尚未开启的矿泉水。

克雷布斯在五分钟之后方才苏醒过来，邦德将他背靠着梳妆台扶起坐好。

大概又过了五分钟左右他才能够讲话，渐渐地他恢复了状态，有两道凶光从他的眼睛里射出来。

"除非对雨果爵士，否则我不会对任何人回答任何问题。"克雷布斯说，"你没有审问我的权利，我这是在执行任务。"他的话音里带着十足的粗暴和狂妄。

邦德抓住空矿泉水的瓶颈："你再认真想一想，不然的话我会拧断你的脖子。说，派你到我房间里来的那个人到底是谁？"

"是我自己愿意来的！"克雷布斯说。

邦德弯下腰，狠狠地朝着他的脚脖子一拳砸下去。克雷布斯立马蜷缩成一团。

当邦德又一次举起拳头时，他猛然从地毯上跳起来，邦德击出的那一拳落在他的肩膀上。克雷布斯根本不再顾及自己的疼痛，他咬紧牙齿从门口冲出来。等到邦德追出去时，他已经跑过了大半个过道。

邦德在门外站着，听到咣咣的皮鞋声从楼梯上和大厅中传来，忍不住笑出声来。他转身回到自己的房间，把门锁上。他暗自寻思，即便是把他的脑袋打开花，也问不出什么眉目来。然而，要给他点儿颜色看看，看他那副仓皇逃窜的样子。德拉克斯知道这件事情之后，也不会轻易放过他。不过当然，如果他不是遵照德拉克斯的命令而这样干的。

邦德把房间整理完毕，坐到床上，两眼茫然地凝望着对面的墙壁。

事情的起因应该只有一个，那就是自己刚刚跟德拉克斯说要去点火处转转，而并非是回卧室。由此推理的话，那么克雷布斯必然是遵照德拉克斯之命才这样干的，因为德拉克斯有他自己的一套安全手段。这与泰伦以及巴尔兹的死有着怎样的联系呢？这两起人命案莫非仅仅是巧合，与留在航海图上的克雷布斯的指纹没有丝毫关系？

正在他思考这些问题的时候，听见外面有敲门的声音，似乎是应着他的思路而来的一样。他警惕地把门打开，走进来一位男仆，一位穿制服的警察跟在他后面。这位警察先向邦德行了礼，之后将一封电报呈上，邦德拿着那份电报来到窗边，上面用的是瓦兰斯的化名卡思塔，内容是这样的：

1. 电话是从房中打出来的；
2. 雾起之时需要鸣雾笛对船只进行提醒，没有发现任何异常；

3. 你对罗盘的方位推算离海岸太近，因此应该在圣·玛格里特岛以及迪尔海岸警卫队的视线之外。

"非常感谢，不需要回电。"邦德说。

关好门后，邦德取出打火机点燃了电报，扔进壁炉里，又用脚把灰烬踩踏成粉末。

泰伦与部里通话时，肯定有人在房里偷听，从而导致被人搜查卧室，就连他本人也惨死在枪口下，然而，对于巴尔兹的举动又应该作何解释呢？假如这场命案是一个复杂的大阴谋的话，那是否与导弹发射有着某种必然的关系呢？是否能够如此解释，克雷布斯是一个专门为德拉克斯窥探情况的窥探者，因为德拉克斯为人极为敏感，希望彻底弄明白他的秘书、泰伦以及邦德是否对他忠心不二？或者是否他是战争中某个绝密机构的头子，而现在要继续加强自己间谍网的安全？

邦德坐在安静的房中反复琢磨，心中有两幅不同的画交替出现，一幅是阳光明媚，万物充满生机，就如同是外面的天色；另一幅是模糊不清的犯罪动机、嫌疑对象和令人惊恐不安的大问号。

午餐铃响了，邦德依然坐在那儿认真地思考。他脑子里非常混乱，无法理出什么头绪来。他非常希望下午与加娜·布兰德单独在一起时，能获得一些更为重要的资料。

第十六章
祸 从 天 降

那是一个阳光明媚的下午,蓝色、绿色以及金色等色调充满天地间。

走过混凝土坪之后,他们穿过门卫来到距离点火处不是很远的地方。有一根通着发射场的特大的电缆。之后,他们走到那巨大的石灰岩悬崖边稍作停留,眺望着英伦三岛的美丽风貌,据说2000年前恺撒就是在这里首次登上大不列颠岛的。

一块一望无际的绿草坪在他们左边一直延伸到沃尔默和迪尔海滩,朝着桑威奇与巴伊海湾的方向蜿蜒而去,草坪上数不尽的小野花迎风摇摆。薄薄的白色轻雾从那边的拉姆斯盖特的悬岩顶上升起,将北福尔兰遮住,将曼斯顿灰色山岩旁的飞机场保护起来。美式雷公式喷气机在机场的上空拖出一长串白色的烟雾。萨尼特岛的伊勒依稀可见,泰晤士河河口则一点儿也看不见。

现在尚未涨潮,到了涨潮的时间,南古德温海湾金光灿灿,恬然静谧,仅仅有一少部分船只在波光粼粼的蓝色航线上来回穿梭。一顶顶桅杆撑起在船上,仿佛是在述说一个真实的故事一样。白色字母在南古德温灯船上隐约可见,甚至带色字母也在北边的姊妹船的红色船壳上模模糊糊地显示出来。

内里兹湾就在沙底和海岸之间72英尺深的海湾里,有几只船正从唐斯摇摇晃晃地飘过,在平静的海面上,一阵阵砰砰的声音从发动机里发出来。遥望远处,挂有各国不同颜色旗帜的船只往返穿梭,油轮、商船以及笨拙的荷兰军舰,还有几艘很可能是去朴次茅斯的精巧的护卫舰向南匆忙驶去。英国东海岸也在视线之内,穿梭往来的船只或者驶向近岸,或者驶向远处的地平线。它们或者驶回到最初的停泊处,或向世界的另一边驶去。这是一幅绮丽的风景画,里面充满了不同的色彩和浪漫的情调。邦德和加娜·布兰德站在悬岩边静静地欣赏着这令人陶醉的景色。

两声警报从大房子里发出来,打破了眼前的宁静,重新把他们拉回到那已经忘得一干二净的混凝土的世界里。从发射场的圆盖上伸出了一面颜色鲜艳的红色旗帜,只见有两辆气派的皇家空军的运输车从林子中开出来,红色的十字在车身上画得非常显眼,那两辆车靠着缓冲墙边慢慢停下来。

"已经开始添加燃料了,咱们还是离开这里吧。假如有什么意外发生的话,这里是非常危险的,甚至有丧命的危险。"邦德说。

"的确,"她微微冲他笑了笑,"每当看到那混凝土我就会头疼。"他们从那缓坡慢悠悠地走下来,很快就过了点火处,他们的身影消失在铁网之外。

加娜·布兰德一直以来所保持的冷漠在灿烂的阳光下很快就融化了。

她身上穿着令她更显漂亮迷人的地道的外国货。上身是一件黑白条纹的棉衬衫,下身配了一条粉红色的裙子,另外,腰间还扎了一条黑色的宽皮带,显得格外活泼可爱。她如此的穿着打扮,突然让邦德觉得在自己身边漫步的姑娘已经不再是原来那个面无表情的冷面女人。她愉快地嘲笑邦德,原因是他甚至叫不出来诸如海篷子、牛舌草之类的野花的名字。

加娜·布兰德在路边惊奇地看见一枝漂亮的红门兰,兴高采烈地摘下来放在鼻子前闻了闻。

"假如你能够了解到在你采它的时候，它呻吟得多么痛苦，恐怕你以后就再也不会那样做了。"邦德说。

加娜·布兰德奇怪地看着他问："你说这话是什么意思？"她认为他说这句话不是在和她开玩笑。

"难道你真的没听说过吗？"邦德看到她那一脸严肃的认真模样，忍不住笑出来。"有个印度教授写了一篇论文，那是一篇有关花卉神经系统的论文。他将一枝玫瑰被折时的痛苦呻吟声详详细细地记载了下来，那声音听起来真是痛苦不堪。在你刚才折花时我似乎也听见了那种凄惨的声音。"

"我不相信，"她一边说着，一边用怀疑的眼光望着手里被折的花枝，"但是，我认为你并非是一个多愁善感的人，像你们这些秘密情报局的人不都是经常杀人的吗？我说的不是折花，而是杀人。"她恶狠狠地还击他。

"但是要知道，可怜的花是不懂得还击的。"邦德说。

她瞧了瞧手里拿着的红门兰："你的话让我认为自己是个凶手，但是假使我能够找到你所说的那位教授，并证明你所说的话全部都是正确的，那么我以后就再也不会折花了。我手里的这朵花该怎么处理呢？我觉得似乎我的双手已经鲜血淋漓了。"

"那就把它交给我吧。假如按照你的逻辑来推理的话，那么我的手早就已经应该算得上是血淋淋的了，即使再多一点也没有多大关系。"

她把那朵花递了过去，两人的手轻轻地碰在一起。"你可以将这枝花插在你的枪口上。"她说。

邦德笑了："枪眼根本不需要用什么东西来装饰。我那支手枪是自动式的。我已经把它留在房间里了。"

他在蓝色衬衣的扣眼儿里插进那支花后说道："我认为仅仅挂着肩式手枪套而不穿外套的话太过于显眼，希望下午不会有人到我房间里去搜寻什么。"

两人各自把手默契地抽了回来。邦德把早上发生的事情跟加娜·布兰德说了一遍。

"是该教训教训他，我对这个人也没有什么好印象。雨果爵士有没有说什么？"

"我在午饭前和他谈了几句，并且作为证据我拿出克雷布斯的刀和钥匙交给他。他听后暴跳如雷，带着满腔怒气去找克雷布斯了。他回来时说克雷布斯伤得比较严重，似乎再对他加重惩罚有点儿太不合时宜。还有就是他一直强调的那句在现在这种关键时刻，不要搞得他手下的那些人惶恐不安等。他对下星期将克雷布斯遣送回德国表示赞同，但是在此之前，不管他去哪里都要密切监视。"

当他们沿着蜿蜒盘旋而又陡峭的悬岩小道来到海滩时，再向右转，就能看见旁边那个迪尔皇家海军要塞已经废弃了的轻武器靶场。沿着覆盖有鹅卵石的海滩，他们走了差不多两英里，有好长一段时间，两个人都没有开口说话。之后，邦德先开了口，他将自己在这一天所想过的一切全部都说给了布兰德，最后总结起来，依然还是那个陈旧而又根本的问题："探月号"的安全措施是否已经万无一失了？

泰伦与巴尔滋之死只能让他们看到这个问题的表面现象。克雷布斯的行为也不能算作是什么严重的问题，然而假如把这些问题串联在一起加以考虑的话，那么这个事情就显得非同一般了。他对敌人是否在蓄意破坏"探月号"发射计划这个问题表示深深的怀疑。

"你觉得我的看法怎么样？"邦德问道。

加娜·布兰德不再继续前行，而是遥遥地望着那陡峭的岩石以及海边那些不断随海水来回波动的海草。刚刚从满是鹅卵石的海滩走过来，她已经热得满头大汗了。假如能够跳进大海舒舒服服地洗个澡该有多好啊！她瞥了一眼立在身旁的邦德。他褐色的脸上除了一脸严峻之外，没有任何其他表情。是否他也和常人一样地渴望生活中恬然宁静的时刻呢？不，对他来说是不可能的。他所喜欢的应该是那种由巴黎、柏林、纽约，以及火车、轮船、美味佳肴和漂亮的女人等所组成的动荡生活。

"你怎么了？"邦德问道，还以为她想起了什么细节，正在犹豫着是否需要告诉他。"你刚刚在想什么呢？"

"不好意思，"加娜·布兰德说，"我在胡思乱想。我认为你刚才的判断并没有错。我从基地竣工起就已经在这里工作了。虽然有时也会出现一些诸如枪击之类的怪事，但幸好还没有出现什么太大的失误。雨果爵士那帮人全部都专心致志地把心思放在制造导弹上，他们甚至都能够达到忘我的地步，看到这种情况真是让人感到欣慰。那些德国人全部都是令人佩服的可怕的工作狂。我敢保证，巴尔兹就是在这样的环境之下被压垮的。他们都非常愿意听从雨果爵士的使唤，而他又懂得应该怎样使唤他们。他们对他都非常崇拜。就安全来说，这种崇拜的确是非常有必要的。我认为毫无疑问的是，假如有谁想打'探月号'的主意的话，那么他最终就得完蛋。至于说克雷布斯，我对你的看法表示同意。很有可能他是遵照德拉克斯的指令才那样去做的。因此我并没有向德拉克斯汇报关于他偷看我东西的事情。不过当然，他也不可能找到任何秘密，因为那不过都是些私人信件之类的东西。我想或许是由于雨果爵士要使基地绝对地安全吧。我在这一点上非常佩服他。但他是位冷面无情、不可理喻的人，我愿意为他工作，但愿'探月号'的发射能够成功。同它在一起生活的时间长了，自然而然就如同所有其他人一样，产生了一种息息相关的感觉。"她说完之后抬起头来看看他有什么反应。

邦德点点头："虽然我来到这里仅仅只有一天的时间，但我对于你现在的这种感觉也非常了解。你所分析的非常有道理。可能我的顾虑也不过是我的直觉而已。总之，最关键的事情就是要保证'探月号'如同皇冠上的珠宝一样安全，或者比这还要更安全些。"他耸了耸肩膀，似乎是要将他直觉中的不安全部抖落一样，"咱们已经花费掉很多时间了，还是赶紧走吧。"

她对他会意地笑了笑，跟着他走了。

他们共同来到悬岩的拐弯处，看到海面随波浮动的海草缠着升降机的底部。他们又继续前行了五十码左右，看见在这里有一副如同粗管状的铁架，上面是护着岩石的格子状铁条。排气隧道那又黑又粗的大孔从差不多有二十英尺高的岩面上伸出来，已经被风化了的石灰岩掉落在下面的岩石以及圆卵石上。邦德似乎看到了那熊熊燃烧着的乳白色岩浆柱从岩面呼啸而下，沉入汹涌的大海，海水发出令人战栗的咆哮声和数不尽的气泡。

他把头抬起来遥望着发射舱，那发射舱比崖面高出两百多英尺，他脑袋里情不自禁地想象着头戴防毒面罩、身上穿着石棉衣服的四个人，一面认认真真地观察着计量表，一面将输料管插进了导弹的肚子。

邦德猛然想到，加注燃料这一环节若是有什么意外的话，他们这一带可是很危险的。

"咱们还是离远点儿吧。"他对加娜·布兰德说道。

邦德在走出一百多码远后停下来环顾四周，脑海中想象着假如自己同六个结实的汉子，身上带着所必需的工具，从海上开始对基地发动猛烈的攻击，那么那道防坡堤该怎样突破呢？是应该使用云梯攀上通风口呢？还是除此之外还有什么其他方法呢？几乎没有人能够爬上那光溜溜的排气隧道的钢制墙。利用反坦克武器将那块钢板从崖下射穿，再使用燃烧弹，嗯，不排除这种可能性。然而想要撤退的话可就不容易了，崖顶上所设的岗哨，是不可能难倒俄国敢死队的，这一切都没什么不可能。

站在一旁的加娜·布兰德，久久凝视着他那双沉思的双眼，好像已经看透了他所考虑的一切："可能你想得太复杂了，"她看见他的眉头皱了皱，"就算在涨潮或天气变坏时，他们也会派人在山顶上来回巡逻。他们的装备很到位，有探照灯、布朗式轻机枪和手雷。他们被授予一经发现有可疑人物出现，就可立即格杀的权力。不用说，在晚上使用泛光灯照射崖面是最好的办法，然而那样做太容易暴露了，这些潜在的危险他们都已经考虑过了。"

邦德仍然紧皱眉头："假如敌方凭借潜艇或其他什么东西来掩护的话，那又该怎么做呢？假如是一个训练有素而又经验丰富的队伍的话，他们是会这样干的。好了，先不提这个了。我现在非常想下去游会儿泳。七十二英尺，是我所看见的那航海图上标出来的这一带的水深，然而我还是希望能够亲自下水查看一下。或许防波堤尽头的水比这还要更深些，我认为我还是亲自看看比较保险些。不如你也一块下来游会儿，你觉得怎么样？可能水有点儿凉，不过你一早上都在混凝土里闷着，游会儿泳，对你会有益的。"

加娜·布兰德眼睛泛着亮光："这样可以吗？我的确是热得很不舒服。但是，我们游泳时穿什么呢？"她忍不住脸红起来，因为想到了自己身上所穿的是短小透明的三角裤和乳罩。

"没什么关系，"邦德迅速地说，"你穿内衣就可以了，我可以穿短裤，我们不是在做贼。并且这儿又没有什么其他人，我担保我是不会偷看的。"他边说边走到了悬崖的拐角处。"我就在这边，你到那边的岩脚下去吧。赶紧去，别在这里愣愣地站着，要知道这也该算是任务的一部分啊。"

她还没来得及答复，他就转到高耸的岩石后从容地脱下了衬衣。

"那好吧。"加娜·布兰德一边说着，一边慢慢走到岩边，缓缓解开自己的裙子。

就在她紧张地四下张望时，邦德已经踏入水中。蔚蓝色的海水一浪接一浪朝前涌着，在岩石中形成数不尽的旋涡。他的肌肉显得很柔软，皮肤呈健康的褐色，蓝色的短裤非常显眼。

她非常害羞地望着他，猛然"扑通"一声跳进海里之后，她感觉到现在不必再多余地担心了。四周是让人感觉舒适的天鹅绒般的海水，岸上是连绵的美丽的沙滩，各种海生植物漂在水面，海水清凉而又清澈。她沿着岸边头也不抬地迅速游起自由泳来。

游到差不多同防波堤平行时，她不再继续划水，而是吸着气，四处寻找邦德，但是却看不见他的踪影。她刚才还看见他在离她不远的大概一百码处的地方。她为了使自己不沉下去，就努力地踩着水。

很有可能他就在近处的岩石后躲着，或者是潜到水下去试探水深了，那里是敌人可能来袭的突破点。还是算了吧，不再管他了。她回过头来又朝着远处游去。

突然，就在这时候，他从她身体下面的海水中猛地钻出水面，在她还没能反应过来之前，就已经被一双刚劲有力的臂膀紧紧地抱住，那迅猛地按在她嘴唇上的嘴带着让她难以抗拒的强大冲力。

"你这个可恶的坏蛋！"她愤怒地吼叫着，然而他早已再次潜到水下不见了踪影。由于刚才的挣扎，使得她喝了一大口咸海水，然而在离她二十码外的地方邦德却正游得欢。

转过身来的她，径自一个人游向大海，她觉得他太无礼了，非要远离他让他受冷落不可。和她想象的差不多，情报局的这帮男人们，无论本身肩负的工作有多么重要，倘若一有机会总要想尽办法寻欢作乐。

然而，她的身体却由于他这突然一吻而产生了一种微妙的感觉，让她感到似乎金色的天又焕发出了新的容姿。她仍旧朝前游着，回过头来看着英格兰参差不齐的海岸线。

在一望无际的绿色田野上，成群结队的猎鹰犹如黑白两色交织的纸屑在上空来回盘旋。一个多么让人心情舒畅的日子啊！不管什么事情在这样美好的日子里都是可以容忍的，因此她不再怪他而是从心里原谅了他。

过了半个小时，他们上了岸在沙滩上躺着，距离崖边大约一码左右的距离，静静地躺在阳光下，让太阳晒干身上的衣服。刚才所发生的事彼此都没有再提。加娜·布兰德兴高采烈地盯着一只大鳌虾，那是邦德刚刚在水下捉住的。它那天真可爱的样子使得她再也无法在他面前保持矜持了。他们将它恋恋不舍地放进一个由岩石组成的水塘中，看着它慌慌张张地向海草深处钻去。他们又在原处重新躺下。游泳使他们感到全身既兴奋又疲劳，但愿太阳落山能慢一点儿吧。

然而，邦德早就已经陷入到眼前这美妙的绮丽景色中。面前这位姑娘有着美丽、匀称的身材，那紧紧的透明三角裤让人浮想联翩。他至少还能够享受一个钟头的自在时光，不必去考虑有关"探月号"的任何问题。加燃料的工作要等到六点才能完成，而现在时间还没到五点。

他只有到那时，才能够找到德拉克斯，可以将悬崖上后两夜的防卫工作确认一下，因为他发现就算是在落潮时，岸边的水依然能够浮起一只潜水艇。

距离起身回去差不多还有三刻钟的时间。

当这姑娘差不多赤裸的身躯漂在水面上游泳时，他突然把她抱住，而且还用力地吻了她的芳唇。她那高耸的乳房离自己仅有咫尺之遥，那白皙而光滑的腹部一直滑到那双修长的大腿紧闭的奥秘深处。那可恶的大腿!

邦德将自己狂奔的思绪猛然收回,迫使自己努力去欣赏那美丽海湾四周的自然风景。山壁上的蔚蓝的天是那样浩渺,雪白的海鸥成群结队地在空中自由自在地飞翔,但海鸟那柔软洁白的下腹又使他想到此刻躺在身边的她。

"为什么你的名字要叫加娜呢?"他问道,不再继续任自己胡思乱想。

她淡淡一笑:"我这名字经常被大家拿来开玩笑,在学校、雷恩斯,还有在当警察时。"邦德感到此时她那婉转清亮的音调格外吸引人,"我的真实姓名比这还不好听,叫戈拉蒂,是一艘巡洋舰的名字,我爸爸曾在那船上服过役。我是在船上出生的。我认为加娜这名字还算可以。我几乎都把我的本名忘得一干二净了,因为在特工处集训时,总要翻来覆去换很多的名字。"

"在特工处,在特工处,在特工处……"邦德大脑里又是一阵混乱的场景:呼啸而下的炸弹一阵狂轰滥炸,身为飞行员的他突然偏离跑道越来越远,就在鲜血汩汩流出,即将失去知觉之时,心中还反复念叨着那些字句。这些字句在死神降临之前,依然在脑海中不断地回荡着……

在这件事情发生不久后,邦德发现自己并没有死,那些字句仍然时常回旋在他的脑海之中。

静静地躺在崖边柔软的沙地上,邦德一边认认真真地听着,一边想象着加娜的身体。不经意间崖上嬉耍的两只海鸥出现在他的目光中。这两只鸟在调情时脑袋一伸一缩,突然雄鸟猛地展开翅膀飞起来,但转而又飞回窝中继续调情。

邦德认为这种情调真是太美妙了。即便身边的这个漂亮的女孩子并非自己的女友,然而在这种美好的时光中,有个漂亮的女孩子陪在自己的身边，总是一种再美好不过的事情。他一边仔细地聆听着加娜·布兰德娓娓动听的话语，一边呆呆地看着崖上那两只嬉戏的海鸥。就在这时候，突然一声令人惊恐的嘶叫从崖面上传来，两只海鸥倏然向上空飞去，嘴里发出恐怖的尖叫。

与此同时，一团浓浓的黑烟从崖顶冒出，并有一阵轻微的隆隆声响起在崖顶。白色石灰岩在他们头顶上稍稍朝外晃动几下，如同一条蛇一般朝崖下坠下来。

邦德朝加娜·布兰德身上迅速扑过去，紧紧地用自己的身体贴着她的身体。一阵惊心动魄的巨响过后，他感到难以呼吸，眼前，不见了阳光，只有呛人的尘土味儿。

邦德的背上感到一阵痛楚的麻木，好像有巨石压下来了一般。他不但听到了一声雷鸣似的轰响，还听到了令人窒息的尖叫声。

他好像恢复了一些意识，脑子里仍然不断回旋着"在特工处……在特工处……"，但仍然没有彻底苏醒过来，不得不慢慢等到完全使自己的感觉恢复过来。

特工处？她说的特工处到底是什么呢？

他尽自己的最大努力想要挪动一下自己的身体，但不行。右手勉强还能够活动几下，他将肩膀猛地一抬，手似乎更宽松了；他又将手臂朝后面抬了抬，透进一点儿光线和空气。那呛人的尘埃使他感到非常恶心。他竭尽全力扒开一个口，想让自己沉重的身子从加娜·布兰德的身上挪开。这时他稍稍感到她的头向着光线和空气进来的方向慢慢转过来，接着又有一些石头滚下来将洞口堵住。邦德再次拼命地扒起来，那洞口又一次渐渐显露出来，这时他的手臂感到一阵酸痛，那些灰尘被吸进去使他猛烈地咳嗽起来，似乎整个肺部都快要炸了一般。他再一次向上抬起右臂，终于使自己的手臂和脑袋全部露了出来。

他脑子里最初的反应是"探月号"爆炸了,但当他抬头望向崖上和海岸时,又觉得不可能,基地离这儿差不多还有一百码远,不过悬崖顶上的崖面似乎被什么咬了一个很大的缺口。假如是导弹爆炸的话,肯定不会是这个样子的。

这时他彻底想起了刚刚发生的那恐怖的一幕。加娜·布兰德仍然在下面痛哭地呻吟着,她那露在外面的脸显得苍白而无力。邦德慢慢扭动着身子,以减少自己沉重的身子对她的肺和胃部带来的压力,沿着身下的碎石,他朝洞口慢慢爬去,只有这样才能使她身上的重量减轻。

最后,他的整个胸部也显露出来,他弯曲着身子虚弱无力地跪蹲在她的身旁。背上和臂上的血与石头、尘埃混合在一起,不断地滴在他刚刚才扒开的洞口。还好自己的骨头没有受伤,求生的勇气已经使他感觉不到疼痛了。

他又喘着粗气不断地猛烈咳嗽着。他缓缓扶起加娜·布兰德使她坐好,用仍然滴着鲜血的手将她脸上的灰尘轻轻拂去,然后他从那如同坟墓般差点儿要了他们两人性命的石灰岩石中抽出两腿来,将她从石堆中努力用手举起来,让她轻轻倚靠在崖边。

他跪下来望着她,几分钟前还是那么魅力迷人的姑娘,现在已面如死灰,毫无血色。

他身上鲜红的血慢慢滴在她的脸上。他默默地为她祈祷着,期盼她能快快苏醒过来。

过了几秒钟,加娜终于缓缓睁开了双眼。邦德放心地大嘘了一口气。他别过脸去,此时才感到自己浑身疼痛难忍。

第十七章
任 意 推 测

一阵剧烈的疼痛过去之后,邦德感到自己的头发被一只手轻轻地摩挲着。他回过头去发现加娜正一手抚摸着自己的头发,一手慢慢朝崖上靠,就在此时,又有零碎的小石块哗啦哗啦地掉在他们身旁。

他费了很大力气才虚弱无力地慢慢站起身来,搀扶着更加虚弱的加娜·布兰德赶紧逃离那个石头坑,那个见鬼的地方差一点儿成了他们的葬身之地。

踩在脚底下的细沙柔软得就如同天鹅绒一般。他俩感到身体沉重地跌倒在那柔软的细沙上,用苍白得令人恐怖的手紧紧握住一把沙子,以此来抵御全身上下难以忍受的疼痛。邦德吃力地朝着不远的前方爬了几步,留下加娜一个人在原地,他拖着自己那双沉重的双腿站在一块差不多如同摩托车一般大小的岩石上,打量着那差点儿要将他们吞噬的恐怖的地狱。

在那岩石尽头,那被有力的海浪潮汐不断拍打着的地方,从悬崖顶上掉下的碎石块散落一地,那些崩落的岩石块的面积估算起来差不多有一英亩地之大,一条 V 字形凹口的裂缝儿呈现在崖上,原本在那儿盘旋的海鸟再也没有了踪影。这恐怖的地方发生的这场灾难将会使那些可怜的小家伙们长时间不敢靠近。

他们之所以能够幸存下来,是因为他们两人的身体紧紧地贴住崖边。压住他们的仅仅是几块不太大的碎石,假如头上有一块大石头落下来砸在他们身上都会使他们变成肉酱,那块最近的大石头离他们仅仅数英尺远。由于他们紧紧贴着崖面,邦德的右臂才不至于被那块大石头压着,才使他有机会掘出一个石头坑,从而逃离那死亡的坟墓。邦德此时想想都觉得后怕,他认识到假如当时自己反应过慢,没有立马将加娜·布兰德的头抱住迅速滚向崖边的话,那此时他们两个肯定都已经葬身于那堆石头坟了。

他意识到加娜的手放在了自己疼痛的肩膀上,他没有回过头去看她,只是用自己的手臂将她的腰轻轻揽住,然后他们一起走进了海水,任凭自己沉重的身体在浅水处慢慢往下沉。

大约过了十几分钟后,这两个如同原始人一样的现代人再次回到了那片沙滩,缓缓走到那块放置衣服的岩石边。

现在两个人差不多都是赤身裸体。在刚才那一死里逃生的过程中,他们两人身上的内衣已经全被尖利的岩石划得粉碎,就如同翻船后落入水中的幸存者一样。裸体已经无法引起对方产生任何的反应。他们共同用咸咸的海水将脸上、头上、身上的岩石屑冲洗干净,浑身上下显得更加疲惫。然而一穿好衣服,将头发梳理完,似乎根本就看不出来刚才发生了什么事情。

他们两人背靠着一块岩石坐下来。邦德嘴里大口地吸着一支刚刚点燃的香烟,接着从鼻孔里慢慢把烟雾喷出来。加娜·布兰德坐在他身旁重新化妆,他在她化好后,也为她点上一支烟。

灾难过后第一次彼此凝望着对方的眼睛。他们各自淡然地苦笑了一下,但都没有说一句话,依然默不作声地眺望那蔚蓝而渺远的大海。

邦德首先打破了眼前的宁静。"真是要感谢上帝,让我们躲过了这场灾难。"他说。

"我到现在还不清楚到底发生了什么事？"加娜·布兰德说，"我唯一知道的，就是你在危急时刻救了我的命。"她把自己的手放进他那只大手里，然后又马上拿开了。

"假如你不在这儿的话，"邦德说，"假如我仍然在原来的地方躺着的话，那恐怕我现在早就……"他一边说着一边耸耸肩。

之后他专注地看着她说："想必此刻你一定也已经明白了吧，有人企图把崖面炸开，然后把我们两人压死在下面。"

她目不转睛地看着邦德，那双眼睛瞪得很大。"假如我们能够四处检查一下的话，"邦德用手指着那堆凌乱地散落下来的岩石，"相信一定会在岩石上发现有钻机打孔过后留下来的痕迹，在岩石向下坠落之前的几秒钟我看到岩顶冒出一团黑烟，同时听到上面传来一声爆炸声，那声音惊飞了几只海鸥。除此之外，"邦德接着说道，"这绝对不会是克雷布斯自己干的，应该有好几个人和他是一伙的。这一定是一次有组织、有计划的谋杀。在我们从崖上走到海滩时就已经有人在暗中密切监视我们的行踪了。"加娜·布兰德此刻似乎已经明白过来，她的那双水汪汪的眸子里闪过一丝恐怖的眼神。

"那现在咱们应该怎么办？"她迫不及待地问，"这到底是为什么呢？"

"他们想让我们两个同归于尽，"邦德严肃而认真地说，"因此，我们两个必须努力让自己好好活下来，至于到底是出于什么原因，我想我们一定会把事情的真相弄个水落石出的。"

"你或许清楚，"他接着说，"恐怕瓦兰斯是不可能帮上什么忙了，凶手在当时确认我们被埋在下面后，一定是立即逃之夭夭了。他们明白就算其他人听到或者看到那塌下的崖面也不会有任何大惊小怪的反应，因为这里崖面的长度有 20 多英里。除了夏天之外,平时不可能有人为了避暑而到这里来。就算是海岸警卫队的哨兵听到刚才的响声,他们也只是在记录本上勾上两笔的事而已。"

"崖壁上的岩石由于受到冬天的雾气腐蚀而渐渐风化,每当春天来临时都会有更多的岩石因风化而塌落。谋害咱们的那些朋友不可能去查看。假如今晚我们一直不回去的话,明天他们要一直等到确确实实见不到我们之后,才会向警方和海岸警卫队发出通知,并让他们出动兵力来寻找我们的下落。你知道原因是什么吗?这是由于当夜里的海潮上来时,所有的线索都会被消灭干净。就算瓦兰斯认为我们被谋杀,但也已经没有任何证据,他也没有办法说服军需部干涉有关'探月号'的事情。"

"这让人晦气的发射就么重要?所有的人都在关注,看它的研制到底成功与否。你我的两条小命根本算不了什么。那些德国人的双手沾满了血腥,他们似乎不愿意让咱们活到星期五,但这到底是出于什么原因呢?"他顿了一下又接着说,"这就得靠我们自己了,加娜·布兰德,只能依靠我们自己来处理这件倒霉的事了。"

他一直凝视着她:"能告诉我你是如何想的吗?"

加娜·布兰德淡淡一笑。"不必再胡思乱想了,"她说,"今天我们在这里已经付出了很大的代价,不用说我们还会继续付出的。我赞成可以不向伦敦方面汇报今天遇到的情况。正儿八经地在电话里如实汇报说不知什么原因崖石从头上径直砸下来,这真是荒唐可笑!汇报我们两人在这儿不去干些正经事,而是赤身裸体到处乱跑?"

邦德咧开嘴笑了笑:"我们不过是躺在那里等着把湿衣服晾干罢了,"他反驳道,语气温和,"那么依你之见,咱们应该如何度过这一个下午呢?要把那些人的指纹全部都检查一遍吗?我听说你们做警察的对这些事情是非常重视的。"邦德发现她似乎有些愠怒,便对自己这些话感到后悔。

"可以说咱们今天下午过得还是非常值得的，更确切地说，是有很大的功劳。至少使我们的对手露出了马脚，我们下一步需要做的就是把我们的对手找出来，弄明白为什么他们要置我们于死地。假如我们有充分的证据能够证明有人蓄意破坏'探月号'的话，那么我们就将严密搜查这个讨厌的鬼地方，并且还要将发射期推迟。"

她激动得跳了起来："哦，我想你是正确的。我们需要马上行动起来。"她的目光从邦德脸上移开，转向大海。"你到这儿来的时间还不长，但我同'探月号'朝夕相处的时间可是已经有一年多了。假如它出点儿什么差错的话，我是绝对无法忍受的，对'探月号'我们好像已经都离不开它了似的。我现在要立即赶回去，查查到底是谁企图害死我们。也可能这与'探月号'不存在什么关系，但我仍然要查个水落石出。"

邦德也起身站了起来，他的背部和大腿又感到一阵剧烈的疼痛，但他那严峻的脸上却没有显露出任何痛苦的表情。"我们赶紧走吧，已经快六点了，很快就要涨潮了，但是我们能够在涨潮之前赶到圣·玛格里特海湾。咱们一起先到格朗维尔痛痛快快地洗个澡，然后再喝点儿什么，随便吃点儿东西。很可能我们回去时正好赶上他们在吃晚餐。我倒希望看看他们是如何接待咱们的。你有力气走到圣·玛格里特吗？"

"放心吧，我没事儿，我们警察又不是用豆腐做的。"她冲邦德勉强地笑笑。他们转过身走上铺满圆卵石的那条海滩，向着那个遥远的南福尔兰灯塔方向走去。

八点半，他们坐上了一辆出租车，很快就到达第二道警卫线。在各自出示了通行证后，两人便默不作声地穿过树林，很快就踏上了通往那幢房子的混凝土路面。他们都觉得自己精神倍增。

在格朗维尔冲完热水澡后，他们又休息了差不多有一个多小时，感到精神大增。加上两人又都喝了杯加苏打的白兰地,之后还点了一些美味的煎箬鳎鱼以及威尔士嫩肉丁,还要了两杯咖啡,两人都感到既兴奋又激动。当他们信心百倍地朝着那幢房子走近的时候,其实他们已经非常疲倦,并能清晰地感到在外衣的摩擦下身上的伤口仍然隐隐作痛。

他们表情平静地朝前门走去,又在灯火明亮的走廊中稍微站了一会儿。听见从餐室里传来一阵低沉而又非常激动的说话声,那声音稍稍停了一会儿之后,接着便又是一阵大笑,而那阵笑声中听起来最刺耳就是德拉克斯与众不同的狂笑。

邦德镇定地向着餐厅走去,他的两边嘴角上露出了极为难看的冷笑。然而当他为加娜·布兰德把门推开时,早已将那种冷笑转变成了满脸灿烂的笑容。

在餐桌的上位坐着德拉克斯,他身上仍然穿着那件玫红色的吸烟服,他的餐叉上挑着满满一叉的食物正要送进嘴里。略一抬眼就看见邦德他们走了进来,突然他停住了手里的餐叉,只听见那上面插着的食物"啪嗒"一声掉在桌边。

克雷布斯正端着玻璃杯专注地喝着他的红酒。他的嘴忽然凝住了,他嘴里的那一股酒正沿着他的下巴不断滴在他那褐色的真丝领带以及黄衬衣上。

沃尔特博士是背对着门的。当他看到自己身边的伙伴们瞠目结舌的样子,就也转过头来望向门口。邦德发现他比那两人的反应都要慢很多。

"哦,是那两个英国佬。"沃尔特淡淡地用德语说。

德拉克斯随即站起身来:"啊,我亲爱的伙计,"他接着叫道,"我说伙计,亲爱的,我们真是太为你们着急了,我还正打算派人到处去找找你们呢。有位哨兵在几分钟前来向我报告,说是今天突然发生了一起悬崖崩裂事件。"他很迅速地走到他们两人面前,用一只手拿着餐巾,另一只手紧紧握着餐叉。

他的那张脸上泛起一种少见的酱红色,随后很快又变成了他平常惯有的血红色。"你为什么不尽早通知我?"

他的话里带着几丝怨怒的口气朝那姑娘说道:"真是太不像回事了。"

"这全都怪我。"邦德连忙解释道,他说着,走进房间,以便能将这三个人的表情看得清楚一些。

"这段路真是要比我所想象的长很多。由于我担心涨潮后没办法回来,因此我们就径直坐车去了圣·玛格里特,又在那里吃了点儿晚餐,之后坐了出租车回来。本来加娜·布兰德小姐是打算给你挂个电话打个招呼的,但我认为我们是能够在八点之前赶回来的,因此才阻止了她。请你们先吃完饭再说这些事情吧。我会和你们一起喝点儿咖啡,再稍稍吃点儿点心。至于加娜·布兰德小姐,她累了整整一天,我猜测她一定很疲倦,想要去休息了。"邦德慢慢走到那张餐桌旁,把克雷布斯身旁的那把椅子故意拉出来。他发现克雷布斯那双苍白的眼睛现出了恐怖的神色,但转而又深深埋着头死盯着自己的餐盘。当邦德起身站在他后面时,他发现有一块小小的石屑粘在克雷布斯的头顶。

"那好,加娜·布兰德小姐,既然这样,那你现在就去睡觉吧,明天我再和你详谈。"德拉克斯用试探的口吻对她说。加娜·布兰德非常顺从地从餐室离去。德拉克斯又继续回到自己的座位上,很沉重地坐了下去。

"海边的那些岩石实在是太漂亮了,"邦德表情丰富地说,"假如你走到那些岩石旁边,头顶上恰好有很多石块向你压下来,这情景实在是令人想起来就觉得可怕。这令我联想起了俄国的轮盘赌。当悬崖坍塌、人被压死时的难看表情的确很少有人看到啊,那肯定是非常恐怖的。"他停了停又说,"能问一下吗,你刚刚提到什么悬崖崩裂来着?"

此时，邦德听到有微微的呻吟声在他的左侧响起，然后又听到摔碎杯盘的声音，克雷布斯的脑袋趴伏在餐桌上。邦德感到好奇，但仍然不无礼貌地望着他。

"沃尔特，"德拉克斯对着博士严肃地喊道，"克雷布斯又犯老毛病了，难道你就没看见吗？赶紧把他扶到床上睡觉去。看来这家伙喝得太多了，赶紧！"

沃尔特面带愁容，脸上稍稍带着点儿不满，他跨着大步走过来，努力从那些碎片上把克雷布斯拉起来。他一把抓起克雷布斯身上穿着的那件大衣的外衣领，从椅子上将他提起来。"你这个可恶的家伙，赶紧走！"沃尔特一边叨咕着，一边拉着克雷布斯走出了餐厅。

"想必他今天应该也很累。"邦德边说边盯着德拉克斯看。

身材魁梧高大的德拉克斯这时已经是满脸汗水。他随手拿起一块餐巾，在脸上胡乱抹了几下，说道："别胡说！他只不过是喝得太多了。"

望着克雷布斯以及沃尔特两人跟跟跄跄地走出餐厅，一旁的男仆仍然站得笔直，面对这一切泰然自若。此时仆人端了咖啡进来。邦德倒了一杯鲜浓的咖啡，一边品味着，一边琢磨：德拉克斯是否也知道这些阴谋呢？刚刚当他瞧见邦德和加娜·布兰德两人进门时的表情的确说不清到底该算是惊讶，还是算恼怒，因为像他这样一个深谙事故、诡计多端的老男人已经定下的计划居然被自己的女秘书所搅乱。倘若这一切的幕后策划者是他的话，那不得不说他确实掩饰得很严密，拿自己下午要亲自对燃料加注情况进行监视来当作借口从而使自己摆脱了嫌疑。邦德打算再进一步做些试探。

"燃料加注的情况怎么样？"他问道，眼睛仔细地注视着对方。

德拉克斯将一根雪茄慢慢点燃，隔着缭绕的烟雾和燃烧着的火柴向邦德瞟了一眼。

"极其顺利，"他缓缓地吸着雪茄说，"全部工作都已经准备就绪。基地在明天凌晨清理完工之后，就能够关闭了。哦，对了，"他继续补充道，"明天下午我要带加娜·布兰德小姐一起坐车去伦敦，除了要带上克雷布斯之外，我还需要带位秘书。你是怎么打算的？"

"那就一起动身吧，我也要去伦敦，我要将最后一份报告呈交到部里。"

"是吗？"德拉克斯表现出丝毫不在意的表情，"你那份报告是关于什么方面的？我认为你应该对这里为你所做的一切安排感到满意。"

"是的，很满意。"邦德面无表情地回答。

"那么就这样吧，假如你不在意的话，"德拉克斯从椅子上站了起来，"我还要去书房里看些文件，晚安吧。"

"晚安。"邦德象征地回应了他一声，然后把咖啡喝光，接着穿过大厅，很快就回到了自己的房间。

很明显，又有人搜查过自己的房间。他耸了耸肩。事实上他只有一只皮包而已，但皮包里面却并没有任何秘密，仅装着几件他工作中需要用的东西罢了。

在他临走时，他把他那带肩式皮套的布莱特手枪藏在了一个不易察觉的地方——在那副泰伦用来装夜视望远镜的空皮匣里，他打开皮匣，发现自己那支枪安然无恙地藏在里面。他把手枪取出来，认真检查了一番，没发现什么异常，便又把它塞在枕头下。

他快速地冲了个热水澡，又在伤口上稍稍涂了些碘酒后才关灯上床。此时他觉得浑身上下疼痛难忍，同时感到疲惫不已。

加娜·布兰德的倩影又在他的眼前浮现。在他们回来的路上他曾告诉她吃片安眠药，再把房门紧锁，安安稳稳地睡一觉，所有的一切都等到明天再说。对于明天下午她与德拉克斯的伦敦之行，他却隐隐感到有些担心，然而仅仅还只是担心，并不能算是绝望。很多问题很快就将得到答案，很多秘密也很快将被揭晓。然而，看来那些最起码的东西是无法否认的了，秘而不宣的了。那位百万富翁，自视清高的德拉克斯出巨资建造了这一举世瞩目的伟大武器，举国上下都巴望着能够听到它发射成功的喜讯。这枚导弹再过 36 小时就将要点火发射了，它的安全和管理措施没有任何可挑剔的。但是，为何某人，也或许是几个人，要将他和那位姑娘干掉呢？这就是问题的根源。无论是他的工作性质，还是加娜的本意，与这次试验发射都不会发生一丝一毫的冲突与抵触，因此，那些人应该不具有怀疑他们是导弹破坏者的理由。显而易见他们两人已置身于极度的危险中。总之，在这 36 小时内，无论是由于嫉妒还是怀疑，他们两人随时都将会有生命危险。

睡意蒙眬中，邦德仍然在反复琢磨，他明天在伦敦必须设法见到加娜·布兰德，之后或者亲自陪她回来，或者就说服她一直留在伦敦，直到"探月号"顺利发射完毕。但就在他即将入睡之时，他的脑海中突然显现出一个让自己感到蹊跷的场景：楼下那餐桌上仅仅放着三个人的餐具。

第十八章
原 形 毕 露

那辆梅塞德斯300S型轿车是德拉克斯的，的确很漂亮，车身全都是白色的，邦德的那辆宾利轿车就停靠在它旁边，两车相比的话，德拉克斯的车至少比邦德的新25年，速度也会相差将近一半。德拉克斯之所以选白色的梅塞德斯，邦德推测那是由于这种车自勒芒和纽伦堡大赛以来曾多次夺走桂冠，而买梅塞德斯车也正显示出了德拉克斯的独特性格。

德拉克斯此时从房门里走出来，加娜·布兰德与克雷布斯跟在后面。当瞧见邦德眼里那羡慕的眼神时，德拉克斯炫耀地说："这车的确不错。"之后他指着邦德的那辆宾利车，"以前看这种车还算可以，可是如今人们只开这种车去戏院看戏了，样子真是太古板了。"

德拉克斯微笑着转向克雷布斯："你到后面坐着去吧。"

克雷布斯非常听话地爬进后面那个窄小的车座，将雨衣翻上耳边，斜着身子坐着，两只贼溜溜的眼睛不停地偷偷瞟向邦德。

加娜·布兰德头上戴着一顶灰黑色的贝雷帽，手上戴着一双手套，还拿着一件轻便的黑雨衣，显得异常动人。她很快钻进车子的前排右座，又把车门关上。

她没有与邦德搭话，午饭前他们就已经在邦德的房里安排好一切计划了,他们决定七点半一起在伦敦吃顿晚饭,然后再搭邦德的车一起回来。她坐在那里,将两手放在大腿上,两眼平视前方,表情娴静。德拉克斯此时也钻进车里,开始发动引擎,他将方向盘下发着亮光的操纵杆拨至三挡。车子开始发动,但发动时排气管甚至都没有传来引擎的突突声。很快它就在树林中消失得无影无踪了。邦德开着自己的那辆宾利,缓缓地跟在后面。

梅塞德斯车在路上疾驰,加娜·布兰德混乱的思绪也跟着那辆车飞驰。在昨夜折腾了一晚上之后,今天一大早起来,大家都忙于发射基地的清理工作,以免"探月号"在升空时会引起地面大火。德拉克斯对于昨天的事没再提及,他的态度和往常相比没有什么迥异之处。她今天所做的工作仍然还和以前一样,把当天的所有数据全部收集整理好,之后又被派去把沃尔特请来。通过那个小小的窥视孔,她发现德拉克斯一切照旧,又在他那随身携带的黑色小本上记下了一些数据。

天空中阳光明媚,稍稍有些闷热。德拉克斯坐在前排驾驶着汽车,他身上只穿着一件薄薄的衬衫。加娜·布兰德敏锐的眼光落到一个小本上,那个黑色的小本就在德拉克斯裤子后面左边的口袋里,这可真是天赐良机啊。她以前从来都没有距离他如此近过。昨天下午所经历的事情使她改变了很多,她长久以来被压抑着的竞争心理再次被激发出来。感受了那岩石崩裂所带来的惊惧之后,她已不畏惧再冒任何其他风险,假如想要知道发射工作是否正常,那么看看这个小本子就能知道了。而想要偷看的话,现在机会已经来了,而且是最后的机会。以后她可能再也没有机会与他靠得如此之近了。

她将自己的雨衣非常自然地叠起来,放置在她与德拉克斯之间的那个空的座位上,同时她把自己的身子向着德拉克斯那边挪了挪,看起来似乎是想把自己的坐姿调整得更舒适些。她将自己的手放在那皱折的雨衣下，耐心而又专注地静静等待着时机的到来。

当他们所坐的这辆车驶进梅德斯通那条拥挤的车道上时，那个让她盼望已久的时刻终于到来了。德拉克斯企图让车从国王大街拐弯以便从加布里埃尔小街边绕过红灯，然而前面的车子已经挤得水泄不通了，德拉克斯无奈之下只得刹住车，在一辆老式的家庭大轿车后面缓慢地跟着。加娜·布兰德心里清楚，当那红灯变绿灯后，以他的性格他必定会设法超过那辆车，以此教训教训它。他确实是位技术很棒的司机，然而就如同在所有其他方面一样，他总是企图随心所欲。如果有谁要挡他的路，他就会毫不客气地报复对方。

就在此时前方的绿灯亮了，他的手不停地按着喇叭，猛地从十字街口的右边冲了过去，他在超过了前面那辆车时，冲着那大轿车的司机气愤地摇晃着自己的大脑袋。

加娜·布兰德就在他那迅猛起动的一瞬间，让自己的身体顺势靠在了德拉克斯的身上，左手从雨衣下迅速伸出来，直接奔目标滑去，之后再伴随着身体的后仰，轻轻将小本子带出。

她这一连串的动作显得非常自然，没露出任何破绽，最后手再次缩回到雨衣里。德拉克斯专心致志地握着手中的方向盘，注视着前面车水马龙的车流，思索着应该如何穿过前面的那条斑马线，而又不至于和正在那里路过的两个妇女及一个孩子相撞。

加娜明白那个小黑本对德拉达斯来说是何等重要，因此决不能在自己手里放得太久。唯一的办法就是借口上厕所，在厕所里看几眼再把它放回原处，而现在需要解决的问题是应该如何面对德拉克斯那愠怒的脸色，应该运用怎样温柔动情而又显得极其迫切、焦急的话语请求他停下车子，让自己下去方便。

绝对不可以等到在加油站停车。德拉克斯有可能会在那里加油，但他那小本里或许装有钱。前面到底会不会有旅馆呢？哦，有了，她突然记起来，梅德斯通外的托马斯·威亚特旅馆就在前面的不远处。那儿肯定是没有加油站的。于是，她开始装出一副坐立不安的样子，一会儿往左蹲蹲，一会儿又往右挪挪，最后她终于忍耐不住地清了清喉咙。

"呃，雨果爵士，真是对不起。"她带着一种羞涩难言的语气说道。

"什么事？"

"请把车停一下可以吗？实在对不起，我只耽误一小会儿的时间就行。我是要……我是想……真是不好意思，我想要去方便一下。我真的很抱歉，实在是太对不起了。"

"上帝啊，"德拉克斯不高兴地说，"真是见鬼，为什么你在家里不……那好吧，找个地方，"尽管他非常不耐烦，然而他还是将车速减慢到50英里。

"好像那个弯道处就有一家旅店，"加娜·布兰德显得有些紧张地说，"非常感谢，雨果爵士。我实在是太抱歉了，看，就是这里。"

小车一直开到那个旅馆的小房前，才猛地刹住。"赶快，赶快。"德拉克斯大声叫着。加娜·布兰德迅速将车门打开，一路小跑着穿过旅店前的碎石小径，用双手使那件雨衣紧紧地贴在自己的胸前。

她将盥洗室的门关紧后，认真地翻开那个小黑本。一行行关于风速、气压、温度的数据写在每页的日期下面，那些数据与她根据空军部所送来的材料中得出的数据排列得完全相同，在它的下面就是根据这些数据而估算出的罗盘数据。

加娜·布兰德眉头紧皱，因为她发现记录本上所显示的数据与她本人所掌握的数据有很大的不同，很明显两者之间不存在任何联系。

她立即把记着当天数字的那一页翻开，刚看了一眼她就傻眼了。小黑本上所显示的数据居然偏离预计轨道90多度！假如导弹照此角度飞行的话，就会有降落到法国的某地或其他地方的可能。加娜吃惊地站在那里，无论如何也弄不明白为什么会有如此大的误差。德拉克斯为什么不告诉她呢？这到底是为什么？她又一次把本子重新翻阅了一遍，竟发现每天的数据差不多都相差90度。

这肯定不是她所提供的数据，她绝对不至于犯这样大的错误。这些报告是否真的被德拉克斯上呈了军需部？为何他要将记录搞得如此神秘？

她在这些困惑中马上下定决心。必须马上赶到伦敦，一定要把这些数据向上级报告，就算别人说她傻或说她比较爱管闲事她也无所谓。

她镇静地翻回几页，然后从包里取出她那把指甲刀，将一张样页轻轻地取下来，之后再把它卷成一小团，小心翼翼地将它塞到手套的指尖里。

她拿出镜子来照了几下自己的脸，似乎显得有点儿苍白。她用手迅速把脸颊搓了几下，脸色看起来才红润了一些。她紧紧地把那个小本子抓在雨衣里，脸上再次装出刚刚那极其抱歉的神情。

梅塞德斯车的引擎再次发动起来，当她坐上自己的座位时，德拉克斯非常不耐烦地看着她。

"赶快，坐好了。"他使劲儿用脚踩了离合器，她的膝盖差点儿撞到车门上。车轮很迅速地离开那条碎石小径，朝伦敦方向全速奔驰而去。

加娜·布兰德将身子朝后靠了靠，再次把雨衣以及裹在里面的本子放到德拉克斯与她之间的那个空位上。现在要解决的问题是如何把这个小本子重新放回德拉克斯那里。

德拉克斯沿着大道飞速地驾车前进。加娜·布兰德观察到速度表的指针一直在70英里处徘徊。

她认真回想着自己以前受训时的课程。应该如何使对方某些部位的压力得以分散，又如何分散其注意力，使对方不至于感觉到有人在他身上动手脚。

就比方现在吧，德拉克斯正试图找机会超过前面那辆大约长60英尺的皇家空军的拖车，他的全部注意力都落在手中的方向盘上，这个时候可以说正是她进行秘密活动的好机会。因此，加娜的手再次从大衣下滑向左边。

然而，正在此时，另外一只手突然如同蛇一样从后面钻了出来。

"不许动！"

克雷布斯将他的半个身子努力向前探到前排车座的靠背上，他的一只手死死地按住加娜藏在雨衣下握着小本的那只手。

加挪·布兰德端正地坐着，丝毫不动。尽管花了很大的力气但她还是没能把手抽出来。克雷布斯那只手的力气真是太大了。

德拉克斯很快就超过了那辆拖车，前面已经没有其他的车了。克雷布斯用德语焦急地说："上尉，赶紧停车，加娜·布兰德小姐是间谍。"

德拉克斯吃惊地向右边瞟了一眼，他迅速伸手朝自己后面的裤兜里摸去，然后又将手慢慢放回方向盘。他用左手打了个急转弯，向着默尔渥斯的方向疾驰。

"用力抓住她！"德拉克斯语气凶狠地说。他突然踩住刹车，只听轮胎一声刺耳的尖叫，随后车子拐进一条小径，估计走了100码左右，他将车子靠边停下。

德拉克斯四下望望，见路上空无一人。他迅速将他那只戴着长手套的手伸出来，将加娜·布兰德的脸扳了过来。

"这到底是怎么一回事？"

"雨果爵士，请您听我跟您解释，"加娜·布兰德想让自己尽力装出一副坦然自若的样子，但她的脸上依然流露出惊恐和绝望的神情，"我想这仅仅只是个误会,我是说……"她耸了耸肩膀,同时,她的右手慢慢伸向背后那皮坐垫,将那双带有证据的皮手套塞进里面去。

"她在胡说八道,上尉。看见他努力地想要挨近你,我感到很奇怪。"克雷布斯一边说着,一边用另一只手将那件雨衣拨开,露出了加娜·布兰德的左手,那个黑色的小本子也在下面,可是仅仅差一尺远就能够着德拉克斯后面的裤子口袋了。

"原来是这样。"

德拉克斯终于将她的下巴放开了,加娜充满惊惧的双眼死死地盯着他看。转眼间,他那张带有红胡须的脸上露出了凶狠残忍的表情,就像一个刽子手,戴着面具,与平时的他相比较简直是判若两人。是加娜·布兰德将他的这层面具撕开了,使得他原形毕露。

德拉克斯又一次抬头瞅瞅路面,仍然没有看见什么人。

因此,他将脸转过来,盯住那双惊恐的蓝眼睛,将右手的长手套抽掉,朝加娜·布兰德的脸上狠狠地捆去。

加娜·布兰德嘴里发出了一声短促的尖叫,脸上火辣辣的疼痛使得她泪如泉涌,那泪水顺腮而下。突然,她像发疯一般地表示反抗。

她竭尽全力,企图挣脱抓住她的那两只牢固的铁爪子,她努力用空着的那只右手去抓挠那张脸以及贼脸上的那双贼眼。然而,克雷布斯竟然毫不费力地就避开了她那只手,双手将她的脖子死死掐住,缓缓地使劲儿,也丝毫不顾及加娜尖尖的指甲在他的手背上胡乱抓挠。嘶哑的响声从他的嘴里发出来,加娜·布兰德的强烈反抗开始慢慢地减弱。

德拉克斯小心翼翼地观察着周围的动静。克雷布斯制伏了加娜·布兰德之后,再次发动引擎,他顺着道路两边长满树木的一条马车道小心地前进。在车子进入树林中后,外面的路早已无法辨认了。

加娜·布兰德无法看见任何东西,仅仅听见德拉克斯很小声地说:

"就在这里吧。"

随后他在她的左耳下边用手指戳了几下。克雷布斯慢慢将手从她的脖子上拿开，加娜·布兰德的脑袋朝前猛然一伸，她贪婪地大口大口呼吸。似乎有个钝器突然间击在刚才手指在她耳边点过的地方，接着就是一阵麻木与一片黑暗。

大约一小时过后，过路的人发现有一辆白色的梅塞德斯牌小车开到厄布里大街上，那条大街就在白金汉宫边，它在一幢小房子外面停下来。这时出来两位好心的绅士，把车里面一位生病的姑娘从车上扶下来，走进了前门。那姑娘看起来脸色非常憔悴，紧闭着双眼，差不多是被那两位心地善良的先生抱上楼梯的。

加娜·布兰德渐渐地恢复了知觉，发现此刻的自己就躺在顶楼的房里，里面放置着很多机器。在一把椅子上，她被牢牢地绑着，后脑勺偶尔会感到阵阵疼痛，双唇与脸面肿痛得厉害。

厚厚的窗帘将窗户遮盖得不透一丝光线。屋子里散发着浓烈的发霉味儿，看起来似乎这屋子好长时间没住过人了。几件老式家具上满是灰尘，只有那几件仪器上的镀铬以及橡皮圈着的标度盘还是比较干净的。她猜测着，这里会不会是医院呢？双眼紧闭的她，脑海里在努力地搜索着之前的各种回忆。过了一段时间，她才把眼睛慢慢睁开。

此刻，专心地核读仪器上的标度盘的德拉克斯，正好背对着她。有三台大型的仪器在他身旁，看起来有点儿像收音机。从三台中的一台伸出来一根比较长的钢制天线，那天线穿过顶上的天花板，几盏落地灯的光亮，使整个房间分外明亮。

在她的左边响起了一阵修补声，敲得她感到眼前天旋地转，同时她的后脑勺也感到一阵难以忍受的疼痛。她侧眼一看，在一台发电机旁站着克雷布斯，另外还有一台汽油发动机在他的身旁，叮叮当当的修补声就是从那里传来的。克雷布斯拿一把曲柄在手里,他想试着把引擎发动起来,然而引擎仅仅发出两声突突声就灭了火。随后,他再次叮叮当当地敲了起来。

"你这蠢驴,"德拉克斯在用德语说话,"赶紧!我还需要到部里跟那帮浑蛋打交道。"

"很快就会修好的,上尉。"克雷布斯又将曲柄转动起来。引擎这一次发出两声突突声后,并未熄火。

"外面会听见这东西的响声吗?"德拉克斯问他说。

"肯定不会的,上尉,这间房子的隔音装置非常不错。沃尔特博士曾经向我保证,外面绝对不可能听见任何响声的。"

加娜·布兰德再次将眼睛闭上,现在对她来说最好的避难招数就是长时间装作昏迷不醒,时间越久越好。她慢慢打开自己的思路,脑子里产生一连串的问题。他们到底要将自己怎样处置,会不会对自己下毒手呢?她无法想出答案来。德拉克斯为何会在时间如此紧迫的时候仍然在摆弄那个仪器?那个仪器究竟是什么?记得他在调节那个标度盘下的旋钮时,隐隐约约的光点出现在他头顶的荧光屏上,想必这应该是个雷达。

德拉克斯的德语为何竟说得如此流利?克雷布斯为什么叫他上尉?他们如此野蛮地对待她,就是由于那黑本子上的数据被她看到了。为什么他们不愿意让那些数据被人看见呢?

90度,90度。"90度"在她脑海里反复地翻腾着。

90度的偏差。照这样说来,自己所得出的数据与北海上八十英里远的目标是完全吻合的,她的数据一直都是对的。既然这样,那么德拉克斯所得出的数据呢?目标从北海上向左再偏移90度?离多佛尔十八英里的话,那地方恰好就是英国本土。没错,就是那里。根据德拉克斯的数据——那小黑本上的发射计划,正好是将"探月号"发射到伦敦中部。

要飞向伦敦！要击中伦敦！

这真是出乎意料，太让人不敢相信了。简直就是要人的命！

对了，再仔细琢磨琢磨。想必这些仪器就是一套雷达自动导航装置，与北海打捞船上的装置没有什么不同，其功能想必也差不多。他们的确很会使计策，他们企图利用这部装置将导弹引到距离这白金汉宫仅100多码的地方。那么，装满仪器的那个弹头又是做什么用的呢？

可能是刚才德拉克斯那一记恶狠狠的耳光把她打得有些头晕，然而此刻，她已经彻底醒悟了。那并非是一个实验弹头，而是一个真正的核弹头，一颗真正的原子弹。

原来，德拉克斯根本就不是什么英国的大救星，而是一个事实上的死对头，他要在明天中午将伦敦摧毁！

那个尖尖的弹头，明天将穿过此屋的房顶，并且在穿过这椅子之后钻进地面，迅猛得犹如晴天霹雳一样。

到时候火光一闪，会有一团蘑菇云升到空中，街上来来往往拥挤的人群、雄伟的白金汉宫、公园中悠闲的人们、林中欢快的小鸟，一切的一切，都将在这火光一闪中化为乌有，消失殆尽。

第十九章
夜 色 追 踪

现在的时间已经是七点三刻。在伦敦,邦德坐在一家自己最喜爱的餐馆里,他早就已经订好了一张两座的餐桌。他此刻正在喝掺有柠檬的伏特加马提尼酒,这已经是第二杯了,他目光关注着皮卡迪利街上穿梭来往的人群和车流。

邦德一边喝酒一边思考着,为什么加娜·布兰德到现在还不出现呢,这似乎并不像她一直以来的作风。就算她此刻依然待在伦敦警察局,她也肯定会打个电话来的。下午五点邦德去见瓦兰斯时,听他说在六点钟加娜·布兰德将要来见他。

瓦兰斯是个急性子人,他早就焦急地等着要见她。当邦德将"探月号"的安全问题简单明了地汇报上去后,瓦兰斯一副似听非听的样子,而他的脑子里却在思考着另一件怪异的事情。

不清楚是什么原因,一股疯狂抛售英国货币的旋风突然在今天刮起来,最初始于在丹吉尔,之后一直蔓延到苏黎世与纽约。在国际金融市场中英镑的价格波动非常剧烈,那些套汇商趁此机会发了一大笔横财。最后竟然使得英镑在当日贬值三分,并且英镑的汇率还有继续下降的可能,这消息自然成了各家晚报的头版新闻。瓦兰斯从商务部那里了解到,此次带头刮起抛售英镑旋风的是丹吉尔德拉克斯金属股份有限公司,这家公司现在已经停业了，企图将两亿英镑全部抛出。金融市场肯定是承受不住这一沉重负荷的。因此英国银行为防止英镑继续下跌，就只有插手将所有的货币全部买下。

商务部想查清楚这到底是怎么回事。究竟是他们公司的股东第一时间在抛售英镑还是德拉克斯自己在抛售？他们向瓦兰斯了解情况。瓦兰斯凭直觉认为有可能是"探月号"的发射会失败，而德拉克斯非常清楚这一点，因而他打算趁早捞点儿便宜，但军需部对他的这种观点并不认可。他们认为，不能毫无根据地判定"探月号"的发射将会失败。就算这次试飞失败，那也可能仅仅是机械出了一些小小的故障。不管"探月号"是否会发射成功，都没有对英国的商业资金形成冲击的理由。他们不希望让首相知道这件事。德拉克斯公司是个非常冗杂的商业组织，或许他们的这些举措不过是出于商业的原因，与军需部或者"探月号"不存在任何的联系，并且在明天正午"探月号"将会按照原定计划准时发射。

瓦兰斯认为这种解释也不能说没有道理，但他仍然感到非常焦虑。他讨厌神秘，邦德对这一点非常赞赏。邦德认为，此刻最关键的是问问加娜·布兰德有没有见过丹吉尔方面的电传；如果见过的话，德拉克斯的反应是怎样的。

邦德记起加娜·布兰德似乎同他说起过此事，他告诉了瓦兰斯。他们又谈了一小会儿之后，邦德同瓦兰斯辞别，接着就到总部去见局长。

局长对邦德所说的一切都极为感兴趣，即便是那些大光头以及小胡子。当邦德向局长汇报刚才同瓦兰斯谈话的梗概后，局长询问得非常详细。之后他默不作声地坐在那里，凝神思考着。

"007，"他总算开口说话了，"我认为这里边一定是有什么问题，肯定有什么大事要发生了，只是我现在还无法弄清楚具体是什么大事，也不清楚到底应该从哪里开始进行干预。我用不着再告诉特工处和部里了,他们都已经知道这些消息了。如果我将这消息告诉首相本人,恐怕这会对瓦兰斯不利。何况我又能跟他说些什么呢?我能列举出什么事实吗?能分析这背后的阴谋诡计吗?当然都不可能。但我总感觉这些事情里面有股味道,有股非常糟糕的味道,"他继续补充道,"那是一股非常浓烈的火药的味道。"

他瞅了一眼邦德,眼里流露出难得一见的紧张神情:"看来这事只得靠你和那姑娘了。她的确很出色,你真够走运的。你还有什么需要的吗?需要我为你做些什么事情吗?"

"不需要了,先生,谢谢。"邦德说,紧接着他穿过那条非常熟悉的过道,乘着电梯回到自己的办公室,先是吻了一下他的秘书,之后跟她道声晚安。邦德只有在圣诞节、在她的生日,或者在极其危险的行动之前,才会吻她。

剩下的马提尼酒,邦德一口饮尽,瞅瞅时间,已经到了八点钟了。他突然感觉到有什么不对劲的地方,就从餐桌旁猛地站起身来,大步朝着电话间走去。

伦敦警察厅的接线员跟他说瓦兰斯现在正在四处找他。他现在很可能正在大厦饭店吃晚饭,还转告邦德,叫他千万不要挂断电话,要等他回来。邦德非常焦急地等待着,他感到一阵阵恐惧。

瓦兰斯在电话里尖声跟他说道:"是你吗?邦德,我是瓦兰斯,你是否见到了加娜·布兰德小姐?"

邦德感到浑身一阵发冷:"没见到。她六点来见你了吗?"

"她没来。我早就已经派人到她以前到伦敦时经常住的地方去找过了,可是任何发现都没有。她的朋友都称自己根本就没有见过她。假如在两点半她准时坐上德拉克斯的车出发的话,那么四点半她就应该已经到了伦敦了。多佛尔一带在今天下午并未发生任何车祸。防空部队以及皇家装甲兵那里也没有收到任何消息。"他稍稍停顿了一下,"你给我听好了,"瓦兰斯显出特别着急的语气,"要知道她确实是位好姑娘,我决不允许她出任何意外,你能否帮我这个忙?我不能够公开登报寻找她,因为这个时候整个唐宁街正在为明天的导弹试飞拟订新闻公报,明天的全部报纸所登的都将是有关'探月号'的消息,并且首相还将要在电视上发表讲话。如果在报上出现寻找她的启示的话,那无疑将会使这一切被扰乱。明天就是最为重要的一天了,我想那姑娘肯定是掌握了什么情况,并且还是非常重要的情况,我们一定要将她找到。嗯,你跟我说什么?这事由你来办?那真是太好了。我将为你提供所有可能的援助。我已经向值班军官作了通知,命令他听从你的调遣。"

"请别着急,"邦德说,"这件事我会想办法处理好的,"他停了一下接着说,"对了,请你告诉我,德拉克斯有什么新的动静吗?"

"七点钟他并没有到部里,"瓦兰斯回答说,"我留下话……"此时一阵"呜呜"的噪声从电话里传出来,然后邦德听到瓦兰斯不知对谁说了一句"谢谢",又马上回到电话上来。"就在刚才市警察局将一份报告送了过来,称今晚十九点雨果爵士将会到达部里,然后二十点从部里离开,另外,还留下话,说可能会去长剑俱乐部吃饭,之后大概二十三点返回基地。"瓦兰斯又说,"意思也就是说他要等到九点钟才会离开伦敦。"他又接着念起来,"雨果爵士说在赶赴伦敦的路上加娜·布兰德小姐称身体不太舒服,所以按照她本人的要求于今天下午十六点四十五分在维多利亚下了车。说是要去她的一个朋友家,但那个朋友的地址不详。本来是说好了要在十九点打电话到部里寻找雨果爵士的,但电话迟迟都没有来。"瓦兰斯继续说,"对了,上面同时还介绍了你那边的情况,说你本来约好和她六点见面,然而她还是没准时出现。"

"好的,"邦德的思路现在已经转移到其他地方去了,"这份报告并不能为我们帮上什么忙，我现在就得马上行动。另外，还有一件事，就是德拉克斯在伦敦有房子吗，比如像公寓之类的地方？"

"他经常住雷兹·诺瓦德斯。不过在他搬到多佛尔之后就卖掉了格罗夫诺广场的房子。同时，碰巧我们还了解到在厄布里大街他还有一处住所。我们的人曾经去过那里，不过屋子里并没有人，据我部下所说那房子总是锁着，不见有人来住，房子的地址就在白金汉宫的后面，倒很可能是他放置什么宝贝的地方啊，里面极为安静。那么还有什么其他的事吗？我现在要马上回去了，不然的话那些高级官员还以为是'御宝'被盗了呢。"

"那你赶紧去。放心吧，我一定会竭尽全力的。假如遇上什么麻烦的话，我一定会请你的人来帮我的忙的。如果说听不到我的消息的话，也请千万不要担心。那好吧，再见。"

"再见，"瓦兰斯也终于长长地松了一口气，"那我要多谢你了，祝你成功。"

邦德将电话挂断，之后再次拿起听筒，打电话给长剑俱乐部。"这里是军需部，"他说，"请问雨果爵士在夜总会吗？"

"是的，在这里，先生，"对方非常客气地回答他说，"他现在正在餐厅里用餐，请问您是想和他说话吗？"

"不需要，非常感谢。我只是想弄清楚他是否已经去了。"

邦德随随便便地胡乱吃了些东西，勉强填饱肚子，然后离开饭店。他离开饭店时表上显示的是八点四十五分。

他的车就在门外停着。邦德冲那位总部来的司机说了声晚安，然后自己迅速驱车开向圣·詹姆士大街。

在一排出租车中间他把自己的车停下来，之后他将一张晚报取出来，用报纸遮住自己的脸部，仅仅露出双眼死死地盯着停靠在胡园林街上德拉克斯那辆白色的梅塞德斯车。

邦德并未等多长时间。突然间，一道黄光在长剑俱乐部门口一闪，就见德拉克斯那高大的身影从门口大摇大摆地走了出来。他上身穿一件又厚又宽大的外套，他的衣领上翻着，将两只耳朵遮住，他头上的那顶帽子压得非常低。他匆匆忙忙地钻进自己那辆白色的梅塞德斯，将车门"砰"的一声迅速关上了，然后他朝着圣·詹姆士的左手方向开去，接着来了一个急刹车之后，就迅速掉头向圣·詹姆士宫的方向疾驰而去。跑得真有速度，邦德暗自想着。德拉克斯的车此时早已从白金汉宫旁的雕像边驶过。邦德将自己那辆宾利车挂上第三挡，在其后紧跟不放。跟过了白金汉宫的大门之后，似乎就到了厄布里大街。邦德眼睛盯住那辆白色的汽车，心里却始终不停地盘算着。车子开到了格罗夫诺广场之后，顺着绿灯德拉克斯未作任何停留直接闯了过去，而邦德的车却恰巧被红灯拦住了。等到他冲过去时，正好看到德拉克斯的车拐向厄布里街头，将车子停在了那幢房子前。邦德将车子加速赶到拐角处，但只是将车停住，却并没有将引擎关掉，他纵身一跃从车里跳出来，往厄布里大街的方向走了几步。此刻他听到梅塞德斯车发出了两声非常清脆的喇叭声，他立即躲到街角里，只见克雷布斯此刻正搀扶着一位全身包裹着的姑娘鬼鬼祟祟地走过人行道。梅塞德斯车门"砰"地响过之后，德拉克斯就又驾着车朝前方驶去。

邦德立马跑回自己的车，动作迅速地将车速推到第三挡，跟着追去。

真是谢天谢地，多亏那辆梅塞德斯车是白色的，并且在十字路口处它的尾灯又隐约地闪起来，同时前灯也射出几束强烈的光柱，喇叭声响得急促，这一切对于邦德的追踪来说的确是提供了很多的便利。

邦德咬紧牙，他的全部精神都集中在驾驶上。为了使自己不至于暴露，他连前灯都不敢开，也坚持不按喇叭，车子的行动全都依靠着方向盘、离合器以及油门来控制，只希望向前疾驶的过程中不要出什么车祸才好。

　　车上那两英尺长的排气管不断地在两旁发出难听的阵阵轰鸣声，轮胎在与柏油路的摩擦中尖叫着，不过幸运的是这是他刚刚换的新的米什兰轮胎，才用了还不到一周的时间。假如能开车灯的话就好了。他运气不是很好，经常会碰上红灯或者黄灯，而德拉克斯却常常能赶上绿灯。现在已经能够看到切尔西大桥了，这似乎是多佛尔南环圈上的公路。他到底能不能在A20号公路上追上梅塞德斯呢？德拉克斯的车上坐有两个人，很可能他的车已经整修过，那辆车转弯时比邦德的车强多了。邦德踩着刹车板，又按了一声喇叭，就如同一个着急赶着回家的出租车司机一样，他先是绕到右边，然后又猛地再转向左边。当他开车疾驰而过时，一声声骂人的吼叫从他的耳旁传来。

　　当开到克拉珀姆·康芒时，那辆白色的车在树下隐约可见。在这段比较安全的路上邦德已经将时速加到了80英里，突然前面亮了红灯，那红灯正好拦住了德拉克斯的车。邦德将车减速，慢慢地靠上去，已经到了50码，40码，30码，20码。不凑巧的是此时绿灯亮了，德拉克斯的车迅猛地冲过十字路口，再次疯狂地向前驰去。邦德已经能够看到克雷布斯就在德拉克斯的旁边坐着，但并没有发现加娜·布兰德的影子，不过在后排车座上倒是有一床厚厚的毛毯。

　　此时的邦德已经能够完全肯定，加娜绝非是病了，因为没有哪个正常人会把一个生着病的姑娘像土豆一样装在车里到处乱跑，更不可能将车开到那么快的速度。那么，照这样推断的话，她一定是出了什么事儿了。到底是为什么？她到底做了什么事？或许是她发现了他们的什么秘密？真该死！究竟出了什么事？

　　这些如同乱麻一样的问题在他的脑海里不停地翻腾，就好像一只多嘴多舌的秃鹫站在他的肩头上，不停地在他的耳朵旁指责他："真笨！

你真笨！"本来经历了长剑俱乐部的那一晚之后，邦德心里就应该清楚德拉克斯是一个极其危险凶狠的人物，他本应该有所警觉。泰伦那航海图上的指纹、布雷克斯数次潜入自己房间搜查、崖壁突然间崩裂，想必这一切都是德拉克斯主使的。他必须采取什么行动，但是到底应该采取怎样的行动呢？除了将德拉克斯干掉之外他还能够再采取什么行动呢？现在该采取些什么行动呢？到底应不应该停下车来给伦敦警察厅那边挂个电话呢？但如果自己那样做的话，那就追不上德拉克斯的车了。他清楚加娜·布兰德肯定是被绑架在车里了，或许德拉克斯是打算在通往多弗尔的路上将加娜·布兰德干掉。假如他的车子能够赶得上德拉克斯那辆车的话，那就很有可能阻止这不幸事件的发生。

邦德在紧急刹车的尖叫声中，迅猛地驱车离开南环圈，很快向着A20号公路疾驰而去。他曾对局长及瓦兰斯做过保证，一定会竭尽全力弄清楚这件事。既然他已经答应了那就一定要将这件事情做好。

他至少可以先追上那辆梅塞德斯，然后用手枪将那辆车的轮胎打破，最后假如有必要的话，再向他们道歉，看来只能这么做了，邦德默默地对自己说。

他将车子减速又开了车灯，然后从挡风板下的盒子里将一副漂亮的护目风镜取出来，戴在眼睛上。

之后他伸出左手来将挡风玻璃上的一个大螺丝拧松，再腾出右手来将左边的螺丝也拧松，当他将挡风玻璃放平到发动机罩上之后，再拧紧螺丝。此时邦德开始将汽车加速。

此时的车速已经上了90英里，耳朵边呼呼的风啸声响了起来，增压器也在不住地尖叫着。

梅塞德斯就在前方大约一英里远的地方，它翻过鲁特姆山岗，渐渐消失在月光下茫茫的肯特旷野里。

第二十章
暗 箭 伤 人

虚弱无力的加娜·布兰德这时承受着三种痛苦的煎熬,分别是左耳后的刺痛、两只手腕被勒得绞痛以及脚踝四周的擦伤。但凡路上遇到颠簸、刹车或者加速的情况,疼痛就会变得更加剧烈。她只有让自己的身体紧紧贴着后排座位才会感觉稍好一点儿。不过还好那里的空间已经足够让她尽量蜷缩着身体,从而使自己被打肿的那张脸不至于撞在那坚硬的猪皮制的车壁上。那新坐垫刺鼻的皮革味儿、排气管里排出的让人反胃的烟味儿以及轮胎飞速转动时所发出的橡胶味儿掺和在一起,弥漫在车厢里。

然而,对于她此刻的心情来说,所有这些肉体的痛苦已经不算什么了,使她最感到痛苦的是克雷布斯带给她的惩罚。当然,还有其他比较重要的事情。德拉克斯一直掩饰着的秘密,他对英国的刻骨仇恨,他企图用导弹将整个伦敦摧毁的恐怖行动,他那标准地道的德语,那尖尖的导弹头的秘密,应该如何拯救整个伦敦,所有这些问题在她的脑海里不停地翻腾着。

今天下午与克雷布斯在一起时所经历的那可怕的情景再次浮现在她的眼前,她现在一想起来心里就感到钻心般的痛苦。

当德拉克斯离开那间屋子后,她依旧装着昏迷不醒。开始的时候,克雷布斯还能够全神贯注地摆弄那几台机器,同时操着一口纯正的德语时不时地对它们说:"这儿,我最亲爱的,你这样不就乖了吗?来,让我来给你加一滴油,我亲亲的小乖乖,我肯定会给你的。赶快转起来呀,赶快转呀,你这懒骨头,我跟你说过要让你转一千次,而并非九百次。重来,再重新来一次,转啊,转。这样就对了,我亲爱的宝贝,让我来擦擦你那漂亮的脸蛋,以便看清楚你那小表上到底说的是什么?哦,耶稣、玛丽亚,你的确不愧是一个勇敢的孩子!"

他停了一会儿之后,慢慢走到加娜·布兰德的面前,然后他搓搓自己的鼻子,又舔了舔牙齿,显出一副贪婪而又恐怖的样子。他在那里越站越久,甚至于都忘记了周围正在运转着的机器,他最后终于在迷惘中定下神来。

这时,加娜·布兰德感觉到克雷布斯的手正在慢慢解开自己上衣的纽扣。她无法继续再装昏迷了。伴随着自己身体的本能的反抗,她轻轻呻吟了一声,就像是才苏醒过来似的。

加娜·布兰德跟他要水喝。克雷布斯就迅速走进了浴室,拿了一个漱口杯为她倒了一杯水。然后一把拉过椅子,分开双腿弯下腰来在椅子上坐着,将下巴靠在椅子的靠背上,将他那苍白的眼睑垂下来,用那双色眯眯的眼睛瞟她。

加娜首先将这沉默打破:"为何要带我到这儿来?这些机器到底是用来做什么的?"

克雷布斯将他那带着一撮小胡子的红嘴巴张开,舔舔干裂的嘴唇,之后露出了一丝淫笑:"这个地方是引诱小鸟的诱饵。很快它就要引诱一只小鸟,让它回到它那个温暖的家里,并且那小鸟将会生下一个蛋,哦,那是一个很大很圆的蛋。"他兴奋地大笑起来,同时下巴跟着抽动着,眼睛阴险地眨个不停,"所以带一个美丽的姑娘来到这儿,不然的话她很可能会将那只鸟吓飞的。"最后他又骂了一句,"你这个肮脏的英国臭娘儿们！"

欲火中烧的克雷布斯将椅子挪到近前，距离加娜·布兰德的脸只有一英尺之远："你到底是为谁服务的？"加娜·布兰德几乎能够闻到他身上散发出来的难闻的味道，"你这个英国臭娘儿们，告诉我谁是你的头儿？"过了一会儿，他又接着说，"赶紧说，你知道吗！"他又色眯眯地说，"只有我们两个人在这里，不会有人听见你尖叫的。"

"你别乱来，"加娜·布兰德显得绝望地说，"我只为雨果爵士工作，除了雨果爵士之外我还能为谁工作？我不过是对那份飞行计划感到非常好奇罢了……"她接着解释她的数据与德拉克斯的数据，表明她是非常盼望着能够跟他们一同分享"探月号"发射成功的喜悦的。

"既然这样，那么咱们就再试一次，"克雷布斯在听完她的话之后轻声地说，"相信你一定可以比那次做得更让人感到满意。"他那双淫邪的眼睛里突然闪出残酷的凶光，那双干瘦的手从椅子后面向她伸过来……

加娜·布兰德在猛烈颠簸着的梅塞德斯后排座上躺着，她的牙齿紧紧咬着皮垫小声地啜泣起来。她依然能够清晰地记得克雷布斯那双毛茸茸的手胡乱在她的身上摸来摸去，他的眼睛则如同喷火一样死死地瞪着她，最后实在让她无法忍受，就朝着他的脸上用力地唾了一口。

那该死的家伙甚至连擦都没擦。他突然间真的刺痛了她，她尖叫一声之后昏倒过去。

之后，她感到自己被放在车后，有一床毛毯盖在上面。此刻他们正在向着伦敦街上的方向行驶，她能够听到附近的汽车声，能够听到周围刹车时的尖啸声。她感到自己再次回到了这个真实的世界，那些英国人，她的朋友们，就在她的周围。这时的她，拼命地想要站起身来，她的嘴里发疯地尖叫着，然而克雷布斯已经感觉到她在不停地动，就用双手猛然按住她的腿，又用结实的皮带扎起，然后在车内的横挡上扣起来。

大约过了半小时左右，从减慢的车速以及外面的车辆声中，加娜判断出，假如是要带她回基地的话，那么此刻应该是到了梅德斯通。突然，在行进的途中，她听到克雷布斯焦急地说："上尉，我发现有辆车在后面已经跟踪我们很长时间了，并且那辆车一般是不开前灯的，现在它距离我们大概只有一百多米远，想必就是邦德那家伙的车子。"德拉克斯听完后大吃一惊，他嘀咕着，加娜·布兰德感到他一定是转过身来朝车后看了一眼。

他狂妄地骂起来，然后一切很快又归于沉寂。她清楚地感觉到车子在转弯，路上并未听到其余车辆行驶的声音。"没错，就这么干！"德拉克斯操着满口德语说，"真是想不到他那辆破车竟然还能够跑得动。我亲爱的克雷布斯，这下可是有好戏看了。他似乎只有一个人。"他张开嘴放声大笑着，"那么就让我们来和他进行一场比赛。假如他能够活下来的话，那么我们就把他连同那娘儿们一起装进袋里。赶紧把收音机打开，我们很快就能够了解到是否出了什么纰漏。"

接着，静电干扰声噼噼啪啪地传来，之后听到了首相说话的声音。德拉克斯将车速调到三挡，以飞快的速度开出梅德斯通。收音机里的声音时断时续地传来："……武器乃是人类智慧的结晶……将会朝着一千英里的太空飞去……地区将会由皇家海军负责巡逻……为保卫我们伟大的祖国而设计制造……为了维护和平……它是人类飞出地球走向太空的伟大创举……雨果·德拉克斯爵士，一位伟大的爱国者，同时也是一位无私的捐助者……"

加娜听到德拉克斯在一阵肆无忌惮的狂笑之后就把收音机关上了。

"詹姆斯，"加娜·布兰德在心里默默地说，"所有的一切只有靠你自己了，一定要小心啊，速度越快越好。"

邦德的脸上已经挂满了尘土，并且由于还时不时地会遭受迎面扑来的苍蝇、飞蛾的困扰，他只有间断地腾出一只手来清理脸上的东西。宾利跑得的确不错，它就在梅塞德斯的后面紧紧跟随，因此并没有让它逃脱掉。

当他即将赶到利兹城堡的门洞时，他的时速已经达到了95英里，真可谓算是风驰电掣了。在他的后面突然闪出了两道强烈的光柱，一阵喇叭声在他的耳边嘀嘀不停地乱叫。

真是难以置信，这路上居然还奇迹般地有第三辆车出现。自打离开伦敦市区开始，邦德就再没有去瞅车上的反光镜。他觉得如果不是有人追踪或是不要命地驾驶的话，根本不可能会再有车追上他们。邦德感到心中一阵惊慌失措，他将自己的车子本能地拐到左边，然后他的眼角斜瞟着那辆跟上来的车。那是一辆小车，红色，它与邦德的车一块儿并行了一会儿之后，就飞快地超了过去，速度大约又加了10英里。邦德迅速瞅了一眼那辆车子，那是辆阿塔波二型车。

那辆车上只坐着一位穿着衬衣的年轻人，他擦过时朝着邦德挥了挥手，咧嘴笑着，显出一副扬扬自得的样子。那辆车上的增压器不停地呜呜叫着，排气管如同一挺疯狂怒吼的格林机枪，它的变速器也发出令人恐怖的轰鸣声。

邦德表示非常佩服地笑了笑，同时也朝那位年轻人招招手。恐怕他的这辆阿塔波车与自己的这辆宾利车年岁应该差不多吧，可能是32年的，要么就是33年的，邦德心想。或许这应该是附近皇家空军站里的某辆旧车改装而成的高速车吧，很可能那小子是在外面狂欢之后忙着赶回去报到的。他眼巴巴地看着前面那辆飞驰的阿塔波绕过利兹城堡的弯道，飞奔向前方的那个岔道口。

邦德想象着当那小子追上德拉克斯时脸上表现出的那得意的笑："哦，天哪，这竟然是辆梅塞德斯。"而德拉克斯在狂怒之下，将很有可能把车速加到150英里。只希望这个傻瓜不要开出车道。他瞅着两车的尾灯慢慢靠近,那个阿塔波车中的小伙子再次故伎重演,他将前灯突然打开企图找机会超车。

估计在四百码左右的地方,阿塔波车所射出的强烈的光柱使前面那辆白色的梅塞德斯显得格外耀眼,估计还有一英里长的笔直大道在前面。邦德似乎觉得那小伙子的脚已经踏在刹车上了。小伙子,真是好样的!

克雷布斯用手把嘴护住,仅仅把嘴凑到德拉克斯的耳边费力地叫道:"现在又出现一部车,不过看不清他的脸,他现在正打算超车。"

德拉克斯愤恨地大声骂了一句,他咬牙切齿地说:"教训教训这个蠢货。"他双手稳稳地握住方向盘,又用眼角斜瞟着后面的阿塔波车渐渐靠了上来,嘟嘟不停地按着喇叭。

德拉克斯将手中的方向盘故意朝右边稍稍一打,就听见了一阵非常可怕的金属撞击声,接着他又转回方向盘,将尾部调正。

"干得不错,真是好极了!"克雷布斯不停地大声尖叫着,一面兴致勃勃地跪在坐椅上向后面张望。"那辆车翻了两番,又朝着路基的方向栽下去,它一定是烧起来了。看啊,已经冒烟了。正好让它给我们后面那位可爱的邦德先生做个榜样。"德拉克斯显出一副自高自大的得意模样。

但是,邦德那张严肃的脸绷得很紧,他丝毫未将车速减慢下来,而是依然朝着梅塞德斯的方向飞快地追去。那幕惨剧他的确看得非常清楚,那辆飞驰的红车先是向着前方翻了一两圈,之后里面的司机四脚朝天地从座位上飞了出来,嘴里惨痛地号叫着,最后汽车"轰"的一声冲过路基,栽进路边的田里。当他经过时,能看见路上那一道道刹车的痕迹。那辆小汽车栽进田里之后,它的喇叭依然对着夜空不断地哀鸣着,似乎是仍然在为阿塔波车鸣锣开道而尽自己最大的责任。"叭叭……叭叭……"

邦德并未表现出任何恐惧。而是相反,他的思绪全神贯注在德拉克斯的身上。德拉克斯刚才的这种谋杀罪行他已经亲眼看到。无论他的动机是什么，至少这能够表明他已经公开向自己挑战了，这一举动使得很多疑点都被解开了。不用说，罪魁祸首就是德拉克斯，他就是一个杀人狂。同时，他的疯狂行为也已经能够证明，"探月号"导弹是一个非常危险的东西。这一举动已经能够充分说明一切。他将自己的手伸到挡板深处，摸出一支科尔特专用手枪45口径，接着，他把那支枪放在身旁的座椅上。现在既然战幕已经拉开，那也就不必再有那么多的顾虑了。不管怎样最要紧的是要想办法让梅塞德斯车停下来。

德拉克斯驾车在前面不远处的岔路口拐向左边，那辆车开始向坡上爬。在梅塞德斯车灯强烈光线的照射下，一辆波沃特公司的八轮载重车就在它的前方，它正朝着一急转弯拐去。有十四吨新闻纸装在那辆车上，它正向肯特东部的一家报社连夜奔去。

看见这辆长长的载重车，德拉克斯嘀嘀咕咕地叫骂起来，因为有二十捆大卷纸在那车上装着，它们被紧紧地绑在车头后面的平台上，行驶在弯道上的那辆载重车吃力地爬向山上。

他在反光镜里看了看后面的情况，那辆宾利车现在已经驶上了岔道口。德拉克斯这时突然想到了办法。

"克雷布斯，把刀拿出来。"然后就听见"咔嗒"一声的开关响，克雷布斯迅速将那把匕首握在手中。主子的声色让他明白自己根本就没有询问的理由。

"我先在前面那辆大车后把车速放慢，你再把你所穿的鞋子和袜子全部都脱掉爬上引擎盖，等我把车子靠上前面那辆大车之后你就立马跳过去，然后再将上面的绳子割断，先割左边的绳子，再割右边的。等我的车子与那辆大车差不多平行时，你再从那上面跳回到车上。不过千万注意不要把上面的纸卷一同带下来。听懂了吧？好，就这样，那么祝你成功。"

德拉克斯这时将前灯关掉，又以 80 英里的速度前行，绕过了那条弯道。距离前面那辆大卡车仅剩 20 码远时，德拉克斯脚下紧紧踩着刹车，他生怕碰到那辆卡车的尾部。他让车继续向前滑了一段，此时，梅塞德斯车上的水箱差不多已经处于那辆载重车的平台之下。

德拉克斯将车速转换到二挡，稳住车子，接着对克雷布斯大声叫道："跳！"克雷布斯果真光着脚，战战兢兢地爬上引擎盖，那把匕首一直在手里握着。

克雷布斯猛地纵身一跳，很顺利地跃上那辆大车，将左边的绳子割断。德拉克斯又将车头拨到右边，与那辆载重车的后轮并行前进，从卡车的排气管里排出的浓浓的废气迎面向他扑过来。

邦德的车灯此时在那个弯道处闪烁着。

卡车上左边的那排纸卷很快就砰砰地掉落在路面上，在黑暗之中胡乱地打着滚儿。右边的绳子也接着被割断了。同样地，那纸卷一个接一个前赴后继地沿着马路不停地滚落下来，那滚落在地的声音如同山崩一样。

那卡车由于重量减轻，跑得更快了，德拉克斯唯有继续加速，这样才能够接应克雷布斯。克雷布斯跳回小车，他身体的一半压在加娜·布兰德的身上，另一半则靠在前座上。

德拉克斯用力踩了一下油门，只见车子如同箭一般地飞速向前冲去，卡车司机的叫骂声从耳边传来。

德拉克斯在开到第二个转弯处时，朝着后面看了一眼，瞅见两束光柱在后面先是越过树顶直射夜空，然后很剧烈地摇晃几下，接着在夜空中一转即逝。

德拉克斯得意忘形地一阵狂笑，朝着那夜空中闪烁的群星兴致勃勃地张望，他的车速也开始减慢，就如同是在暗夜里闲游一般。

第二十一章
身 陷 罗 网

德拉克斯的狂笑刚刚止住,就听见克雷布斯一阵"咯咯"的谄媚的笑:"上尉,这一招真是太妙了,只是很可惜没能看到他们在山底下粉身碎骨的样子。那辆爆炸的车可真是绝啊,就如同巨人的便纸一样。这一辆肯定也会被炸成一团的,当那辆车正拐过弯,迎头却碰上那些滚下去的纸卷,或许他还以为是山崩呢。驾驶员的那张脸你看见了吗?实在是令人作呕!波沃特公司!他们真是上演了一场非常绝妙的追逐游戏。"

"你的确干得非常漂亮。"德拉克斯毫不在意地说,他的脑子里正想着其他事情。

他突然间"嘎"的一声在路边停下来,并开始把车头掉转过来。

"他妈的,"他愤怒地说,"我们不能把那小子一个人丢在那里。假如他并没有死的话,那我们就把他弄到车上来。拿着枪。"德拉克斯大声命令道。

他们开着车经过停在山顶的那辆大货车的旁边时,并没有发现司机的影子。德拉克斯思考着:很可能司机是去给公司打电话了。当他们来到第一个弯道时,看见有两三幢房子的灯仍然亮着,还有一群人围在那里相互议论。其中一个纸卷撞破了一家的门,还有很多的大新闻纸卷就摆在公路的右边,左边还有一根电线杆拦腰被撞,那电线杆如同喝醉了酒一样偏倒在公路的一边；情况在第二个弯道处显得更加糟糕。纸片在公路上横七竖八地撒了一地，就如同一场刚刚散场的盛大的化装舞会一样，白花花地一直铺到山下。

那辆宾利车差不多已经冲出了弯道右边沿河岸所设立的栏杆，在绞成一团的铁栅栏中那车头正朝下挂着，在它撞断的后轴上还挂着一只轮子，那轮子悬在尾部上方犹如一把超现实主义画家笔下的雨伞一样。

德拉克斯停下车后与克雷布斯一同走下车，静静地站在路上仔细听着动静。

除了汽车奔驰在远处的声音以及蟋蟀叽叽的不知疲倦的声音之外，四周寂静无声。

他们将手枪掏出来，脚下踩着碎玻璃，小心翼翼地走到不远处那辆宾利轿车的残体前。一条深深的沟痕留在草地上，空气中充满了橡胶燃烧的焦臭味儿以及难闻的汽油味儿。噼啪噼啪的爆裂声不停地从烧烫的车身发出来，同时大量蒸汽从撞坏的散热器里冒出来。

邦德脑袋冲下躺在距离那辆车差不多20英尺远的河堤下面。克雷布斯将他的身体翻过来。邦德的脸已是血肉模糊，但仍然在喘气。他们两人在他身上仔细地搜查了一遍，搜出一只布莱特手枪，德拉克斯立马将那支手枪放进衣袋里。之后，他们两人合力把邦德拖过公路，又费力地将他抬到梅塞德斯车的后座上，他的半个身子沉重地压在加娜·布兰德身上。

当加娜·布兰德认出压在她身上的人是谁后，她惊讶得叫出了声。

"给我住嘴。"德拉克斯大声怒吼着。接着他回到自己的驾驶座上，再次将汽车发动。坐在前排弯着腰的克雷布斯手里正在摆弄一根长长的电线。"我不希望出现什么差错，所以你最好给我捆结实些。"德拉克斯思考了一下之后又继续补充说，"我在路这儿给你把风，你立即去摘下那破车上的牌照,赶紧的,动作迅速点儿。"

克雷布斯拉起那条毛毯将两个挤在一起的身体严严实实地蒙住,之后迅速跳下车。没用多长时间他就将车牌带回来了。他们的轿车刚要开动,就看见一群焦躁不安的当地人出现在下山的路上。他们每人的手中都拿着一支火把,火光照着出事的地方。

想象着自己所制造的这么一个难收拾的烂摊子让那些笨拙的英国人来收拾,克雷布斯就兴奋得手舞足蹈。在这段他最喜欢的路上,他可以尽情地欣赏两边迷人的美景。

梅塞德斯的那两个明亮的大前灯照亮了那一棵棵如同绿色火把的幼树,这令德拉克斯想起了阿登美丽繁茂的森林,想起了他为之效劳的那伙纳粹朋友。他激动地想:那让他花费了大半生的心血所期盼的这一天终于快到了。他很快就要与年轻的克雷布斯一起站在人群中,周围将会是一片欢呼庆贺,人山人海,他们将会荣获奖章、女人、鲜花和掌声。望着车窗外一闪而过的风铃草,他感到既温馨又惬意。

虚弱的加娜·布兰德能够嗅到在她一旁的邦德身上的血腥味儿,他那张贴在皮坐垫上的脸紧紧地挨着她的脸。

她缓缓移动了一下身子,尽量给邦德让出更多的地方。他的呼吸急促而杂乱无序。加娜·布兰德担心他伤得比较严重。她轻轻地凑在他耳边小声地呼唤,没有得到任何反应。于是她只有再把嗓门儿提高一点儿。

这时候邦德开始小声地呻吟,他的呼吸也开始加快。

"詹姆斯,詹姆斯。"她焦急地小声耳语着。邦德嘴里喃喃地说了几句。于是,她用自己的肩头重重地推了他几下。他咕哝着几句脏话,身体用力起伏着,之后再次静静地躺在那里。加娜·布兰德感到他在努力使自己恢复知觉。

"没错,就是我,加娜·布兰德。"她明显感觉到他稍稍动弹了一下。

"上帝呀！"他说道，"太恐怖了！"

"你还好吧？摔断哪儿没有？"

她再次感到他动了一下手脚。然后他喃喃地说："可能没什么事儿，仅仅是摔了一下脑袋，我没说什么胡话吧？"

"当然没说了，现在你听我说。"加娜·布兰德说着，赶紧把她了解到的一切情况都给他大概叙述了一下，先由那本黑皮本说起。

他听她讲着那难以置信的故事时，身体硬得如同一块板子一样紧紧靠着加娜·布兰德，非常艰难地呼吸着。

梅塞德斯车已开到了坎特伯雷。邦德慢慢凑到加娜·布兰德的耳边，小声地对她说："我必须想办法跳下车去，然后得去打个电话，我想或许这就是我们唯一的希望了。"他努力挣扎着想要跪起来，他身体的重量差不多全部都压在了加娜虚弱疲惫的身上，令她几乎无法喘过气来。

突然，邦德感到有什么东西猛击在自己身上，使他仰面倒在了加娜·布兰德身上。

"要是再乱动的话你们就别想活了。"克雷布斯那让人讨厌的声音从前排座位上传来，他的话音里软中带硬。

估计再有二十分钟就到基地了！加娜·布兰德紧紧咬着牙拼命想要再次弄醒邦德。

可是，邦德刚刚被她弄醒，车子就已经在发射厅的门前停了下来。克雷布斯手里提着枪，麻利地解开了那绑缚着他们的电线。

他们看了一眼那在月光下的水泥门。在被推进那扇水泥门之前他们朝着稍远一点儿站成半圆形的卫兵瞟了一眼。克雷布斯将他们两人所穿的鞋子脱去。他们两人光着脚穿过门就被推进发射厅狭窄的铁制过道。

"探月号"在月光下闪闪发光，那枚气势壮观的导弹依然矗立在那里，显得清白无辜。然而在邦德看来，它就如同一根巨大的皮下注射针一样,很快就有可能插入英国的心脏。

虽然克雷布斯始终不断地在后面疯狂怒吼,催促他们迅速往前走,然而邦德仍然在楼梯上稍作停顿,望着那枚导弹光灿灿的弹头。一百万人很快就会死亡,一百万,一百万……

在他手上,希望上帝保佑!想要制止的话能来得及吗?

克雷布斯用枪逼着他跟在加娜·布兰德身边慢慢地从台阶上走下去。

当他从德拉克斯办公室的房门穿过时,突然从绝望的悲痛中振作起来。他再次变得头脑清醒,不再感到疲惫与痛苦。必须得采取一些措施了,不管怎样,需要想想办法。他的身体与意志已经变得极其敏感,两只眼睛也变得炯炯有神,战斗的情绪再次变得高昂而激越。

德拉克斯慢慢走到前面,坐在他的办公桌旁。一支卢格手枪拿在他的手里,枪口指向邦德与加娜·布兰德中间。

此刻,邦德听到两扇门"砰砰"关上的声音从背后传来。

"勃兰登堡师最出色的射手就是我。克雷布斯,先把她捆到那边的椅子上,之后把他也捆好。"德拉克斯仿佛是在和他交谈,语气非常平淡。

加娜·布兰德看着邦德,眼神里流露出绝望的神色。

"如果你开枪的话,就会点燃那些燃料。"邦德一边说着一边朝桌子的方向慢慢走去。

德拉克斯大声笑了笑,之后用枪口对着邦德的胸口:"英国佬,你太没有记性了,我曾经跟你说过,这间房子是被那两道门隔开的。如果你再往前走一步的话你就别想活命了。"他表情冷漠地说。

邦德望着那双充满信心的、眯缝着的眼睛,停住了脚步不再前走。

"克雷布斯,现在,赶紧上前去。"

他们两人分别被结结实实地捆在离挂着玻璃地图的墙下只有几英尺远的两把钢管椅子上。之后,克雷布斯离开房间出去了。很快,他手里拿着一个机修工所用的喷灯回来了。

他将那个丑陋的东西放到桌上,摇了几下手柄,注进空气,又将一根火柴划着,然后在管口上点了一下。一股大概有两英寸多长的蓝色火焰呼呼喷出来。他手里拿着喷灯,走向加娜·布兰德,停在她的身旁。

"那么,现在,我们不要大惊小怪,来体验一下这个东西。克雷布斯在这方面可是一个专家,我们大家都喜欢叫他刽子手。我到什么时候也不会忘记他是如何对付我们一起所抓住的那个间谍的,我记得那是在莱茵河南边,是不是,克雷布斯?"邦德仔细倾听,表现出高度的警觉。

"没错,上尉,那是一头比利时蠢猪。"克雷布斯一记起陈年往事,就得意非凡。

"好了,好了,你们俩给我记住了,这儿不存在什么对等的条件,也不存在什么令人振奋的运动项目,这并非是在做生意。"声音干脆利落,就如同是一鞭一鞭抽出来的一样。

"你,"他望着加娜·布兰德,"你是为谁工作的?"

加娜·布兰德不予回答。

"克雷布斯,你想怎么样就怎么样。"

克雷布斯的嘴半张着,他的舌头不停地舔在嘴唇上。在向姑娘迈出第一步的时候,他好像觉得呼吸都有些困难了。

细长的蓝色火舌从喷灯里呼呼吐出。

"赶快停下来!她和我都是为伦敦警察厅工作的。"邦德冷漠地回答道,"现在把这些情况跟你们说了也无所谓。因为伦敦警察厅到明天下午就再也不可能存在了。"

"你明白这个道理就好,"德拉克斯说,"那么,到现在为止有没有人知道你们被关起来了?你们有没有留下什么暗记或者打过电话给别的人?"

邦德心想：假如我回答是的话，那么他就会将我们两人立马枪毙，之后再将尸体藏起来。如果这样做的话，就会失去阻止"探月号"发射的最后机会。假如伦敦警察厅已经接到消息的话，那为何直到现在他们仍然没有派人到这里来？不，我们仍然还有机会和希望。那辆宾利汽车一定会被人发现的，瓦兰斯没有我的消息，也一定会设法采取行动的。

"没有。假如我已经通知了别人的话，那么想必他们现在早就该到这儿了。"他回答说。

"那倒是，"德拉克斯思索着说，"如果真是那样的话，对你们我就不会再有什么感兴趣的了，我对你们表示祝贺，因为是你们使谈话进行得如此顺利、融洽。假如是单独只问你一个人的话，或许就不可能这么容易。我认为像目前这种场面来说，对付一位小姐是非常有用处的。克雷布斯，把喷灯放下，你就可以出去了。通知其他的弟兄们去做自己该做的事。我要好好地款待一会儿我的客人，之后再到那间房子去看看。你要记得把车冲洗干净，尤其是车后座，另外，别忘了把车右手边的痕迹全部处理掉。告诉他们假如有必要的话就去掉所有的嵌板，或者干脆就把它彻底烧掉，我们再也用不着它了。明白了吗？"德拉克斯说完话后放声大笑起来。

克雷布斯勉强地把喷灯慢慢放到德拉克斯旁边的桌子上，狠狠瞪了一眼加娜·布兰德和邦德，嘴里说道："是，上尉。你很有可能会用得着它。"他说完之后穿过那两道门走出去了。

德拉克斯将手里那把枪放在他面前的桌上，然后拉开抽屉，抽出一支雪茄来，又从兜里掏出一个龙森台式打火机把烟点燃。他悠然自得地坐在那里抽烟，于是，这房间里安静了几分钟。

最后，他仿佛已经打定了主意，表情和善地望着邦德。

"你不知道我是多么多么需要一位英国听众，"他说话的神情就犹如是在对记者发表讲话一样。"你不清楚我是多么强烈地企图能让别人来听听我的经历,我的故事。实际上,有关我行动的所有详细过程全部都掌握在一些令人尊敬的爱丁堡律师的信封里面。"他边说边打量着两人。

"我已指示他们,那信封只有在'探月号'发射成功之后才能打开。但是,你们两位真该算是幸运儿,能提前知道信封中所记录的所有内容。通过那开着的门你们将会在明天中午看到一切。"他用手指着右边,"你们将会在半秒钟内被涡轮机里第一次喷出来的蒸汽活活烫死。知道这一切之后你们会感到瞬间的满足。"他脸上露出一副狰狞的神情。

"你这个德国鬼子,别说废话了,赶紧把你的故事讲完。"邦德粗声粗气地说道。

德拉克斯的眼睛突然亮了一下:"你说得一点儿都没错,我确实是一个德国人。"他那红胡子下的大嘴细细品味着这个让他觉得文雅的字眼儿。"所有的英国人很快即将承认,他们竟然被一个德国人搞垮了。到了那时候他们也许就不会再叫我们德国鬼子了,而是毕恭毕敬地对我们德国人说'遵命!'就好比所有普鲁士军人在阅兵场上整齐而又响亮地喊出来的一样。"

桌子这边的德拉克斯凝神望着邦德,他那红胡子下突出而丑陋的大龅牙不断地咬自己的手指甲。他的右手费了好大劲儿才塞进裤袋,好像是要抵御什么诱惑,左手却抽出一支雪茄来。他坐在那里默默无语地抽了会儿烟,然后才开始慢慢讲他的故事。

第二十二章
恶贯满盈

"我的真实姓名是格拉夫·雨果·冯·德尔·德拉赫。我的母亲是英国人,也正是出于这个原因,十二岁以前的我一直在英国接受教育,但是后来只因我难以忍受这个充满污秽的国家,因此又到柏林以及莱比锡完成我的学业。"

邦德能够想象得到,英国私立学校肯定是不会欢迎像他这般丑恶的人的,即使拥有一连串伯爵的头衔也无济于事。

"我二十岁的时候找到了一份不错的工作,那是在莱茵伯尔思希大钢铁公司的一家子公司。据我猜测你应该从来都没有听说过吧。但是,假如在战场上的你曾被88毫米的炮弹击伤过,那么那枚炮弹很有可能就是我们制造的。我们公司里面有非常多的特种钢材方面的专家,我跟着他们学到了不少这方面以及航空工业方面的知识。也正是在那时候,我第一次听说铌矿砂,这东西在那时候的价值就相当于金刚石。在我入了党之后,战争就已经快要爆发。那真是一个美妙的时刻。二十八岁时我就已经成为第140坦克团的中尉,仗打得很顺利,我们一路横扫英军和法国,兴奋不已。"

德拉克斯大吸了一口烟,稍稍停顿了片刻。邦德猜想他可能是从那吐出的烟雾中想起了当时烧杀掳掠的情景。

"亲爱的邦德，你要知道，那是一些多么伟大的日子，"说完这句话之后德拉克斯伸手把烟灰往地上弹了几下，继续说道，"后来勃兰登堡师选中了我，因此我只得告别法国的美女与香槟回到德国，从此接受对英国进行水路攻击大战的艰苦训练。师里要求我说一口流利的英语，并要求我们都穿上英军制服，这听起来可能比较滑稽，然而有些浑蛋将军却说这根本不可能行得通，然后我又被转到党卫队的秘密警察局。海德里希在1942年被刺身亡，指挥权就由党卫队的高级组头目卡尔腾布龙讷接管。他这个人还算不错，然而我却接受了另一个更好的人的指挥，他是一个高级冲锋队的头儿。他名叫奥托·斯科泽尼，他这美妙的名称中含有特殊的寓意。在秘密警察局里他是专门负责恐怖与破坏行动的。我亲爱的邦德，这真该算得上是一段美妙的插曲。在此期间我能够把很多英国人列入黑名单，我在这种工作中获得了不少快乐。"

"然而另一方面，"德拉克斯将拳头重重地砸在桌子上，"那些卑鄙的将军们居然出卖了希特勒，从而造成了后来英美联军登陆法国。"

"听起来真是太不幸了。"邦德冷漠地评价了一句。

"的确，实在是太不幸了，亲爱的邦德。"对他的冷嘲热讽德拉克斯并没有理会。"对于我个人来讲，这可真该算得上是大战的转折点。全部特工人员都被斯科泽尼编成狩猎协会，跑去敌人后方进行破坏与恐怖活动，每个狩猎协会都被分成巡逻队与小分队，每队的指挥官都会被授予中尉军衔。小分队所用的名字也就是指挥官的名字。"德拉克斯越说越激动。

"我作为'德拉赫'小分队的指挥官，于1944年12月同阿登以及有名的150坦克旅共同冲破了美国人的防线。毋庸置疑，想必有一个旅的威力你肯定也听说过，他们身上穿着美军制服，并且开着缴获的美军坦克汽车。当这个旅必须撤退的时候，我要求留下来，在阿登森林里进行地下斗争，那里距离盟军的防线仅仅50英里。我们总共有二十人，其中有十个是中年人，另外的十个是希特勒部下的年轻的狼人。即便只有二十来个人，然而我们每个人都是精干的好手，而领导这群人的碰巧就是年轻的克雷布斯。他非常有才干，是我们这支小分队中的行刑人以及'劝说者'。"德拉克斯说到这里咯咯地笑了一会儿。

邦德突然记起了克雷布斯的脑袋在碰到梳妆台时舔了舔嘴唇的样子。他真后悔当时在他卧室中没有一脚把克雷布斯踢死。

"在丛林中我们总共待了六个月。"德拉克斯骄傲而又自豪地接着说，"我们时时刻刻都在用电台向祖国汇报我们那里的情况，至于我们的准确地点无线电探测车从来都没有测出来。但是，有一天却发生了意外的不幸。"德拉克斯抬起头来思考了一下，"有一家大农户就在森林里距离我们隐蔽点一英里远的地方，许多尼森式活动房就建立在它的周围。在那家大院里设有英美军队的后方联络指挥部。他们已经走投无路，纪律涣散，也不具备任何安全保卫措施，里面不过是一群食客以及各地开小差来的人。我们在认真观察了一段时间后，决定炸毁它。行动非常容易：傍晚的时候我们派两个人，其中一个人身上穿着美军制服，另一个人身上则穿着英军制服，开着所缴获的那辆美军敞篷装甲侦察车，车上放着两吨炸药。有个停车处就在距离食堂不远的地方，那儿没有哨兵把守。他们需要尽量将车开得离食堂近些，同时将定时器定到开饭的时候，也就是七点，然后再偷偷地溜掉。行动就是这么简单。我在那天早上出去干我该干的事，我的工作则由副官来接替。我将英军通讯部队的制服穿在身上，开的是一辆缴获时间不长的英国摩托，跑去附近不远的公路上伏击一个通信兵，那是一个每天都要经过那条公路的通信兵。我从路边紧紧跟在他后面，然后迅速赶了上去，朝着他的后背开了一枪。然后将他的文件拿走，又把他的尸体放在他自己的摩托车上，最后放火将尸体烧了。"

　　德拉克斯发现邦德的眼中满是怒火,他举起手:"做法比较残忍毒辣吧?然而我亲爱的伙计,毕竟那人已经是一个死鬼了。但是故事还没算完,知道在我回到公路上的时候,发生了什么意外的事情吗?上空中一架我们自己的侦察返航的飞机居然对着我冲下来就是一炮,要知道,这架飞机可是我们自己的!我被那炸弹爆炸的气浪抛出了公路。之后,我到底在沟里躺了多长时间,只有上帝知道。到了下午,我似乎有了一点儿知觉,这个时候才想起来要把军帽、外套以及那些急件全部都藏起来。之后我迅速把它们藏在附近的矮树丛中,很可能它们现在仍然还在那里。如果有机会我一定会去把它们取回来留作纪念。之后,我把我的摩托放火烧掉了,再之后我所能记得的就是一辆英国汽车发现了我并把我带到那个联络指挥部去。随便你相不相信,装着炸药的那辆敞篷车仍然还在靠近那个食堂的地方停着,我当然也没能在爆炸时逃脱厄运。炸弹将我全身上下炸得都是伤,而且还炸断了一条腿,疼痛使我昏厥过去。当我醒来时,就已经躺在了医院,而且也只剩下了丑陋的半张脸。"

　　他抬起手来朝太阳穴到脸上的那部分发亮的皮肤摸了几把:"从那以后,不过就只是一个演戏的问题罢了,他们根本就没有办法弄清楚我到底是谁,发现我的那辆汽车已经开走,也可能早就已经被炸得粉碎,我成为一个穿着英国衬衣和裤子的差点儿丧命的德国人。"

　　德拉克斯说到这里又停顿了一下,点燃了另一支雪茄继续吸着。房间里是一片寂静无声,只能听到那个喷灯微弱的呼呼声。邦德明白,那是因为喷灯的压力很快就要没了。

　　沉默了一会儿之后,邦德转过头来看着加娜·布兰德,她左耳后边的那块难看的伤痕他还是第一次看到。为了能让她振作起来,他朝着她笑了笑,加娜·布兰德扭过头来回笑了一下。

德拉克斯长长地吐出一口烟雾，继续说道："已经没有更多可讲的内容了，我在那段转院的日子里，一步一步周详地展开了我的计划。也就是对英国进行报复的这个计划，报复它给我以及我的国家所带来的灾难。我得承认，我为这个计划所着迷。他们那时每天都在我的国家进行疯狂掠夺，我对英国的仇恨和蔑视随时间的流逝在不断地增加。"

德拉克斯的脸色开始变得极为难看。他突然猛烈地敲击桌子，对着他们两人疯狂怒吼："我永远憎恨你们这些人，我讨厌你们这些愚蠢的猪猡！你们这群颓废、无用的傻瓜！你们就知道躲在血迹斑斑的白色悬岩后边，坐山观虎斗，让别人来为你们作战。你们这群无用的家伙，连自己的殖民地都保不住，你们就懂得手拿帽子去阿谀奉承美国人。你们这些见钱眼开的势利鬼，哼！"他又手舞足蹈、得意忘形了，"我很清楚要想完成这个计划的话，我最需要的东西就是钱。绅士！见鬼！对我来说，绅士不过是我可以利用的人，比如那些涉世不足什么都不懂的傻瓜，那些腰缠万贯的笨蛋，长剑俱乐部的那伙人。就在你破坏我的计划之前的几个月，我已经从他们眼皮子底下骗走了上万英镑。"

德拉克斯将眼睛眯缝起来，警觉地问："你那次到底放了什么东西在烟盒上？"邦德只是耸了耸肩，说："放了我的眼睛而已"。

"哦，我想那天晚上我可能是粗心大意了点儿，才会栽到你的手里。但是我讲到哪里了？哈，想起来了，在医院。那些大夫们好心而又热情地急于帮我查清我的真实身份，"他哈哈大笑起来，"那非常简单，简直是太简单了。"他眼睛里流露出狡猾奸诈的眼光。"后来根据他们的鉴定，我就成了现在的雨果·德拉克斯。也真是太碰巧了！我从德拉赫变成了德拉克斯！

有一段日子，我装作自己就是德拉克斯。他们简直高兴极了，'没错，'他们说，'当然就是你了。'大夫兴高采烈地硬要我穿他的鞋子。

我没办法只好照他说的做，然后我穿上他的鞋子从医院出来，在伦敦城里闲逛，寻找机会杀人越货。终于有一天，一个犹太高利贷老板就在皮卡迪利上面的一个小办公室被我发现，"说到这里，德拉克斯将语速加快，所说出来的话就如同是从嘴唇里跳出来的一样。邦德发现他的嘴角上已满是唾沫星子。"哈，非常容易，我朝着他的那个大秃驴脑袋狠狠一砸，就到手了一万五千英镑。然后，我离开伦敦跑到国外。来到了丹吉尔。那真是个让你能够为所欲为的地方，在那里任何东西都能够买得到，并且什么东西都能搞得到，是一个可以买得到制造装配任何东西的地方。铌矿砂就是其中之一，那是一种比铂还要稀有少见的东西，很多人都希望能够得到它。对于这些方面的价值，我在喷气式飞机的时代就已经非常了解。我自己的专业还没有生疏。我开始准备努力工作。我在五年来拼命地赚钱，如同狮子一样勇往直前，多少次九死一生。很快，我的第一个一百万到手了，接着就是两百万，然后一千五百万，两千万也有了。我再次回到英国，只花了一百万，整个伦敦几乎就成了我的囊中之物。再之后我又回到德国寻找到克雷布斯同另外十五个人。他们都忠心不二、一心为国效力的德国人，同时也是杰出的技术人才。就如同我的所有其他老同志一样，他们全部都使用化名潜居在德国，我让他们听候我的消息。之后，你猜猜我又到了哪里呢？"德拉克斯眼睛睁得很大，看着邦德。

"之后我去了莫斯科，莫斯科！只要是能够出售铌矿砂的人不论到什么地方都是畅通无阻的。我在那里找到了一些右翼分子，在听取了我的计划之后，他们都竭力表示支持，并给我介绍了佩讷明德导弹基地的新秀，也就是你们所知道的沃尔特博士。他是一位电导导弹专家。于是这位好心的俄国人便开始研制原子弹。"他朝着天花板打了个手势，"正在上面等着。之后我再到伦敦，给女王写信，并向议会致了函，他们居然还给我进行了加冕典礼。最后我成功了，为德拉克斯欢呼雀跃吧。"

他疯狂大笑起来。"整个英国就在我的脚下，全英国的傻瓜也都在我的脚下。我把我的人全都带来了，于是我们开始了秘密行动。所有人身上都穿着不列颠的外衣，我们在它著名的悬岩顶上如同魔鬼一般努力地工作，并在你们英吉利海峡上建立起了一座码头，那是用以接运我们的好朋友为我们送来的物资的。也就是那些俄国人，那些在星期一的晚上准时来见上帝的俄国人。然而，后来泰伦好像知道了什么事。这个又老又笨的家伙，他在给部里打电话的时候，却并不清楚克雷布斯就在隔壁并且偷听到了他的汇报。之后就有十五个人自愿报名要去把他干掉，在抽完签以后，巴尔兹抽中了死签，因而他承担重任并英勇献身。"

停了一会儿，德拉克斯说："人们会永远怀念他的。"他继续说道，"在现场，新的导弹已经运进装好。一样的重量，独特的设计。这个时候，我们那艘忠实的潜艇正在返航。很快就将要……"他瞅了瞅时间，"它很快就将潜过英吉利海峡，到了明天中午过一分就会把我们全部都接走。"

德拉克斯用自己的宽大的手背擦了擦满是唾沫的嘴，又躺回到那把椅子中，他双眼充满幻想地凝视着天花板。然后又突然神经质地放声大笑，用一种怪异的眼光死死盯着邦德："当我们全部上岸后需要做的第一件要事你知道是什么吗？那就是要剃光你曾经非常感兴趣的这些胡子。我亲爱的邦德，在你发现了我们的一些蛛丝马迹之后，本应顺藤摸瓜，可你没那样做。要知道那些剃光了的头以及各式的那些小胡子都是一种非常好的化装。不妨尝试一下，如果把你的脑袋也剃光，再留上那么一圈黑胡子，相信就算是你的母亲也无法认出你来。这可真该算得上是一种非常不错的化装术，但也不过只是一个小小的精心安排。精确而谨慎，所有的细节都要精确谨慎，这就是我的格言。"他不住地大笑着，嘴里吐出一团蓝色的烟雾。

突然，他警觉地抬起头来看着邦德："好了，你们两个不要傻呆呆地闷坐在那里,该轮到你们说话了。你们感觉我的故事如何啊?是不是很不同寻常啊?如此多的轰轰烈烈的事都是我一个人完成的,这难道不是只有我这样杰出而卓越的人物才可以做得到的吗?赶紧说说你们的看法。"他将一只手放到嘴边,兴致勃勃地咬起指甲来。然后,又将那只手放回到衣袋里,他的眼光变得凶狠、残暴。"要不然,我还是把克雷布斯叫来吧,你们觉得如何啊?"他朝着桌上放置的喷灯指了指。"我们可爱的克雷布斯,他真可谓是一个最有办法让人开口说话的人。不然的话又怎么会称他为'劝说者'呢?沃尔特或许也能够做得到,他一定可以给你们两人留下什么永恒的纪念的。他是一个不具备什么软心肠的人。需要我去把他们叫来吗?"

邦德这时终于开口了:"没错,你的确非常了不起。"他表情平静地望着桌子对面德拉克斯那张红红的大脸。"这确实是一部算得上与众不同的个人发展史,一个奔马型的偏执狂,心中满是忌妒与迫害、仇恨与复仇等狂想和妄想,确实非常离奇。"邦德接着说,"这或许跟你那副牙齿的毛病有什么关联,人们称之为牙缝儿,这种病的起因是你小时候就爱吸吮自己的手指。没错,我想如果你进入疯人院的话,那么心理学家就会这么跟你解释:你以前长有'吃人的牙齿',你在上学读书时就经常受到别人的欺侮。接着,你接受了纳粹主义的洗脑,毫无疑问,这就等于是为你火上浇油,然后就是你这个丑陋的大脑袋被砸,恶魔进入你的脑子并控制了你,使你为之疯狂。就好比自以为是上帝的那些人一样,让人难以想象地固执残忍。你最后的下场也非常简单,可能是如同一条疯狗一样被打死,也可能是你自杀身亡。你没有其他的选择。这简直是太糟糕了,简直是糟糕透顶了。"

邦德稍稍停了一下,然后轻蔑地说:"那好,既然这场滑稽戏还没有收场,那我们不妨继续往下演吧。你这个丑陋的、让人作呕的疯子。"

邦德一番毫不留情的辱骂气得德拉克斯脸都变了形,眼睛里冒着火,如同喷灯一样,汗珠从下颚不停地淌在衣服上,他宽大的嘴唇努力向后扯着,露出了那口难看的缺牙,他的下颚上挂着流出来的口水。或许是他想起了当年在私立学校时曾经遭受的欺侮以及由此引起的那些痛苦的回忆。他迅速地从椅子上跳起来,绕过桌子冲向邦德,用他那满是汗毛的拳头狠狠地砸向邦德。

邦德用力咬紧牙关,忍受了。

发泄了两拳之后,德拉克斯不得不把倒下的邦德连人带椅子扶起来。他的狂怒瞬间消失了。他掏出丝绸手绢,又擦了擦脸和手,之后平静地走向房门,还没忘转回头对加娜说了一句:"你们两个绝对不会再有给我找麻烦的机会了,因为在捆绑方面克雷布斯从来都没有犯过什么差错。"

他朝椅子上浑身是血的邦德指了指,说:"等到他醒来之后,你可以跟他说,这扇门还将会打开一次,也就是在明天的正午。不过门打开几分钟之后,你们两人就将尸骨无存了,"在拉里面那道门时他又回过头来附加了一句,"即便是你们嘴里那些补牙的材料也都会不留一丝痕迹。"然后只听见外面的那道门"砰"地关上了。

邦德的脑袋渐渐地抬起来,他沾满鲜血的嘴唇痛苦地张了张,朝着加娜咧咧嘴:"一定得把他气得发疯,"他显得有些费力地说,"绝对不可以让他有思考的时间,必须让他的脑海愤怒得犹如疯狂的怒涛,这样我们两人才会有脱身的机会。"

加娜·布兰德感到疑惑地望着他,她睁大眼睛,一脸疑问地盯着他那张可怕的面孔。

"好了,"邦德脱口说出,"不必担心,伦敦一定不会出什么问题的,我已经想到解决的办法了。"这时只听得一声微弱的"扑哧"声,那是前面桌子上放置的喷灯发出来的,喷灯的火焰已经在顷刻间熄灭了。

第二十三章
金 蝉 脱 壳

邦德看着那个喷灯,他的眼睛半眯着。有好几秒钟他呆呆地坐在那里丝毫不动,他是在恢复体力。他感到自己的脑袋就好像是一个足球一样被踢来踢去,但却并没有损伤内部结构。德拉克斯的打法非常不科学,也不过是如同一个喝醉了酒的次重量级的拳击手向他出击。

加娜·布兰德很担心他。他那张脸像开了花,已经血肉模糊,眼睛是闭着的,他腭部的线条由于静心思考而绷得非常紧。能够看得出来他正在用顽强的意志努力地支撑着。

他将脑袋用力地摆了一下。当他再转向她时,加娜从他的眼睛里看到了喜悦的神色。

邦德朝着桌子的方向点了点头:"看到桌子上那个打火机了吗?"他语气急切地问。"我刚刚是故意把他激怒的,愤怒之下的他果真忘记拿走那个打火机了。现在跟我来,我指给你应该怎么做。"他将绑在自己身上的那把椅子一点儿一点儿地慢慢向前移动,"但愿老天保佑不要翻倒在地上,我们一定要拿到它,但必须要快,否则时间一长的话喷灯就要冷却了。"

在其他人看来,他们似乎是在玩小孩子们玩的游戏一样。加娜·布兰德小心翼翼地跟着他慢慢移过去。

挪动了一会儿之后,邦德叫她停在桌子旁边,他自己则渐渐移动到德拉克斯原来所坐那把椅子跟前,再想办法把自己调整成一个合适的姿势,对准目标之后,他猛地一斜,一个起伏,椅子往前一倾,他的头伏了下去。当他费力地用牙齿咬住打火机时,感到牙齿很疼。然而那个打火机此时已被他的嘴唇衔住,它的顶部已在他的口中。接着,他又艰难地移动椅子回到了原位,力量用得非常合适,因而不至于使椅子翻倒。然后,他非常有耐心地开始朝着加娜·布兰德移动。克雷布斯丢下的喷灯就在她身旁桌上的一角放着。

他稍作休息直到呼吸平稳,他语气坚定地说:"接下来我们就要开始最艰难的部分了,我来点燃喷灯,你转过椅子去,尽力让你的右臂挨近我前面。"

她会意地按照他说的去做,邦德晃动着椅子,这样就可以斜倚到桌子边上,以便让自己的嘴能尽力伸过去用牙将喷灯的把手咬住。

他把喷灯慢慢移动到自己跟前,尽管非常吃力,但最后终于成功地把喷灯和打火机摆成适当位置。

休息一小会儿之后,他弯下腰来用牙关上阀门,又用嘴将加压柄升起,接着再用下巴压下压柄以便给喷灯加压。他的脸仍然还能感觉到刚刚熄灭的喷灯所散发出来的余热,甚至还能够闻得到喷灯烯气的余味。只要还没有彻底冷却,他就有使这东西再次燃烧起来的办法。加完压之后,他直起身子。

"接下来就只剩下最后一步工作了,"他转过头来对加娜·布兰德笑着说,"也许我会令你受一点儿伤害,不会有什么关系吧?"

"当然没有关系。"

"那么好吧,现在我们就开始。"邦德弯下身子去,先将喷灯罐左边的安全阀打开。之后,他动作麻利地把嘴伸到打火机前,打火机的位置放得非常合适，正好就在喷灯的喷头下，他迅速用牙按下打火机的打火柄。

这真该算得上是一个惊人的特技动作，虽然他的脑袋如同蛇一般地快速地缩了回来，然而喷灯骤发的蓝色火焰仍然舔了一下他那青一块紫一块的脸和鼻梁，使他疼得直喘粗气。

那瓶汽化的火油再一次嘶嘶地吐着火舌。他甩甩头，将两行泪水抖掉，又把脑袋弯到适当的角度，再次用牙齿将喷灯的把手咬住。

在喷灯的重压下他的上下颚就如同要断裂了一般，前面的牙齿稍稍一用力就会听到咯咯的响声，然而他还是小心翼翼直立起椅子来移开桌子，之后弯下腰，伸长脖子，直到喷灯吐出的蓝色的火焰对准了捆绑在椅子和加娜·布兰德右手腕上的绳子。

他努力使火焰尽量保持稳定，然而却做不到。牙齿有时候稍一抖动，喷灯的把手就会晃动，那蓝色的火苗就会喷到加娜·布兰德的前臂。加娜紧紧咬着牙关，口里喘着粗气。幸亏这种烧灼的痛苦不至于持续时间太长。在高温下开始熔化的铜线一根一根断开了。加娜·布兰德的右手突然恢复了自由，她立即伸手取下邦德嘴上的喷灯。

邦德感到嘴巴已经麻木，脖子酸疼。他坐直身子，扭动了一下僵直的脖子，让血液在酸疼的肌肉中畅快地流通起来。

还没等他反应过来，加娜·布兰德已弯腰烧断了绑缚在他臂上和腿上的电线。他也恢复了自由。

邦德将眼睛闭上静默地坐了一会儿，等着再次振作起来。此时，他突然惊喜地感觉到加娜·布兰德那柔软的嘴唇已吻到了他的嘴上。

等他把眼睛睁开，加娜·布兰德正站在他的面前，欣喜的光芒在她蓝汪汪的眼睛中闪动。"这是对你出色成绩的奖励。"她面带笑容认真地说。

"你是一位让人觉得非常可爱的姑娘。"

说完这话，他很快意识到摆在自己面前的工作，意识到或许她还可以幸存下来，然而他自己却只能活几分钟了。他再次闭上双眼，以免他那失望的神色被加娜·布兰德看见。

当看到了他脸上的表情，加娜·布兰德转身走开了。她猜测这可能是他疲劳过度的缘故。她猛然回想起有一些过氧化物，就放在她办公室隔壁的盥洗间里。

她从那扇通道门走过去，当她再一次见到自己所熟悉的东西时感到非常奇怪。她发觉房间里一定有人来过，并且还用过她的打字机。然而，这一切在此时来说都已经不那么重要了。她耸了耸肩膀，进了洗手间，冲着墙上的镜子照了照。真是好一副模样！简直是累得疲惫不堪！然而，她已经没有时间顾及自己，她赶紧取了条湿毛巾和一些过氧化物，又回到邦德所坐的地方，轻轻地为他清洗脸上的伤。

邦德的一只手放在加娜的肩膀上，他静静地坐在那里，目光里充满感激地看着她。当她又回到房间，把洗手间的门关上之后，邦德直起身来关掉仍然嘶嘶作响的喷灯，之后走进德拉克斯的洗澡间。他将身上的衣服脱光，淋了大约五分钟的冷水澡。"必须得为自己准备后事。"他沮丧地望着镜子里自己那倦容满面、狼狈不堪的样子，呆呆地思考着什么。

他把衣服穿好，又回到德拉克斯那张办公桌前，认认真真地搜查了一遍，终于算是没白费力气弄到了一样宝贝——半瓶威士忌。他取出两个酒杯来，又掺了一些水，喊着加娜·布兰德。

盥洗间的门开了。"那是什么？"她问道。

"半瓶威士忌。"邦德回答道。

她说："你自己先喝吧，估计我再有一分钟差不多就洗完了。"

邦德看了看瓶子，把自己那只杯子注满大约四分之三，两口就干完了。然后他微笑着将一支烟点燃了，感到非常过瘾，他静静地坐在桌子边上，他能感觉到自己从胃到脚都已经被酒精烧热。

他再次将瓶子拧开认真地凝视着。他为加娜·布兰德倒了不少酒，并且也为自己斟满了一杯。

加娜·布兰德走了进来，此时的她已完全变了个模样。邦德感到她看起来依然和第一次见到她时那样漂亮迷人。即便是眼圈上脂粉不能遮住的疲惫以及手脚被捆的痕迹，也丝毫不会有损于她的美丽。

邦德将手中的酒杯递给她，自己也端起一杯来，之后他们相视而笑。

喝光了这半瓶酒，邦德站起身来。

"听我说，加娜·布兰德，"邦德决绝地说，"现实是我们必须面对的，一定要渡过这个难关。因此，我必须直白地告诉你。"他感觉到她的呼吸变得急促起来。"我必须将你关在这里。"

"之后，"他继续着，同时他的右手拿起那个起着关键作用的打火机。"我要从这里走出去再关上门，然后我要到'探月号'下面去抽我的最后一支烟。"

"上帝啊，"她小声说道，"你在胡说些什么疯话？你真是疯了。"她眼睛睁得大大的恐怖地望着他。

"没有什么奇怪的，"邦德有些不耐烦了。"如果不这样做的话，又能想到什么其他的办法呢？爆炸非常恐怖，所有的人都将失去知觉。目前谁也做不到不与爆炸气体接触。或者是我，或者是身在伦敦的百万人民。如果弹头不发射的话，那么原子弹头就起不了什么作用，很可能它就会被慢慢熔化掉。"

邦德抬头深情地望着加娜，接着说："可能这会是你仅有的一次逃生机会。假如我能开动地面上的机器的话，那么那些爆炸物的大部分就会经由顶盖朝着阻力最小的方向炸开，并且也会向下炸向排气道。"他装作无所谓地笑了笑,"高兴点儿,"他一边说着一边向她走过去,抓着她的一只手放在自己手里。"现在已经到了燃眉之急的关键时刻,我已经没有其他的选择了。"

加娜·布兰德将手缩了回来,她非常气愤地说:"我不同意你的说法。我们还应该再想想其余的法子,你根本不相信我会想出什么办法,只懂得跟我说你认为我们需要做什么。"她走向墙上贴着的地图,将开关按动,认真关注着那张假的飞行图,"不用说,假如一定要用打火机的话,那也只有这样办。然而你要是打算一个人单枪匹马去站在那些恐怖的浓烈烟雾中,轻轻拍打那东西,之后再被炸得粉身碎骨、尸骨无存。那是绝对不可以的。假如非要这么做不可的话,那我们两人就得一块儿行动。我情愿自己被烧死在这里。"稍稍停顿了一下之后,她又说:"我也要同你一起行动,我们两人在这里是同生共死的。"

邦德很受感动,他向她走过去,伸出一只手来搂住她的纤纤细腰,之后把她紧紧拥入怀中:"加娜·布兰德,你真是太可爱了。假如还有什么其他的办法的话,我们倒是不妨试试,然而,"他瞅瞅表,"此时已经过了午夜,我们一定要立即做出决断。德拉克斯有可能随时派人来探视我们两人的动静。谁知道他何时会下来调整陀螺仪。"

"噢,对了,陀螺仪!"加娜·布兰德如同一只猫一样弯曲着身子从他的怀里挣脱出来,她的嘴巴大张着,她异常激动地看着他。"陀螺仪,"她喃喃地说道,"我们可以调整陀螺仪!"

她虚弱无力地在墙上靠着,睁大眼睛望着邦德的疑惑的脸:"你还没有明白过来吗?"她甚至有点儿歇斯底里了。"我们可以等到他走后,把那个陀螺仪再转回来,也就是转回到他最初的飞行路线,如果那样的话,那么导弹岂不是就仍然可以落回到它起初的北海位置,而不至于会落到伦敦了吗?"

加娜·布兰德激动得双手用力抓住他的衣服一步一步离开墙边,她用恳切的眼神凝望着他,"我们这样做能行得通吗?"她问。

"那你清楚其他的装置吗?"邦德机警地问。

"我当然清楚了。"她急不可待地回答说,"我已经都和它们打了一年的交道了。虽然我们无法得知关于天气的报告,但仍然可以试试碰一碰运气。今天早上的天气预报与现在的天气情况差不多。"

"上帝啊,这真是个不错的办法,"邦德说,"我们可以行动。问题的关键是我们两人必须得在什么地方藏起来,使德拉克斯认为我们已经逃跑了,只有这样我们才能接着进行下一步。此外,我们还得先弄清楚雷达的情况,也就是在伦敦的那个归航仪器,不就是它使导弹偏离弹道然后把导弹引回伦敦的吗?"

加娜·布兰德直摇头:"它的有效范围只有一百多公里。一旦导弹进入轨道之后它就没有控制力了。你要相信我的计划肯定是没错的。问题的关键点是我们应该藏在哪里呢?"

"我知道了,我们可以藏在一个排气道里,快,跟我来。"

最后他扫视了一下房间,把那个打火机揣进身上的口袋里。或许这个打火机将会是他们最后能够求助的工具,其余任何东西对他们来说都是于事无补的。他尾随着加娜·布兰德进入那个带有一点儿亮光的发射竖井,之后他去摆弄那个控制排气道钢盖的仪表板。

有很多开关都在仪表板上。他迅速检查一遍之后,将一个极其笨重的操纵杆由"关"扳到"开",只听见一阵微弱的嘶嘶声随即传来,那声音是从墙后的液压装置中发出来的。

伴随着那种嘶嘶的声音,两个半圆形的在导弹底座下的钢板被打开,渐渐滑回到槽里。邦德走了过去望向下面,他看见那宽大光亮的钢制排气道向远处延伸着,一直延伸到海里空心水栅栏的拐弯处。他的身影反射在那钢壁的穹顶上,就好像是哈哈镜所照出来的怪人一样。

邦德再次来到德拉克斯的办公室,将洗澡间的窗帘一把扯了下来。加娜·布兰德同他一块儿把窗帘撕成了条状,然后再把这些布条一点儿一点儿接起来。邦德将最后一根布条的顶端弄成断裂的形状,这样可以让人误以为是布绳断了。之后他又把绳子的另一头拉到"探月号"三块舵片中的一块上,再把那条布制的绳子放下排气道悬起。

虽然说,这种伪装并不难被识破,然而这至少能够多争取一些时间。

那个既大又圆的通风道口,每隔十码就有一个,共有五十个,它高出地面四英尺。他们将那用链子拴着的栅栏小心地打开,朝上边望了望。在外面四十英尺的地方,能看见朦胧的月光。他猜想,如果从这些通道直走出去的话,那就应该是还在基地里面,假如再向右拐弯的话就应该是通向基地墙外的栅栏。他们两人需要往右拐。

邦德的身子动了动,他伸出手来去摸通风道的表面,摸到了粗糙的混凝土。当他的手摸到了一个突起的地方之后,就心满意足地嘟囔了几句。这是通风道壁上钢筋被切断的断头部分,因为通风道在这儿被打了洞。

这是一件非常艰苦的工作,他们如同登山运动员一样艰难地爬上一道道岩缝儿,慢慢爬进一个通风道,就藏在一个拐弯的地方。可是即便是这样也未必就一定能够逃得过那种彻底的搜查,然而一到了早晨,将会有很多从伦敦赶来的官员来到基地周围,那时就算德拉克斯想要彻底搜查也不可能了。

邦德弯下腰来,加娜踩着邦德的背慢慢往上爬。大约过了一个小时左右,他们两人带着满肩与满脚青一块紫一块的碰伤与划伤,虚弱无力地在上面的拐弯处躺着,两个人紧紧地抱在一起。

五点,六点,七点。夜晚已经过去,红红的太阳冉冉升起,悬岩上的海鸥开始鸣叫。远处突然出现三个身影走向他们,然后看见两列队列整齐的卫兵昂首阔步去换夜间值班的岗。

邦德同加娜疲乏的眼睛半眯着,他们已经看清了德拉克斯那张橘红色的脸,沃尔特那灰白稍稍带有点儿褐色的面孔,以及一看就知道是睡过了头的克雷布斯。

三人脸上的表情如同刽子手一样,一句话不说。德拉克斯把钥匙摸出来,把门打开之后三个人寂静无声地依次进入,距离邦德与加娜·布兰德藏身的地方仅仅只有几英尺远。他们两人感到全身都紧张起来。

他们三个人围着排气道在钢楼板上不停地走来走去,使得那咣咣声不断地从通风道上传出来,在接下来的整整十分钟都没有听到任何声音。邦德一想到德拉克斯动怒和惊恐的样子,一想到沃尔特博士唠叨的责备,就在心里暗暗发笑。就在这时,下边的门突然打开了,最先听到的是克雷布斯匆忙地呼喊卫兵的急促声,接着是那群卫兵的跑步声。"英国人,"克雷布斯的声音歇斯底里地喊着,"他们逃走了。上尉先生猜测他们很可能就藏在某个通风道里,因此我们必须想出什么主意来找到他们。然后打开所有的防尘帽,上尉会在每个通风道上都插上蒸汽软管。假如他们两个真在里边的话,一定会被烫死的。赶紧过去叫四个人来,让他们全都戴上橡胶手套,把防火服也穿上,到下面去打开热压器。通知其他的人也都听着,看能否听见有惨叫声,全都明白了吗?"

"遵命!"卫兵赶紧跑回队伍去。急得大汗淋漓的克雷布斯的脸也再一次隐入屋里不见了。邦德在那里纹丝不动地躺了一会儿。

他们的头上在防尘帽打开的时候响起了轰隆隆的声音。

蒸汽软管!这东西他曾听说过,它可以用来对付舰上的兵变以及工厂里的闹事,那么它是否能够伸到四十英尺远的地方?它始终都是有压力的吗?需要用几台锅炉来给它加热呢?总共有五十多个通风道,该从哪一个通风道开始加热呢？在他们已经爬过的通道上是否已经留下了什么痕迹呢？他们两人能撑得过去吗？

他知道加娜·布兰德在期待他来为她解释这些问题，并期待着他能够采取什么保护措施。邦德将自己的嘴凑近加娜·布兰德的耳朵："或许我们会受伤，只是没有办法预测到究竟会伤到怎样的程度，这是无法避免的，所以我们只有忍住，千万不能出声。"他能感到她的肩膀温存地压着他的身体。"抬起你的膝盖来，你不必害羞，这个时刻可不是装稳重少女的时候。"

"你给我闭嘴，"加娜·布兰德很不高兴地小声说，"你不要总是说傻话！"他感到她抬起了一只膝头伸进了他的大腿之间，他的一只膝头也跟着学着她的样子，一直到已经无法再动为止。她的头在他的胸前紧紧地靠着，他的衬衣遮盖起她的半个脸来。他拉起衣领。除了两人相互拥抱着把脸藏起来之外，已没有什么别的安全措施了。

他们感到一阵发热，全身从上到下开始痉挛，无声无息。邦德突然觉得等待中的他们两人就像是未成年的情侣一般。

在四周沉寂了一会儿之后，能听见嘶嘶的声音从远处传来。已经开始放蒸汽了。加娜·布兰德的心在邦德胸前紧张地跳动，她不清楚到底会发生怎样的事情，然而她非常信任他。

"我们很可能会受伤，会被蒸汽灼伤。不过我们都不会死，勇敢一些，千万不可以出声。"

"我没什么问题。"她的声音虽小，但却带着气愤。邦德感觉到她的身子又靠近了一些。

呼呼呼，这声音越来越靠近他们了。

呼呼呼，仅仅剩下两道门了。

呼呼呼，已经到了隔壁那道门了。

已经能够感觉到一股潮湿的气雾向他们喷了过来。

抱紧点儿，邦德对自己说。他紧紧地把加娜·布兰德抱在自己的怀里，同时屏住了呼吸。

赶紧，赶紧结束吧，你这该死的。这时，他们感到有股非常有力量的热气喷了进来，他们两人的耳朵都在嗡嗡作响，全身上下犹如火烤一样疼痛。

然后就是死一般的寂静。他们只感到脚踝和手上时冷时热，浑身上下如同虚脱一样汗流浃背，气闷窒息，只想大口大口地吸进新鲜的空气。

他们两个人的身体慢慢地分离开来，以便相互间腾出一点儿空间，这样可以让身上已经起了水泡的皮肤能够多多接触一些空气，他们呼哧呼哧地大口喘息着，那张开的口，恰好能够接住从混凝土壁上掉下来的水珠。他们弯下腰来吐出嘴里的水让其沿着潮湿的身体往下流，流过他们烫伤后灼痛的脚面，又流淌到他们爬上来时的那个通道竖墙上。蒸汽管的呼呼声渐渐变小，直至死一般的沉寂。除了他们两人急促的呼吸声以及邦德手表发出的嘀嗒声外，几乎再也听不到任何其他的声音。

两人静静地躺在那里，一动不动，身体上承受着剧烈的痛苦的煎熬。

半小时，半年，或者更长的时间，他们听到了德拉克斯、沃尔特以及克雷布斯三人离开的声音。

为了防止意外出现，那些卫兵们都要留守在发射厅里。

第二十四章
导 弹 发 射

"这么说,你们全都赞同?"

"没错,雨果先生。"军需部长说。那个熟悉而又瘦小的身影邦德已经认出来了。

"那些是装备,已全部经过我的人以及空军部的检查。"

"那么,我感到非常抱歉,失陪一会儿。"德拉克斯手里拿着一张纸,他转向发射厅。"雨果先生,请你把那张纸就那样拿着,然后手举在空中。"

快门一闪,相机"咔嚓"一声,最后一张相片终于照完了。德拉克斯转身走向发射厅。

一帮记者从混凝土平台上渐渐散去,仅仅剩下一伙神色紧张、叨叨不停的官员在那里等待着德拉克斯回来。

邦德看了下时间,这时候是十一点三刻,这个该死的,赶快,他想。

他在心里重复了数百次加娜告诉他的那些数据。他不断地活动着身体的四肢,尽量让自己的血液保持畅通。

"赶紧准备好,"他对着加娜·布兰德的耳朵小声说,"你没关系吧?"

他感觉到姑娘在对自己微笑。"我没什么问题。"加娜说。事实上,她的四肢也已经满是水泡,并且肘部擦伤得非常严重。

他们只听见下面的门"砰"的一声关上了,然后听见了"咔嚓"的上锁声。在前面开道的是五个卫兵,德拉克斯手里拿着一张假数据,大摇大摆地来到那群官员面前。

邦德又看了下时间,十一点四十七分。"现在马上开始行动。"他小声说。

"那么祝你成功。"她眼睛望着邦德说。

邦德小心地扭动着身子,他的双肩慢慢地伸直又收缩着,他的双脚带着水泡与血污,硬撑着勉强地蹬着那突出来的钢筋,他在四十英尺长的通道里开始慢慢向下滑。他在心里默默地祈祷,希望加娜在跟着下滑时能够忍受得了。

他最后总算是落在盖板的栅栏上了,那股冲力甚至震疼了他的脊骨。他根本不顾及身上的疼痛,立即来到那钢制的地板上,然后迅速转身奔向楼梯。两道红色的脚印留在地上,他擦破的双肩直往下滴血。

拱架早已经被撤除了,从敞开的屋顶透进强烈的日光来,与蓝天白云相互衬托。邦德感到自己就如同是在一个非常巨大的蓝宝石里往上爬一样。

那枚发亮的导弹四周,听不见任何声音。邦德在一片万籁俱寂中听到了"探月号"金属座上发出的急促而又令人恐怖的嘀嗒声。

他汗流满面,大口喘着粗气,好不容易爬到铁梯尽头,总算来到了控制室附近。有一辆导弹拖车摆在他面前,那辆拖车上的三脚架吊臂折叠着靠在墙上。邦德手里握着操纵杆,吊臂渐渐伸直向下朝着发着光亮的导弹外壳的缝隙伸去,陀螺仪的舱门就在那条缝隙里边。

当那吊臂刚刚靠到那条缝隙,邦德就沿着吊臂一直爬过去。如同加娜·布兰德所描述的那样,果然那个陀螺仪舱门上开关的大小就像一枚硬币。邦德轻轻一按，就听见"咔嗒"一声，它的小门被弹簧弹开了。邦德进舱之后小心翼翼地摸索着。几个微微发光的手柄就在醒目的罗盘罗经卡下面。邦德一转，一扭，就将它固定了，那是管卷轴的。现在该轮到摆弄螺距与偏航了，他仔细地一转，一扭，很快也稳固了。他又瞅了一下手表，只剩下四分钟了。千万不能惊慌，缩回头去，把门关上，再爬回铁梯口。碰到了墙上的吊臂发出了铿锵声。他顺着那道铁梯往下跑。嘀嗒，嘀嗒，嘀嗒。

就在邦德跳下来时，发现加娜·布兰德的憔悴的脸已经为他紧张得发白。她赶紧将德拉克斯办公室外面的那道门拉开，然后两人共同跑了进去，加娜·布兰德把外面那道门关上。穿过房间之后他们两人很快进了洗澡间，打开水龙头，水嘶嘶地淋在他们汗流浃背的身上。

他们两人在哗啦哗啦的水声中，仍然能够听得见从德拉克斯房间的大收音机里传出了英国广播公司播音员的声音。就在邦德忙碌着摆弄陀螺仪的时候，加娜·布兰德打开了收音机。

"……延迟了五分钟，"那声音显得兴奋而激动。"下面请大家欢迎雨果先生对着麦克风讲几句。"邦德赶紧将洗澡间的水龙头关掉，从收音机里传出来的声音渐渐清晰。"他显得非常有信心，对着部长耳朵他正在说着什么，这时候两个人全都笑了，想一想他们两人都说了些什么？噢，原来是关于最新的气象报告。所有海拔高度的天气都非常不错。这可真是一个好兆头，今天一定将会是一个非常令人难忘而又激动的日子。啊哈，挤在远处海岸警卫站附近的那伙人可能会被太阳晒得很厉害，看起来应该差不多有上万人吧。你在说什么？有两万？是啊，不错，看上去好像差不多有两万，真是人头攒动、摩肩接踵啊，黑压压一片。肯特郡的居民像是已经倾城出动了，恐怕这要比温布尔登网球赛更加热闹。"

"哈哈。咦，在防波堤那边出现的是什么？啊！那是露出水面的一艘潜艇。看啊，多么壮观啊。我猜测，这应该是我平生所见到的最大的一艘潜艇了。雨果先生的部下也全都在那里，在防波堤上他们全都排着队在那里等候登艇，他们实在是太了不起了。此刻他们已经开始登艇了，非常有秩序。想必这应该是海军的主意，他们可以在英吉利海峡的特别观礼台上观看导弹升空。这真是一场精彩的表演，假如你们能够亲临现场前来观看的话就好了。雨果先生现在正兴奋地向着我们走来。他很快就要发表讲话。看，他魁梧的身材多么结实，发射现场所有的人都在向他欢呼。我确信，我们今天在座的每位都希望向他致意。他已经进了发射台。我能够瞥见闪闪发光的'探月号'就在他的身后。那件宝贝从发射厅高高耸出。真应该将这幅壮观的图画拍摄下来作为永久的纪念。现在他已经来了，"稍稍间断了一下，播音员接着报道，"雨果·德拉克斯先生。"

邦德紧紧盯着加娜·布兰德被水淋湿的脸，他们两人打湿的身上仍然在流血。他们紧紧地拥抱在一起，心情紧张而又激动。彼此都未说一句话，只是轻微地发抖。当他们彼此凝视着对方的眼睛时，共同等待着那性命攸关的关键时刻的到来。

"陛下，英格兰的男女同胞们，"虽然语调听起来还算温和，然而他却难以掩饰他那难听、粗暴的声音。"英国历史的进程很快就将会被改变，"他又稍微停了一下，"在即将到来的几分钟后，在某种情况下，你们的生活将会由于它的出现，嗯，也就是被'探月号'的巨大冲击而彻底转变。"

"我感到非常荣幸，因为我可以代表我的全部同胞来担负这神圣的使命，把这枚复仇的巨箭射向万里高空。我们就可以向未来、向全世界昭示我们伟大祖国的力量。我想说的是，这次发射将会是一个永远的警告。不论是谁，只要是与我们国家为敌，那么谁的命运就只能是残骸、灰烬、眼泪，"他稍稍停顿一下，"以及鲜血。那么现在我非常感谢你们能够听完我的话。另外，如果你们当中有人已经是为人父母者的话，那么我衷心地希望今晚你们能够向你们的孩子重复我此时所说的话。"

一阵不能算是太热烈的掌声从收音机里传出来，接着就听到了广播里播音员那快活的声音，"雨果先生刚刚站在发射开关前向我们大家发表了一番慷慨激昂的讲话。可以说，这是他平生以来仅有的一次在公众面前讲话。嗯哼，干脆利落、言简意赅。那么此刻，就由我们的专家，也就是军需部的唐迪上校来为大家详细地介绍一下'探月号'的发射情况，你们在此之后还将会听到海军安全巡逻艇'秋沙鸭号'的彼得·特立姆向你们简单谈一下发射目标地区的情况。那好，现在就请空军上校唐迪开始讲话。"

邦德看了一眼手表。"仅仅只剩下一分钟了，"他对加娜·布兰德说，"上帝啊，我真希望能在这里亲手抓住德拉克斯。"他伸手抓了块肥皂，轻轻用手指挖了几小团下来。"等到导弹开始发射的时候就把这东西塞到你的耳朵里面，因为那种噪声是相当恐怖的，我不知道温度在发射时会增高到怎样的程度，不过时间不会长久。或许那钢制的墙壁应该还是能够承受得住那么高的热量的。"

加娜·布兰德望着他，害羞地笑了一下："如果你把我抱紧的话，可能就不会感觉太难受。"

"此刻，雨果先生已经将他的手放置在开关上了，他正在检测航行表。"

"10。"这时另一种声音突然传来。那声音比较低沉，洪亮得如同洪钟一般。

邦德迅速将淋浴龙头打开，龙头上的水哗哗不停地淋在他们两人汗涔涔的身上。

"9。"记时员开始喊第二声了。

"雷达操作人员正在关注着荧光屏。那荧光屏上只有一片波纹线。"

"8。"

"每个人都已经戴上了耳塞。地堡应该是不可能被摧毁的,那混凝土墙厚有12英尺,它的顶部呈金字塔形,厚27英尺……"

"7。"

"接下来,无线电波束将会使涡轮旁边的计时装置不再继续工作,已经开始喷出熊熊的火焰了。"

"6。"

"阀门马上就要被打开了,那些液态燃料、秘密公式以及让人摸不着头脑的材料、炸药,所有的一切都将从燃料箱里流淌出来。"

"5。"

"燃料一旦进入导弹发动机的话,火焰就会立即把它点着……"

"4。"

"过氧化物与高锰酸盐混合之后,立马就会产生气体,从而推动涡轮泵压缩旋转……"

"3。"

"再经由导弹尾部外的发动机用泵把燃烧的燃料打进排气道,那可怕的高温将会达到3500度……"

"雨果先生很快就要将开关按动了。他脸上的表情严肃而又紧张,而且满头大汗淋漓。这里已经紧张得鸦雀无声。"

"1。"

除了从水龙头里流出的哗哗的水声之外他们什么声音也没听见,水不停地淋在他们俩紧紧搂着的身体上。

"发射！"

听到这一吼声之后，邦德感到自己的心都快跳到嗓子眼儿了。他感到加娜·布兰德的身体不停地在发抖，四周一片寂静，只听得见哗啦啦的水声。

"德拉克斯先生已经从发射台走开，他平静地朝着岩边走去，显得非常镇定。他已经踏上了升降机，正在慢慢往下降。不用说，他一定是要走进潜艇。从导弹尾部喷出的一道烟雾已经出现在电视屏幕上了。这时，他已经走到了码头上，他回头望了一眼，做了个招手的动作。多么让人尊敬的老人啊，雨果先生……"

这时有一阵轻微的轰鸣声传到邦德和加娜·布兰德的耳里，那声音变得越来越大。他们甚至能够感到脚下瓷砖砌成的地板开始震动，伴随着一阵如同龙卷风似的呜呜声，仿佛是要把他们两人都挤成粉末一样，四周的墙壁也跟着抖动，并冒着热气。他们两人的双脚已经失去了重心，跟跟跄跄，不停地抖动。必须把她抱起来。停止！赶快停止！那可恶的噪声快停止！

天啊，他感觉要昏过去了。头上的水已经开始沸腾，必须马上把它关掉，伸出手去，够着了。噢，天哪，水管简直是太烫了。蒸汽、臭气、铁器、疼痛。赶紧把她抱出去！把她抱出去！把她抱出去！

然后听见周围一片寂静。他们两人在德拉克斯办公室的地板上躺着。室内蒸汽弥漫，唯有洗澡间的灯仍然发着暗黄的光。被烧过的铁与油漆的污浊味儿弥漫在空气中，那运转着的空调正在把空气一点一点地抽到外面去。钢墙被烧得如同一个大水泡一样，弯弯扭扭，像是要朝着他们靠过来。加娜·布兰德终于把眼睛睁开，笑了。不过导弹到底怎么样了呢？到底是飞向北海了，还是飞向伦敦了呢？

邦德摇了摇头，渐渐恢复了听觉。他想起了塞进耳朵里的肥皂，就把这东西取了出来。看来收音机还是完好的,没有出什么问题。"……通过音障,飞行一切顺利。可能由于刚才的噪声太大,你们什么也没有听清楚。实在是太壮观了!最初,从排气道喷出在悬岩上的一团火焰猛地冒了起来,之后,大家能看见导弹的顶端渐渐从发射厅中冲了出来。从远处看上去,它就犹如一支巨大的银色铅笔一样,高高地矗立在那巨大的火柱之上。那猛烈的呼啸声简直可谓是充满了我们的麦克风。有很多东西从悬岩上掉下来,全都落在混凝土发射场。那震动声非常恐怖。现在导弹已经越升越快,达到了每小时一百英里,每小时一千英里。"他猛地停下,"你在说什么?是真的吗?啊,天啊,此时它是在以一万多英里每小时的速度在高空飞行!它已上升到了三百英里的高度,已经听不见它的声音了。再过几秒钟即便是它的火焰也将无法看到了,它就犹如一颗划过的流星。雨果先生有为这一切而感到骄傲的理由。此时他已经到了英吉利海峡。水中的那艘潜艇,哈哈,肯定是以每小时三十英里的速度如同火箭一样迅速离去。现在,发射和降落的情景,他们将同时在海上看到,这真该算是一次奇异的航行。在这里的人没有谁能够解释这究竟是怎么一回事,即便是海军当局的人也感到非常奇怪,诺尔总司令正在接电话。好了,接下来就请东海岸某处海军安全巡逻艇'秋沙鸭号'的彼得·特立姆来给你们大家介绍一下此刻的情况。"

"我是彼得·特立姆。这真是一个非常美好而又难忘的上午,嗯,确定地说应该算是下午了。这里是南古德温沙州的北边,大地非常安静,也没有一丝风,天空中阳光明媚。发射目标区域也没有航行的船只。是吧,爱德华兹?没错,中尉说得非常清楚,雷达目前并没有发现任何船只的踪迹。但我不能向大家透露我们雷达波的搜索范围,因为这是一个秘密。然而,仅仅需要再过一秒钟就能够将导弹捕捉到了,是吗,中尉?啊,导弹此时已经在荧光屏上出现了。我们看见'探月号'过来了,真是太壮观了，长长的火焰拖在它的尾部。距离这里差不多有十英里远，不过仍然能够看到它所发出的光亮。你说什么？哦，实在是太有趣了，中尉说，刚刚报道的那艘大潜艇正高速开来，离这里仅有一英里远。很可能就是那艘载着雨果先生及其手下人马的潜艇。我们这里没有人清楚它到底是怎么一回事。什么？对我们的信号他们没有回应，没能够联络成功？太离奇了。现在我已经能够看见它了，在我的望远镜里非常清晰。此刻我们为了能去拦截它已经改变了航向，不过上尉那边报告说它并非是我们自己的潜艇，或许是艘外国的潜艇。喂！它已经暴露了自己的面目。什么？天啊，上尉报告说那是一艘俄国的潜艇。这时，它已经开始下潜。我们朝着它开炮，可是它已经不见了踪影。什么？根据潜艇探测员的报告，那家伙在水下跑得更快，速度居然达到了二十五节。简直难以想象，嗯，在水下它的视野有限。它居然进入了发射目标区域。现在已经到了正午十二分，我们的'探月号'肯定已经转弯并开始下落，它到了一千英里的上空，现在正以每小时一万英里的速度直冲下来。很快它就将要飞来，希望不会发生任何悲剧。那艘俄国人的潜艇恰好就在危险地带的中心。雷达操作员此时已经抬起了手，这就说明它准时到达了。它来了，它来了……唷！居然连一点儿声音也没听见。天啊！那是什么？注意！注意！爆炸了！"

"黑色烟云冲天而上，汹涌的浪潮直冲过来，巨型的水柱铺天盖地。那艘潜艇在哪里？天哪，它被抛出了水面。它翻过来了，翻过来了……"

第二十五章
成　功　之　余

"……到现在为止死亡人数已有200人，差不多有相同数目的人失踪。"局长说道，"东海岸仍然不断传来调查报告。荷兰那边的情况也不是很好。他们决口的海堤长达数英里。我们自己也损毁了两艘巡逻艇，并且'沙秋鸭号'的总指挥官也失踪了，那个英国广播公司的家伙也找不到踪影。那艘古德温的灯船被掀离了它原来的系泊处。比利时以及法国方面还尚未获得任何报告。等到所有的问题清理出来后，想必赔偿额也不少。"

第二天下午邦德回到了局里。他身上缠着密密麻麻的白色绷带。只要稍微动弹一下，就会感到止不住地疼痛。平时的英俊在他的脸上已经看不到了，一条红色的伤痕呈现在他的左颊与鼻梁之间，但他的两只眼睛仍然很有神。他戴着手套的手上笨拙地夹着一支香烟。出乎意料的是，局长居然还会请他抽烟。

"先生，有关于那艘潜艇的什么消息吗？"他问。

"那艘潜艇所在的方位他们已找到了，"局长感到非常心满意足地说，"它就在差不多180英尺的海底躺着。现在，打捞导弹残骸的打捞船正在那里停泊。已经有潜水员下去视察过，然而它的船壳并没有对发出的信号做出任何的反应。今天一大早，在外交部的苏联大使急得团团转，他说他们的一艘打捞船正全速从波罗的海开来，不过我们的人已经通知他，由于那些下沉的残骸有碍于航行，因此我们已经没有时间再继续等待了。"局长嘿嘿笑着，"假如恰好有人在英吉利海峡下180英尺的深度航行的话，那么那艘潜艇肯定会有所妨碍的，不是吗？但是我真是为我不是内阁成员而庆幸啊。"他语气非常平静地说。"从广播中断开始，他们始终在不停地开会，休会，然后再开会。还没等爱丁堡的律师打开德拉克斯写给全世界的信，他们就已经全都被瓦兰斯给抓起来了。我猜测，那封信肯定非常可怕，可能是和上帝的末日审判书没有什么太大的区别。昨天晚上瓦兰斯把那封信带到了国会。"

"我都听说了，"邦德说，"我在医院的时候他就不断地在电话上询问我所有细节，一直询问到半夜。对于有关内情的问题我一时半会儿还无法回答他。还会发生什么事情吗？"

"他们要尽自己最大的努力来使一项有史以来最大的掩盖真相的工作得以完成。编出非常多的科学解释：只燃了一半的是什么燃料；大爆炸是由意想不到的碰撞引起的；什么敬爱的爱国者雨果先生和他的所有助手们不幸罹难；潜艇遭遇意外而下沉；最新的试验模型；由于命令失误，感到心情非常沉痛，还说多亏仅仅只有一个骨干人员，要通知这些人的直系亲属；英国广播公司的播音员也不幸遇难；把英国皇家海军旗错看成苏联海军旗是难以估量的错误，它们的设计非常相似，已经从残骸中找到了皇家海军旗，诸如此类等。不过到底应该如何处理那核弹头的爆炸问题呢？比如放射性、原子尘埃以及那蘑菇云，这些东西无疑将会带来非常多的问题。"

"与此正好相反，对于这些问题他们并不担心。蘑菇云将会飘走，就如同一次同样大小规模的常规爆炸所形成的烟云一样散去。对于整个情况军需部并不是非常清楚，因此必须把真相跟他们说一下。昨天晚上他们派人拿着计数器在东海岸测量了一晚上，这个时候他们仍然没能够拿出什么确切的报告。"局长冷笑了一下，"当原子云升上高空之后，海面上的海风真是帮了一个大忙。当时的风力非常猛烈，云雾是一定会飘到某个地方的。并且假如幸运的话，这云雾将会飘向北方去。也许你会想到，也有可能它会再飘回来。"

邦德凄然地笑了笑："我已经能够明白了，那也只能这样了。"

"没错，"局长把烟嘴拿起来，然后边装烟边接着说道，"谣传肯定是无法避免的，并且现在这些谣言已经有所耳闻。你与加娜·布兰德小姐躺在担架上被人从基地往外抬时，很多在现场的人都看见了。波沃特斯公司也对德拉克斯起诉，要求他把所有新闻纸的损失都赔偿给他们。同时还要对阿塔波车被撞翻以及司机丧生一案进行调查。至于你的那辆汽车的残骸自然会有人替你掩饰过去，另外，"他看着邦德，眼光里带着责备，"还找到了一支长枪筒的科尔特手枪。还有军需部，昨天瓦兰斯只得派一部分人去帮着清理那个厄布里街上的房子。不用说，整个过程都如同是在冒险。就算是编得再圆，谎言也终归是谎言。但还能如何选择呢？是去找德国人的麻烦，还是对俄国人开战？要知道大西洋两岸的很多人都非常愿意找一个借口。"

局长稍微停了一下，他划着火柴，点燃烟斗："假如公众对这些解释能满意的话，"他又略加思考后接着说，"反过来这件事对我们也是有好处的。一直以来我们都需要一艘他们的高速潜艇来进行研究。另外，能够找到他们原子弹的线索也令我们非常高兴。俄国人清楚他们的冒险失败了，马林科夫的政权肯定无法掌握稳定了。换句话说，就是另一次政变很快就会发生在克里姆林宫。至于德国人，嗯，我想我们大家都明白有很多纳粹分子隐藏下来，这个问题将使议会更加小心翼翼地对待德国重整军备的问题。至于我本人的些许收获，"他苦笑一下，"我的这份工作以及今后瓦兰斯的安全工作也就可以轻松些了。这些政客们已经清楚地意识到原子时代出现了世界上有史以来最恐怖的破坏分子——带着沉重皮箱的小人物。"

"这件事报纸会报道吗？"邦德表示怀疑地问。

局长耸了耸肩膀："就在今天早晨，首相会见了所有的编辑们，"他将另一根火柴划着，点燃了烟斗，"我猜测他应该是已经侥幸应付过去了。假如以后那些谣言再次出现的话，可能他就还得再接见他们，并透露出一点儿事情的真相。当然这些人是不会善罢甘休的。做记者的都有对重要的事情穷根究底的毛病。因此现在一定要努力争取时间，以避免会有人出来闹事。目前，所有人都在为'探月号'而深感自豪，他们还没有认真追查到底是出了怎样的差错。"此时，局长办公桌上放置的传呼机突然发出一阵蜂鸣声，红光一闪一闪发亮。局长将单耳听筒拿起来，俯下身来，"喂？"停了一会儿之后，"请为我接议会。"从桌面上放着的四部电话的电话架上，局长拿起了一只白色的听筒。

"是的，"局长对着电话说，"请讲。"没有什么声音。"是的，先生，已经接通了。"他将他的保密器按钮开关按下来，紧紧地把听筒凑到耳朵边上，丝毫不漏一点儿声音。停了稍长一会儿之后，局长左手拿着烟头吸着，之后又把烟头取下来，"我没有什么意见，先生。"又过了一会儿，"我为我的手下感到非常骄傲和自豪，同时他本人也非常自豪。是的，先生，他们一直都是这样。"局长的眉头皱了皱，"假如你允许我如此说的话，先生，我觉得那样似乎不是很明智。"稍作停顿之后，局长的脸色再次变得明朗起来。"非常感谢您，先生。当然，相同的问题，瓦兰斯没有遇到。那是他起码应该得到的。"又是一阵间歇，"我很清楚，一定可以解决的。"再次间歇，"你真是一个好人，先生。"

局长将手中的白色听筒放回到电话架上，只听那个保密器按钮"咔嚓"一声再次回到了普通通话的位置。

局长眼睛盯着电话看了一会儿,仿佛是对刚刚的这一番通话还有些疑惑不解。之后他将座椅转离桌子,两只眼睛望着窗外凝神思考着。

房间里一片沉寂,没有任何声音。坐在椅子上的邦德慢慢活动着身子,以便能使自己坐得更加舒服一些。

他在星期一曾见过的那只鸽子,当然也可能是另外一只,又飞上了窗台,拍打着洁白的翅膀,翘着尾巴,在窗台上来回踱着,咕咕不停地叫着。过了一会儿之后,这个小家伙又振翅飞向公园的树林。各种车辆那催人昏昏欲睡的沉闷声从远处传来。

邦德意识到,所有的一切几乎都已经平静下来了。没有发生任何事情,真该算是万幸。假如不是由于一个为满足其强烈的占有欲而在牌桌上肆无忌惮地行骗的人;如果不是局长答应帮助他的老朋友;如果不是邦德隐约中记住了那个牌骗子的数次教训;如果不是加娜·布兰德与瓦兰斯的小心谨慎;如果不是加娜·布兰德清晰而准确地记住了那串数字;如果不是整个事件中的那些细枝末节以及机遇,伦敦城现在早已成为了一片废墟。

局长转过椅子来,那把椅子发出了刺耳的嘎吱声。邦德专注地看着桌子对面那双沉思的眼睛。

"刚刚我接的是首相的来电,"局长声音显得有些沙哑,"他刚才说希望你和加娜·布兰德可以暂时离开我们国家。"局长眼睛低下去,目光呆滞地看着烟斗。"明天下午你们两人必须动身。毕竟在当前这种情况下,能够认得出你们的人非常多,如果让他们看到你们的话可能就会产生许多猜测。你们想要去哪里就去哪里,也不会限制花费,并且允许带任何你们喜欢的货币,我现在就要通知出纳。你们暂需要躲一个月。明天上午十一点那姑娘在国会有个会面,她要去领乔治十字勋章。不过,这事是不可能马上公布的。我盼望着以后仍然能够见到她，到那时候她一定会更棒。实际上，"他的头抬起来，脸上的表情令人难以捉摸，"本来首相也想要为你颁奖，可是他忘了我们跟瓦兰斯他们不同，是不可以将身份暴露的。因此他让我转达他对你的谢意，并且还夸奖了我们这个情报局，他真是不错的人。"

局长轻轻笑了笑，他的脸上很快就流露出了热情快活的神色。邦德也笑了，他已经能够弄清楚局长的意思了。

邦德明白到了告辞的时候了。他站起身来："先生，真是非常感谢您。同时我也为那位姑娘感到高兴。"

"那好，那就这样。"局长带着一种打发人的语调说，"嗯，那么我们就一个月后再见。啊，对了，顺便再跟你说一句，"他不紧不慢地补充道，"你要先回到你的办公室去看看。我送给你的一件东西放在那儿，可以说是一件小小的纪念品。"

詹姆斯·邦德很快乘电梯下去，他双腿一瘸一拐地朝着他的办公室走去。当他从内室门穿过的时候，瞅见在他桌子旁边的那张桌子上，秘书正在整理一堆文件。

"我说，008回来了没有？"他问。

"已经回来了，"她表情愉快地笑着回答，"但是，今晚他仍然需要乘飞机出去执行任务。"

"嗯，我非常高兴地通知你，你又将会有新的搭档了。因为很快我也要出去了。"

她仔细打量了一阵他的脸："啊，看样子你的确是需要让自己休息一段时间。"

"没错。"邦德说，"并且是一个月的流放。"他说着想起了加娜·布兰德，"也许会是一个纯粹的休假。有没有我的东西？"

"楼下有你的新车，我早就已经下去看过了。司机跟我说你曾交代要在今早试试车。看起来那辆车的确非常漂亮。哦，对了，局长办公室也送来了你的一包东西。需要我现在就打开吗？"

"没问题，那就打开吧。"

邦德在自己的桌前坐下，看了看手表上的时间，显示的是五点。

他感到非常疲倦。他清楚在较短的时间内这种疲倦感是无法消除的。因为这已经是他的老毛病了。

这些不良反应在每次完成艰巨的任务、经历了长时间的紧张与忧惧之后，都会产生。

秘书将两个看起来比较沉重的硬纸盒搬了来，放置在他的桌上。邦德先将上面的盒子打开。当他瞧见防水纸时，就已经清楚里面是什么东西了。有一张卡片在盒子里面，他取出卡片来，上面有用绿色墨水写的字，是局长亲自写的："很可能你会需要它们。"但卡片上并没有签名。

邦德将防水纸打开，取出了一支崭新锃亮的布莱特手枪。这的确该说是一件纪念品，也许更准确地说，该说是一件提醒物，一件时刻都会令他回忆起险事的提醒物。他耸了耸肩，然后把枪放进上衣里面的枪套上，之后他艰难地站了起来。

"除此之外，还有一支长枪筒的科尔特式手枪装在另外一个盒子里。"他对秘书说，"替我保管好它，一个月后，我回来还要到靶场去试试枪。"他迈开步子走向房门，说："再见，丽尔。代我向008表示问候，同时转告他让他对你多加关照。我要去法国。虽然法国站有地址，但也只有在非常紧急的情况下才能联系我。"

她朝着他笑了笑，问："怎样的情况，对一个被流放的人来说才能算是紧急呢？"

邦德禁不住也笑出声来："比如打桥牌的所有邀请。"

他一瘸一拐地走出门去，并随手把门带上了。

一辆1953年的敞篷车停在门外，一尘不染的奶油色，非常显眼。当他拙笨地从车门旁爬进车内时，屁股底下那深蓝色的坐垫发出了嘶嘶的声音，显得非常豪华。半小时后，试车司机在雀巢大道与安妮女王大门的角上帮他试了车。"先生，假如你同意的话，我们还能够更快点儿。我还能够再调一调，让速度超过一百公里。"试车司机说。

"没有必要，太快的车很容易出事情。"邦德说。

试车司机咧嘴笑了："不必担心，先生。这只是小事一桩，非常轻松。"

邦德笑着回答："并非每天都能够轻松。再见。"

邦德手里挂着一根拐杖，他在阳光下一瘸一拐地走过那满是尘土的露天酒吧，一个人来到公园里。

他在一条长凳上坐下，那个长凳是面向湖心岛的，然后从兜里掏出烟盒，慢慢地将一支香烟点燃，又瞅了一眼手表，还差五分钟就到六点了，很快加娜就要到了。她这个人是非常遵守时间的，他心里不住地思考着。邦德早就已经将晚餐预订好了。那么之后呢？然后就制订一个内容丰富而又讨她喜欢的计划。她会喜欢什么呢？她以前去过什么地方呢？她又愿意去哪里呢？是德国、法国还是意大利？要不就先去法国吧。尽量能在第一天夜里赶快离开加来海峡，然后就可以在法国乡村享受一顿农家美食；再到达卢瓦尔，在那里，可以在沿河两岸的某个小村落逗留几天；再慢慢地向南游玩，一直顺着西边的公路玩下去，那样就可以避开现代化的生活与尘世的芜杂，慢慢感受自然生活。邦德的思路此时渐渐地停了下来。嗯，考查？到底应该考查什么呢？是考查那女孩子吗？

"詹姆斯。"

邦德听到了一声清脆而又响亮的女高音，让他感觉自己似乎有点儿神经质了。这声音并非是他所期望的。他将头抬起来，痴痴地望着她。

她迷人的身影就站在距离他只有几英尺远的地方。头上戴着一项精巧别致的贝雷帽，她看上去心情非常激动，表情也神秘莫测。邦德连忙站起身来，迎上前去，同时亲切地与她握手。

她只是舒展了一下身子，却没有和他一起坐下。

"詹姆斯，希望明天你能够去那儿。"她望着他，她的目光非常温柔，但又让人猜不透，他想。

邦德微笑着说："那究竟是明天早上去呢还是明天晚上去？"

"你不要胡说八道。"她笑着，脸一下变红了。"我说的是国会。"

"那你以后想要做什么？"邦德问。

他含情脉脉地看着她，像是凝视，像是痴望，像是迷恋，又有点儿像是他以前用过的那种"莫非"的目光，一直从眼睛探测到对方的心底。

加娜也未说一句话，只是用双眼回望着邦德。她美丽的双眸中流露出一种怅然所失的神情。然后她把视线转向了邦德的一侧，望着他肩头一侧很远的地方。沿着她的视线，邦德慢慢转过身去，看见有一个高个子的年轻人，就站在一百码外，他留着比较帅的短发，此刻正背着他们闲逛，似在消磨时间。邦德将身子转过来，正好和加娜·布兰德的目光相对。

"我很快就要和他结婚了，"她显得非常平静地说，"就在明天下午。"事情看起来似乎没有什么需要解释的。"他是维万探长。"

"哦，我明白了。"邦德很勉强地笑笑。

他们彼此的目光都从对方的身上移开，接着都陷入了一阵无言的沉默。

邦德感到非常意外，也感到非常失望。但是他也非常清楚，自己的确是不应该再有什么别的期望了。是啊，虽然他曾经与她患难与共，但也只不过是仅此而已。凭什么他就要让她成为与自己情投意合的伴侣？

邦德为将这失意的痛苦转移就耸了耸肩膀，但他心中失意的痛苦已经在很大程度上压倒了成功所带给他的喜悦。他如同站在一条死亡线上一般，他感到自己必须马上远离这两个年轻人，把他那颗已经变得冰冷的心赶紧放到别的地方去。不存在后悔，也无须虚伪地多愁善感。他清楚自己必须扮演一个她所希望成为的角色，那就是让自己成为一个世上少有的硬汉，一个特工，一个影子。她仍旧凝望着他，静静地等待着他给她微笑及谅解。她真的不愿意伤害他，虽然自己也非常喜欢他，但她却不愿让自己再受到什么刺激。毕竟她精神上的痛苦已经达到饱和，因此她只想让自己平静地放松一下。

邦德慢慢地将头抬起来，对她温和地微笑："我真是嫉妒那个家伙。"他说，"说老实话，我心里非常不好受。事实上，我已经为你另作了明晚的安排。"她对他感激地微笑，总算打破了这令人窒息的沉默。

"那么可以把你的计划告诉我吗？"她问。

"本来我是想要带你一起到法国的农家去的。吃一顿丰盛淳朴的晚餐，之后我们再实地考察，去瞧瞧人们传说的会尖叫的玫瑰，看看到底是不是真有这么回事。"

这时她笑了，而且还笑出了声儿："非常遗憾我不能遵命了，但是我们需要做的事情还非常多。"

"的确，我也这么认为。"邦德说，"那么好吧，再见了，加娜。"他把手伸出来。

"再见，詹姆斯。"

邦德最后一次伸出手来和加娜握手，之后两人全都转身离去，各自走向他们彼此不同的生活之路。